Fausto Brizzi

Cento giorni di felicità

Einaudi

www.einaudi.it - www.numeriprimi.com

Cento giorni di felicità
di Fausto Brizzi

ISBN 978-88-6621-360-4

I edizione Stile Libero Big ottobre 2013
I edizione NumeriPrimi° gennaio 2015

Cento giorni di felicità

a Claudia, la mia tutto

Se io fossi ricco, passerei buona parte della giornata sdraiato in una soffice poltrona a pensare alla morte. Sono povero, invece, e posso pensarci solo nei ritagli di tempo, o di nascosto.

CESARE ZAVATTINI

I giorni piú importanti della mia vita sono stati tre. Per non fare torto a nessuno di loro, ve li elenco in rigoroso ordine cronologico.

Il primo fu venerdí 13 ottobre 1972. Venerdí 13.

Quel giorno, mentre un Fokker precipitava sulle Ande trascinando con sé quarantacinque passeggeri che poi si sarebbero divorati a vicenda per sopravvivere, Antonio e Carla, cioè papà e mamma, allora diciottenni, mi concepirono in un'imbarazzante Dyane beige. I due ragazzi avevano posteggiato la preziosa autovettura, già vintage allora, in un piazzale periferico, previsto dal piano regolatore di Roma per essere utilizzato come alcova dalle coppiette. Intorno a loro il vuoto cosmico, alcuni frigoriferi annoiati e infreddoliti, un malinconico lampione col singhiozzo e uno sfasciacarrozze con cataste di auto rassegnate.

La scenografia perfetta per l'inizio di una storia d'amore.

Antonio e Carla si erano conosciuti quel pomeriggio alla festicciola di compleanno di un certo Manrico, un secchione obeso e sudato di Frascati che corteggiava mamma inutilmente fin dalle scuole medie. Lei aveva appena rifiutato la sua offerta di ballare un lento sulle note cupide di un giovane Elton John, poi vide papà che la fissava da lontano e quasi si strozzò con un tramezzino tonno, maionese e pomodoro. In effetti papà era proprio un tipo da strozzarsi con un tramezzino tonno, maionese e pomodoro.

Alto, magro e paraculo, suonava la chitarra elettrica e componeva pezzi rock copiati platealmente da canzoni minori degli Stones. Sembrava il fratello bello di Sean Connery, ma con una cicatrice sulla guancia che lo rendeva piú torbido e misterioso di 007. Intorno all'origine della sua cicatrice, poteva affabulare una platea per ore. A seconda del pubblico, se l'era procurata durante una sanguinosa rissa in un mercato di Città del Messico, oppure in seguito alla coltellata di un rugbista bergamasco cornuto e geloso, o a causa di una bottigliata di Frank Sinatra che gli invidiava il talento vocale.

Papà era un cazzaro professionista, cosí fuori dalla norma che, se avesse voluto, sarebbe diventato facilmente presidente del Consiglio. Solo io sapevo la verità, in seguito alla confidenza di una pericolosa spia pugliese, cioè mia zia Pina: papà era caduto dal triciclo quando aveva tre anni e si era ribaltato sul marciapiede. In ogni caso, il bell'Antonio ogni sera portava nella Dyane una passeggera diversa. Quella volta era il turno di mamma, sedotta ma non abbandonata, perché nel momento del piacere supremo una Fiat 500 rossa tamponò la vettura dei miei. A bordo due ventenni mezzi ubriachi di Frosinone, ignari di aver dato il contributo fondamentale alla rottura di un profilattico e di conseguenza alla mia comparsa sul palcoscenico della vita. Dunque, ragazzi, ovunque voi siate oggi, a Frosinone o su Marte, che poi è lo stesso, grazie.

Quel venerdí 13 ero atterrato sul pianeta Terra come ospite non invitato, ma questo non impedí ad Antonio e Carla di volermi abbastanza bene, almeno fino a quando restarono insieme. Questa però è un'altra storia, peraltro di una tristezza infinita. Se mi va, ve la racconto piú avanti.

Il secondo giorno importante della mia vita fu l'11 settembre del 2001. Mentre tutti erano davanti alla tv a vedere e rivedere le immagini di due Boeing 767 che si schiantavano contro le gemelle newyorchesi offrendo al mondo un nuovo mistero e agli americani un nuovo nemico, io mi trovavo in un ristorante sul mare con tutti i miei amici storici e Paola, la donna della mia vita. Era una classica cena di fine estate, fissata da settimane, ma in realtà non si trattava di una grigliata di pesce qualsiasi: stavo per chiedere a Paola di sposarmi, solo che lei non lo immaginava lontanamente. E nemmeno i miei amici.

Mi ero messo d'accordo con un attempato cameriere per una pantomima banale e romantica. In cambio di ventimila lire di mancia, avrebbe spento le luci, messo la nostra canzone (che per la cronaca era ed è *Always On My Mind* nella versione del sempreverde Elvis) e introdotto trionfalmente una torta mimosa gigante con l'anello di fidanzamento appoggiato al centro, sopra una placchetta di cioccolata extrafondente.

Una preparazione scientifica e fortunata: una notte cosí affollata di stelle che sembrava un presepe, il calore degli amici cosí sincero che sembrava lo spot di un amaro, un venticello cosí simpatico che sembrava il ventilatore di Dio. Tutto perfetto. Quasi.

Non avevo considerato Umberto.

Umberto è, purtroppo, il mio miglior amico, un veterinario di cui sentirete parlare a lungo nelle pagine seguenti.

All'arrivo della torta, si alzò dal suo posto e rubò goliardicamente la placchetta di cioccolata, gridando: «E questa, ragazzi, me la mangio io!»

Conseguenza, la fedina d'oro gli spezzò un molare di netto.

Pronto soccorso dentistico e addio magico e indimenticabile momento romantico.

Nonostante la pietosa scenetta, Paola mi disse di sí.

Ci sposammo all'inizio dell'anno seguente in una chiesetta gotica vicino Milano, ed è una delle poche cose di cui non mi sono mai pentito.

Paola è la protagonista della mia vita. E per me la sua interpretazione della moglie vale almeno un Oscar.

Se non vi dispiace, piú avanti vi parlo un po' di lei.

Il terzo giorno da non dimenticare è stato una domenica, il 14 luglio del 2013, una settimana precisa dopo il mio quarantesimo compleanno. Dovevo capire subito che si trattava di un giorno speciale perché non ci furono famosi disastri aerei a rubarmi la scena.

Era una domenica inutile e tropicale, durante la quale non successe niente degno di nota. Se escludiamo il fatto che alle 13.27 circa ho preso un bel respiro e sono morto.

Lo so, vi ho raccontato già il finale e ora non avete piú voglia di leggere il resto del libro. Allora, siccome la lettura è rovinata, ma tanto ormai l'avete comprato e fermarvi a pagina 8 è una cosa antipatica, vi dico anche il nome dell'assassino. Eh sí, perché anche se questo non è un romanzo di Agatha Christie, c'è un assassino. Anzi direi un serial killer, visto che non ha ucciso solo me, ma milioni di persone, roba da fare invidia a Hitler e Hannibal Lecter. Ogni anno, circa un terzo di tutte le morti che colpiscono il genere umano è opera sua. Le statistiche dicono che è la prima causa di decesso nel mondo occidentale. Insomma sono in buona compagnia.

L'assassino in questione non ha un cognome, ma solo un nome corto, zodiacale e poco divertente: cancro. Qualcuno lo chiama «tumore» (che vuol dire «rigonfiamento» in latino, ecco a che serve il latino), i medici invece «neoplasia» (che vuol dire «nuova formazione» in greco, ecco a che serve il greco). Io però l'ho sempre chiamato «l'amico Fritz», in italiano, per sentirlo piú familiare e meno aggressivo.

Questa è la storia di come ho vissuto gli ultimi cento giorni della mia permanenza sul pianeta Terra in compagnia dell'amico Fritz.

E di come, contro ogni previsione e ogni logica, siano stati i giorni piú felici della mia vita.

Riassunto delle puntate precedenti

A questo punto è necessario un piccolo passo indietro, cioè un breve riepilogo della mia esistenza fino a qualche mese fa, altrimenti è difficile capire cosa succede, un po' come se vedeste la sesta stagione di *Lost*.

Provo a non essere troppo noioso, prima vi racconto gli eventi fondamentali della mia vita, poi v'introduco i personaggi, e infine mi concedo, se me lo permettete, qualche commento e considerazione sparsa, cosí veniamo presto al dunque, cioè al giorno in cui l'amico Fritz ha fatto *toc toc* alla mia porta.

Il mio nome proprio è Lucio che, nell'hit-parade dei nomi brutti, si piazza al settimo posto assoluto dopo Pino, Rocco, Furio, Ruggero, Gino e l'inarrivabile Gennaro. Mia madre era una fan del buon Battisti che in quegli anni intonava dai juke-box *La canzone del sole* e cosí ecco scelto il mio autografo per sempre: Lucio Battistini. Capite? Eh già, perché è qui la vera ironia, il cognome di mio padre: Battistini! Adesso capite perché la mia vita è stata sempre in salita? Immaginate un ragazzino degli anni Settanta, cicciabomba brufoloso con occhialoni talpati, quasi omonimo del piú famoso cantautore italiano e, confessate, anche voi mi avreste preso per il culo.

Lo ammetto, ero complessato, infelice e sfigato. Oggi mi chiamerebbero in maniera piú sintetica e quasi affettuosa: nerd. Le avevo tutte per scacciare le femmine come un manzoniano untore, anche la passione per i fumetti, i film splatter e le canzoni dei cantautori che muoiono suicidi. Avevo solo due alternative valide nella vita: o diventavo un genio del computer, progettavo un sistema operativo in un garage e guadagnavo miliardi di dollari, oppure entravo in un supermercato con un fucile mitragliatore e facevo una strage. Alla notizia, tutti i miei vicini di casa, parenti e amici, avrebbero commentato senza scomporsi: «In effetti, strano era strano!»

Invece individuai una terza via e, da brutto anatroccolo quale ero, mi trasformai in cigno. Non un supercigno da favola, ma un cigno decoroso, da sufficienza piena. A quattordici anni dimagrii venti chili, grazie soprattutto a un impetuoso uragano ormonale, e misi le lenti a contatto (realizzate, nessuno lo sa, da un burbero oculista tedesco, un certo Adolf Gaston Eugen Fick, un genio assoluto del Novecento, ma inventate – ben quattrocento anni prima – da sua maestà Leonardo da Vinci). Tre anni dopo, nemmeno maggiorenne, diventai il piú giovane campione italiano di pallanuoto, serie A, mica uno scherzo. In realtà ero soltanto il secondo portiere e scaldavo quasi sempre la panchina in accappatoio, ma due scampoli di partite quell'anno li ho giocati, ho parato anche un rigore, quindi il titolo vale.

Il nuoto era sempre stato la mia passione, specialità preferita «farfalla» che tutti da bambini chiamiamo «delfino» per via di un innato senso logico, visto che le farfalle non nuotano. Non sono mai diventato un fuoriclasse per il conflitto d'interessi che esisteva con l'altro mio grande e corrisposto amore: pane, burro e marmellata. 110 calorie di una fetta di pane + 75 di burro + 80 di marmellata, totale 265 calorie. Una lotta impari.

A fatica sono rimasto dotato di addominali tartarugati per dieci anni, poi verso i ventisei ho smesso l'attività agonistica per colpa di un incidente in Vespa che mi ha terremotato il legamento del ginocchio e fatto lievitare inesorabilmente il punto vita. Secondo la mia antipatica bilancia ho ripreso i venti chili persi nell'adolescenza e forse qualcuno in piú. Un Chewbecca di un metro e novanta per centodieci chili. Non mi fate innervosire quindi, e continuate a leggere.

Liceo classico, pallanuoto, diploma all'Istituto superiore di educazione fisica, per gli amici Isef. A ventotto anni trovo un lavoro fisso in una palestra. Non una palestra luccicante e perfetta da film con John Travolta, una di quelle di quartiere, incastonata nel sottosuolo di uno sconfortante complesso di palazzine anni Cinquanta. Dentro c'è anche una piscinetta con le mattonelline blu sbiadito che sognano di rinascere e trovarsi appiccicate alla *pool infinity* di un Valtur caraibico. Sono – musica trionfale, grazie – l'istruttore di nuoto, aerobica, gag (che sarebbe «gambe-addominali-glutei») e, soprattutto, acquagym. A volte faccio anche il personal trainer, se qualcuno me lo chiede, di solito casalinghe disperate taglia forte che non si arrendono alla inevitabile liposuzione. Insomma, cerco di guadagnarmi la pagnotta con le mie mani che odorano perennemente di cloro. A proposito, lo sapete che l'odore di cloro – che tutti ben conosciamo fin da piccoli – scaturisce dalla combinazione chimica del cloro stesso con l'urina dei bagnanti? Piú odore sentite piú *non* dovreste immergervi nella vasca. Poi non dite che non vi ho avvertito.

Insomma, io che sognavo la medaglia olimpica sul mio petto come capitano del Settebello, l'inno di Mameli a tutto volume e la pelle d'oca, dovevo rassegnarmi al lavoro che la vita aveva scelto per me. Sei ore al giorno passate in un ginnico scantinato dove l'odore della fatica si confonde magicamente con quello dell'attiguo ristorante vietnamita. Nel tempo libero però sono riuscito a coronare un mio piccolo sogno: allenare una squadretta di pallanuoto. Tutti ragazzi tra i quattordici e i quindici anni, l'età peggiore. Li ho selezionati al liceo dove insegna mia moglie e li alleno in una piscina comunale un paio di pomeriggi a settimana con risultati in realtà abbastanza deludenti. L'anno scorso tanto impegno e tanti goal subiti. Il nostro piazzamento nel campionato provinciale di categoria è stato un brillante penultimo posto, per fortuna non si può retrocedere perché non c'è una serie piú bassa. Quest'anno invece galleggiamo a metà classifica, senza infamia e senza lode. Ma non mi posso certo lamentare, insegnare l'amore per lo sport ai ragazzi è la cosa piú bella del mondo.

Questa è la mia vita dal punto di vista professionale, poi c'è il lato piú importante che vi ho già accennato: la mia famiglia. Ho conosciuto Paola quando avevo vent'anni, in una birreria, era amica di un'amica di una mia compagna dell'Isef. Di solito le amiche delle amiche delle mie compagne dell'Isef erano acciughine insipide e sgraziate. Paola invece, quando entrò nel locale, era colorata con un evidenziatore giallo fosforescente che la faceva spiccare su tutte le donne presenti. Un segno giallo che le percorreva l'intera linea del corpo sottolineandola come le cose che non vanno dimenticate. Come le frasi da imparare a memoria. Dieci minuti dopo l'avevo già invitata marpionescamente ad assistere a una partita di pallanuoto (in cui avrei supplicato in ginocchio il mio allenatore di farmi giocare almeno due minuti). All'epoca ero ancora un professionista e lei lavorava nella piccola pasticceria dei genitori, cosa che poi nel tempo ha contribuito in maniera fondamentale alla perdita del mio peso forma e degli addominali. La specialità della casa era ed è la ciambella fritta con lo zucchero. Profumata, morbida, al sapore d'infanzia. È una tradizione che va avanti da trent'anni e piú. Oscar, il padre di Paola, apre la saracinesca a mezz'asta già alle due di notte e cosí i fancazzisti e i vampiri trasteverini possono azzannare le ciambelle ancora calde e unte. Ora che la moglie non c'è piú, in pasticceria è rimasto solo lui con un aiutante cingalese che ride sempre, mentre Paola si è laureata in Lettere e filosofia e ha ottenuto, trascorso un po' di precariato, una cattedra in un liceo scientifico.

Dopo un paio di mesi di storia d'amore (i primi due mesi sono sempre i migliori lo sanno tutti), mi ero fatto però abilmente lasciare da Paola, come solo i maschi sanno fare, per flirtare con tale Monica, una ragazzotta marchigiana che studiava Psicologia e odiava la depilazione ascellare.

La persi di vista per otto anni. L'amore è soltanto una questione di sincronia e noi non eravamo sincroni all'epoca: lei desiderava già una famiglia mentre io sognavo di accoppiarmi con tutte le donne in età fertile del pianeta, depilate e non. Difficile conciliare le due esigenze.

Poi, un giorno, il destino ci ha fatto incontrare di nuovo nella fila di un supermercato. In realtà, per via della trasformazione da «capello lungo biondo» a «caschetto castano», neanche l'avevo riconosciuta all'inizio e avevo parlato dieci minuti con lei convinto che fosse la nipote di un'amica di mia nonna. Ma non gliel'ho mai detto.

L'ho subito invitata a cena e ho sfoderato la mia consumata tecnica della lettura delle carte. Vi spiego.

A piazza Navona lavora un'anziana e storica cartomante, zia Lorenza. Ha un mazzo di tarocchi consumati, i capelli bianchi raccolti a crocchia e la parlantina sciolta. Non sa un'acca del futuro ma riesce a intortare chiunque, soprattutto se gioca sporco. Io la utilizzavo sempre per far colpo sulle ragazze. La tattica era questa (usatela liberamente, senza diritti d'autore): passeggiata romantica per la piú bella piazza di Roma, due chiacchiere e, mentre passiamo davanti al banchetto della fattucchiera, io, di nascosto, le lancio un foglio di carta appallottolato. All'interno la mia complice trova tutte le nozioni biografiche della ragazza in questione, i suoi gusti e le poche notizie che già conosco. Al giro successivo della piazza ho già introdotto sapientemente l'argomento «paranormale» mostrandomi scettico se lei crede, credente se lei è scettica. Scatta la fase due del piano: la invito a farsi leggere le carte, cosí per ridere. Nessuna donna al mondo rifiuta. Ed ecco che zia Lorenza può esibirsi in un'incredibile ricostruzione della vita presente, passata e futura dell'incredula cliente. Il passato e il presente glieli ho suggeriti io, il futuro non è verificabile, insomma l'effetto «mistero» è garantito, soprattutto quando afferma che «l'uomo della tua vita inizia per elle». Elle come Lucio. Se la ragazza-cavia già credeva nella quinta dimensione, la serata diventa un'esperienza basilare della sua vita spirituale, se invece era scettica, ora è sotto shock. In entrambi i casi io approfitto dello stato emotivo confuso: l'aver assistito insieme a un evento paranormale non può che unire le nostre anime e, di solito, anche i nostri corpi. Non so se qualcuna si sia mai accorta del trucco, comunque vi assicuro che funziona. A chi mi dice che il paranormale è una bufala colossale, io rispondo che è vero, nessuno predice il futuro... tranne me quando porto una donna a piazza Navona. In quel caso so già come andrà a finire. E Paola non ha fatto eccezione. Ma, vi giuro, è stata l'ultima volta che ho usato il trucco. Quella sera, accarezzati dal ponentino, ci siamo scambiati il nostro secondo primo bacio. Ci siamo ufficialmente fidanzati e, dopo nemmeno tre mesi, già convivevamo in un monolocale di fronte all'isola Tiberina. Il piú classico dei ritorni di fiamma. Stavolta però finalmente sincroni e innamorati.

Come vi ho già detto, ci siamo sposati in una chiesetta in provincia di Milano, San Rocco flagellato e martire, costringendo tutti gli invitati romani a una trasferta impegnativa. Ma c'era una motivazione romantica dietro quella scelta: circa cinquant'anni prima, nella stessa chiesa, si erano sposati i miei nonni (da parte di mamma), i gloriosi portinai Alfonsina e Michele. Dopo la scomparsa dei miei genitori (sí, sono scomparsi, non nel senso di morti, proprio spariti ma non fate domande, vi ho già detto che forse ve ne parlo dopo), i nonni sono stati tutta la mia famiglia.

Credo che Dio il settimo giorno non sia andato in vacanza ma abbia inventato i nonni. E, accorgendosi che si trattava della piú geniale delle sue creazioni, si sia preso una giornata libera per trascorrerla con loro.

Ho vissuto con loro per quasi quindici anni e le nostre cene a tre con il tacchino impanato e il purè con la mozzarella filante sono un ricordo indelebile, tanto che ancora oggi, se chiudo gli occhi, posso sentire l'odore di fritto che arriva dalla cucina e la voce lontana di nonna che grida: «In tavola che si raffredda!» Quando passo davanti alla guardiola dove lavoravano e vivevano, mi sembra sempre di vederli ancora là, nonno con gli occhiali che smista la posta e nonna che annaffia affettuosamente i suoi gerani.

Alfonsina e Michele sono stati i miei testimoni di nozze e credo sia stato il giorno piú bello della loro vita. Non ho mai visto due ottantenni piangere cosí tanto di gioia. A un certo punto il sacerdote, don Walter, un grissino dallo spiccato accento calabrese, ha pure interrotto la cerimonia per rimproverarli. Hanno riso tutti.

Qualche anno fa i miei nonni si sono spenti a poche settimane di distanza. Morti nel sonno, on/off, senza disturbare. Non potevano stare lontani l'uno dall'altra. Avevano fatto appena in tempo a conoscere i miei due figli: Lorenzo ed Eva.

Non vale.

I nonni sono come i supereroi. Non dovrebbero morire mai.

Qualche mese dopo ho chiuso per sempre il loro bilocale accanto al gabbiotto della portineria e ho trovato nel soppalco una valigia modello emigrante. Dentro c'erano foto, tante foto. Non le classiche istantanee ricordo di vacanze al mare, compleanni di sconosciuti e vita varia. No, nonno aveva scattato a nonna una fotografia al giorno negli ultimi sessant'anni. Tutti i giorni. Senza saltarne uno, dietro ogni copia una data diversa, bianco e nero e poi via via colore, Polaroid, fino alle ultime stampate da digitale. Scattate tutte in luoghi differenti, in portineria, in strada, al mare, dal fornaio, al supermercato, davanti al Sistina, a piazza del Popolo, sulla vecchia ruota del LunEur, a San Pietro, ovunque il destino li aveva portati nella loro lunga vita. Non riuscivo a smettere di guardarle. Prima nonna giovane, poi via via le rughe di espressione iniziali, i capelli piú grigi, i chili che aumentano, solo il sorriso non cambiava mai. Non era l'invecchiamento a colpirmi di piú, erano gli sfondi. Dietro nonna c'era l'Italia che si trasformava. C'era la Storia. S'intravedevano sfocati simboli e personaggi di ogni epoca: la Fiat 1100 e la Citroën squalo; i capelloni, i paninari e i punk; i poster di concerti di Paul Anka, Charles Aznavour e Robbie Williams; le Lambrette, le Vespe e gli scooteroni; i Big Jim, le Graziella e i cubi di Rubik; le cabine della Sip, i tassí gialli e i negozi con le insegne dipinte a mano. Un malinconico viaggio nel tempo.

Che bella invenzione le foto. A proposito, il primo fotografo, quasi nessuno lo sa, è francese e si chiama Joseph Nicéphore Niépce, un genio assoluto dell'Ottocento. Anche in questo caso però i primi esperimenti furono del buon Leonardo da Vinci, il decatleta dell'*ars inventandi*. C'è chi sostiene addirittura che la Santa Sindone sia un esperimento di rudimentale lastra fotografica realizzata dall'iperattivo toscano. Affascinante ipotesi.

Scusate, sto un po' divagando. Dopo la morte, i ricordi si fanno confusi, credetemi sulla fiducia. Riordiniamo le idee.

Dunque: personaggi.

La mia famiglia

Cinque dei protagonisti della mia vita sono già entrati timidamente in scena, cioè mia moglie Paola, mio suocero Oscar, i miei due figli, Lorenzo ed Eva, e il mio amico Umberto, il veterinario goloso senza un molare. A loro aggiungerei Corrado, l'altro mio amico del cuore, un pilota dell'Alitalia, pluridivorziato e prevedibile (del tipo il comandante fascinoso che seduce tutte le hostess).

Innanzitutto però Paola. Paola. Paola.

La mia Paola.

Paola è bellissima. Per me è bellissima. Per gli altri è simpatica. È quella ragazza del terzo banco con gli occhi nocciola, le trecce e i fianchi rotondi che ti ama mentre tu hai puntato stupidamente la biondina smorfiosa del primo banco. Ignaro che – questa è proprio una regola scientifica – le biondine smorfiose del primo banco si accoppiano con i bocciati dell'ultimo anno. E comunque non con te, anche quando tu frequenti l'ultimo anno e ti fai bocciare apposta per acquistare fascino e possibilità.

Paola è una Bridget Jones italiana. Solare, autoironica, affettuosa, con una quarta di seno autoreggente. Una donna rara come la neve alle Maldive. È appassionata di libri, divora romanzi uno dietro l'altro con famelica curiosità. In particolare, il suo libro del cuore è *Il piccolo principe* di cui colleziona edizioni di ogni formato e lingua.

Come vi ho già accennato è una prof al liceo scientifico. Anzi è la Maradona delle professoresse. Insegna italiano, latino, storia e geografia ma in un modo geniale che nemmeno Leonardo da Vinci stavolta c'avrebbe mai pensato.

E non lo dico perché è mia moglie. È proprio un'insegnante speciale.

Vi spiego.

Il lavoro piú importante del mondo, cioè il professore, oltre che sottopagato, è anche il piú monotono. Ogni anno un insegnante di storia racconta per l'ennesima volta ai suoi alunni chi erano i Fenici e perché è scoppiata la Seconda guerra mondiale, uno di matematica spiega integrali e derivate, uno di latino insegna a declinare le parole e a tradurre le poesie di Orazio, e via cosí tutti quelli delle altre materie. I professori a volte si annoiano e si stancano. E questo li rende meno efficaci ed empatici. In due parole, meno bravi. Paola, ben consapevole di questo limite, ha inventato un metodo originale per sconfiggere la noia e la ripetitività: ogni anno scolastico lei «interpreta» una prof diversa. Nel senso proprio che per ogni corso sceglie delle caratteristiche, un modo di vestire e di parlare e non esce dal personaggio fino alla fine degli scrutini. Un anno ha messo in scena la prof zitella e antipatica, un altro quella sportiva e alla mano, un altro quella iperattiva e umorale, un altro ancora quella svampita e capricciosa. I suoi allievi la vedono trasformarsi da un anno all'altro e si divertono come pazzi. La prof «attrice» è il loro idolo assoluto anche quando magari gli assesta un deprimente quattro a un'interrogazione. Il preside invece la invidia per la popolarità di cui gode e non la vede di buon occhio. Paola prosegue imperterrita da quindici anni il suo personale show didattico e raggiunge sempre il risultato che tutti gli attori ambiscono: l'attenzione e il consenso della sua platea (in questo caso limitata a qualche decina di alunni). Io rido quando la vedo tornare a casa versione professoressa sexy dei film anni Settanta oppure signorina Rottenmaier. Ve l'ho detto, è un genio. Sarebbe stata un'attrice fantastica se non avesse avuto la passione per l'insegnamento. Una passione che ci accomuna, anche se io in realtà insegno palombelle e contropiedi ai miei ragazzi.

È una donna speciale ma questo non mi ha impedito di tradirla qualche mese fa. Lo so, vi stavate un po' affezionando a me e vi ho già deluso. Che posso dire a mia discolpa? Forse posso mostrarvi una foto dell'esemplare femmina con il quale sono caduto in tentazione. No, temo che aggraverei la mia posizione. Insomma ragazzi, inutile girarci intorno, dopo undici anni di matrimonio sono precipitato nella banale trappola del tradimento. Mi dispiace, ma vi prego di credere che ho alcune attenuanti. Andiamo però con ordine. Personaggi.

Lorenzo ed Eva. I miei figli.

Lo spettinato Lorenzo fa la terza elementare ed è il somaro della classe. La sua maestra è disperata e, immancabilmente, mi ripete il classico dei classici: «È intelligente ma non si applica». E come se non bastasse il mio primogenito è anche piuttosto indisciplinato. Paola dice che è colpa mia perché non ci sono mai, tutto preso tra palestra e pallanuoto, e gliele do sempre tutte vinte. La verità però è che il piccolo Lorenzo ha altri interessi. Non gliene importa nulla di sapere che gli Egizi rendevano fertile il deserto col limo del Nilo o scoprire dove cavolo sono andati a finire gli Assiri e i Babilonesi, ma impiega il tempo coltivando i suoi hobby. I due principali sono: suonare il pianoforte e smontare oggetti elettronici costosi. Due attività piuttosto creative. E a volte fastidiose.

Il pianoforte a muro era dei miei nonni portinai e in casa nessuno ha mai saputo suonarlo, neanche loro. Forse era il residuo di un'eredità precedente. Un giorno ho sentito degli accordi quasi armonici provenire dalla fine del corridoio del trilocale in cui abitiamo. Era Lorenzo che si cimentava nei suoi primi tentativi da concertista autodidatta. Oggi è in grado di suonare a orecchio qualsiasi canzonetta sentita alla radio. Non sto dicendo che ho Wolfgang Amadeus Mozart in soggiorno, ma il piccolo musicista promette bene.

Il secondo hobby è piú inquietante. Fin da quando le sue manine sono diventate prensili, Lorenzo smonta, viviseziona tutto con la precisione di un anatomopatologo. Le sue sono però autopsie a cuore aperto di oggetti ancora utilizzabili. Dalla televisione alla lavastoviglie, dal motore della mia station-wagon al distributore delle merendine a scuola, dal frullatore al semaforo sotto casa. Ha un vero e proprio interesse per la meccanica e l'elettronica. E fin qui il suo passatempo sarebbe anche divertente e istruttivo, il problema è che non rimonta mai nulla e lascia attilana distruzione dove passa, trasformando ogni oggetto in un mobile Ikea senza istruzioni. Insomma, è evidente che il tempo che gli resta per lo studio è davvero poco. Mia moglie, da buona e solerte prof, è molto preoccupata. Io no. Piuttosto sono preoccupato (anzi diciamo amareggiato) che Lorenzo non abbia ancora imparato a nuotare, anzi abbia addirittura paura dell'acqua. La sua linea di galleggiamento è identica a quella del Titanic oggi. Appena messo in acqua, senza nemmeno bisogno di aiuto da parte di un iceberg, va naturalmente a fondo. Peccato.

La lentigginosa Eva invece fa la prima elementare ed è la cocca di tutte le maestre. È un'ecologista d'assalto in erba. Ci ha ricattato per allevare degli animali in casa e ora conviviamo con un cane lupo zoppo e strabico (che per semplicità abbiamo chiamato Lupo), un criceto bianco incontinente e mordace (Alice) e ben tre gatti ex randagi e oziosi che abbiamo chiamato come gli Aristogatti: Bizet, Matisse e Minou.

Eva in casa è un uragano di parole. Parla parla parla. Prima di venire al dunque della questione infarcisce il discorso di una serie di perché e percome e descrizioni e circostanze che neanche Perry Mason quando è in difficoltà riesce a produrre cosí tanto fumo intorno all'arrosto di una arringa. Sono certo che da grande farà la presentatrice televisiva o la politica, che poi sono lo stesso mestiere. Applica la sua passione ecologista a tutto, ci costringe a una raccolta differenziata talmente differenziata che sembra una collezione di spazzatura, divisa per forme, materiali, odori e colori. È molto carina ma non se ne approfitta. Adopera il suo sorriso e gli occhioni azzurro cielo ferragostano solo per convincere il prossimo ad assecondare il suo esagerato senso civico. Quando saluta dice «Miao» al posto di «Ciao» perché afferma di essere stata un gatto in una vita precedente.

Ogni tanto si ricorda ancora di avere sei anni e mezzo e viene ad accoccolarsi sopra di me sul divano davanti a un cartone in tv. In quel momento per me il tempo rallenta fino a fermarsi. Dicono che l'amore per i figli sia quello piú genuino, quello per il quale si valicano montagne e scrivono canzoni. Assolutamente vero. Quando Eva mi corre incontro, o quando, nelle notti in cui tuona, s'infila nel nostro lettone, il mio cuore sorride, le mie rughe si stiracchiano e i miei muscoli tornano ventenni.

La migliore delle medicine.

Eva è la cocca anche di un altro protagonista di questa storia. Quello piú ingombrante. Mio suocero Oscar.

Oscar non è difficile da immaginare: è identico ad Aldo Fabrizi, lo stesso fisico tondeggiante, la stessa camminata, addirittura bofonchia e borbotta alla stessa maniera. La sua vita è divisa in «prima dell'incidente» e «dopo l'incidente». Una decina d'anni fa sua moglie Vittoria, la donna piú taciturna e buona di tutti i tempi, è morta investita da un pirata della strada mentre accompagnava a fare pipí il loro labrador bulimico, Gianluca.

Oscar non si è mai perdonato di non essere sceso lui quella sera, impigrito davanti a una partita della Nazionale, tra l'altro persa 2 a 0 contro la Danimarca, ci tiene sempre a precisare.

Da allora mio suocero è cambiato. Dopo i primi mesi di shock è diventato piú socievole, addirittura ha cominciato a leggere dei romanzi e si è trasformato da pasticciere semplice in un filosofo, un politico e un predicatore romanesco. Si rivolge ogni giorno con veemenza ai suoi clienti come fossero possibili elettori: «Ragazzi, ve la dico io la soluzione per risistemare l'Italia, altro che le chiacchiere dei nostri politici. Datemi il potere in mano e vi faccio vedere. Allora, punto primo: mettiamo a posto i conti pubblici. La soluzione è facilissima: invadiamo San Marino e il Vaticano e li conquistiamo. Senza spargimento di sangue, tanto quelli hanno quattro guardie svizzere pennellone e gli altri stanno a fa' collezione di francobolli. Ci mettiamo due minuti, tana libera tutti e mettiamo la bandiera italiana sul cupolone. Al papa poi gli diamo un ruolo di rappresentanza, fondiamo un ministero inutile apposta, tipo ministero della Religione. Intanto requisiamo tutto il ben di Dio che possiede il Vaticano e, una parte lo diamo in beneficienza al Terzo Mondo, che cosí ci facciamo anche una bella figura, e col resto ci risaniamo le finanze italiane. Idem con San Marino, lo trasformiamo in una bella multiproprietà e lo vendiamo ai giapponesi. La basilica di San Pietro la mettiamo all'asta al miglior offerente, ma lo sai che garagione ci viene? L'importante poi è non rovinare l'Italia di nuovo. Per esempio basta inserire la gogna per gli evasori fiscali e stiamo a posto, no? Poi veniamo a Roma che è una città complicata. Il problema numero uno secondo me è il traffico. Il rimedio è sotto gli occhi di tutti: asfaltiamo il Tevere! Che ci vuole? Una bella tangenziale interna, una rotatoria intorno all'Isola Tiberina e passa la paura».

Tutti nella pasticceria ridono. E vanno via senza accorgersi che il buon Oscar, italiano medio purosangue, ha dimenticato di fargli lo scontrino.

Non riesco a non battibeccare con lui, anche se, quando comincia ad azzardare ipotesi sul senso della vita, mi fa talmente divertire che lo vorrei come guru personale. Ne sono certo, un giorno lo studieranno sui libri di scuola e gli studenti lo odieranno al pari dei suoi colleghi Socrate e Platone.

Il suo cavallo di battaglia è «la vita oltre la vita». La sua teoria è che la realtà che conosciamo non è altro che il secondo giro di giostra di ognuno di noi nel mondo, quello comunemente chiamato «inferno e paradiso». Chi è stato buono nella vita precedente qui nasce figlio di industriali, sano, intelligente e bello. Chi è stato cattivo nasce brutto, storpio, scemo e povero, oppure muore giovane o s'ammala. Una teoria che, a sentir lui, giustificherebbe tutte le ingiustizie del mondo, insomma chi è fortunato se l'è meritato e chi è sfigato pure. Un concetto mutuato dall'Epifania credo: se sei stato buono la Befana ti porta i dolcetti, se sei stato cattivo il carbone. Io mi diverto ad alimentare sempre la discussione e stuzzicarlo un po': – Allora non vale la pena fare niente? È tutto già scritto?

Oscar scuote la testa e continua a sfornare ciambelle. Non conosce la risposta, pone dubbi, propone quesiti ma non dà mai soluzioni, come tutti i filosofi d'altra parte.

– Alla fine, Lucio mio, il senso della vita è dare un morso a una ciambella calda.

Sorrido e ne addento una. Come sempre ha ragione.

Una cosa che non c'entra niente

L'avrete già capito che sono fissato con gli inventori e perciò non possiamo andare avanti nella descrizione dei personaggi se non sveliamo uno dei piú importanti misteri della storia dell'umanità, ovvero: chi ha inventato la ciambella fritta?

Un italiano? Magari l'onnipresente Leonardo da Vinci? Nossignori.

Leonardo ha inventato in effetti una ciambella, ma quella per imparare a nuotare. Purtroppo non aveva inventato la plastica e quindi la ciambella e i braccioli sono rimasti solo nella sua mente.

La ciambella fritta ha invece una genesi piuttosto controversa. Arrivò a New York (allora si chiamava ancora New Amsterdam) dall'Olanda, con il nome *olykoek*, che significa «torta oleosa». Un nome non troppo invitante. Si trattava di farina impastata con mele, prugne o uva passa. Una leggenda racconta che, un bel giorno, una mucca inciampò casualmente in una pentola di olio caldo che si rovesciò su una mistura preparata per il dolce olandese, inventando cosí la bomba fritta. Un creativo bovino degno di un monumento.

Sí, okay... ma il buco?

Nel 1847 una certa Elizabeth Gregory, madre di Hanson Gregory, giovane capitano di una nave del New England, modificò la ricetta della torta oleosa, aggiungendo noce moscata, cannella e scorza di limone, e inserendo anche delle noci e delle nocciole nella zona centrale, quella che faceva maggior fatica a cuocersi. La torta diventò cosí irresistibile che, quando il figlio partí per un lungo viaggio, la signora dovette prepararne un bel po' per tutto l'equipaggio e l'aggiunta delle noci portò anche a un cambio di nome. Il dolce fu chiamato da allora «pasta di noci», in inglese *doughnuts*. I nostri amatissimi *donuts*.

E veniamo all'argomento principale, il buco.

L'invenzione del foro centrale, quindi della forma a ciambella, pare sia dovuta proprio al figlio di Elizabeth. Si narra che il capitano non amasse le noci e le nocciole inserite da sua madre al centro e le togliesse prima di mangiare, lasciando cosí un buco centrale nel dolce. Su ordine del capitano, il cuoco di bordo cucinò tutti i dolci seguenti a forma di ciambella, rimuovendo il centro con una lattina rotonda che conteneva pepe.

Un'invenzione che non passò certo inosservata. A Clam Cove, nel Maine, c'è infatti una targa in onore del capitano Hanson Gregory, «l'uomo che ha inventato il buco nella ciambella», e nel 1934 la Fiera mondiale di Chicago dichiarò la ciambella «il colpo alimentare del secolo del progresso». Fatto sta che, qualunque sia la verità, il foro centrale fu l'inizio del grande successo internazionale delle ciambelle.

Naturalmente noi italiani, e in particolare mio suocero Oscar, troviamo inaccettabile questa storia o leggenda che sia. Ma come, le ciambelle, anzi le graffe come le chiamano a Napoli, non sono una nostra invenzione? Non è possibile.

Ragazzi, mi dispiace, anche nel caso delle graffe, pare che il geniale spunto creativo non sia italiano ma il merito vada a una rubiconda fornaia-pasticciera austriaca, tale

Veronica Krapf, da cui deriverebbe il loro nome piú diffuso: krapfen. Versione originale che poi si è declinata nelle ghiotte versioni alla crema, al cioccolato, alla marmellata e, soprattutto, con buco. Questa variante della nascita della ciambella contrasta ovviamente con quella del capitano americano, un po' come avvenne con la sfida tra Meucci e Bell per la paternità del telefono.

Qualunque sia la verità, so che vi è venuta fame e quindi, prima che abbandoniate la lettura per fare merenda, riprendiamo da dove ci eravamo interrotti. Personaggi.

I miei amici

Quella per le ciambelle fritte è una passione che condivido con i miei migliori amici: Umberto e Corrado. Ci siamo conosciuti alle medie e siamo rimasti amici tutta la vita, anche se Umberto ha perso un anno dopo una sacrosanta bocciatura in prima liceo. Facevamo tutto insieme, anche le vacanze e i campeggi con gli scout. I tre moschettieri di Roma Nord. Io ero l'ingombrante Porthos, Umberto il concreto Athos e Corrado lo sciupafemmine Aramis. Uno per tutti e tutti per uno. Di loro conosco davvero vita, morte, miracoli e segreti. Ci siamo picchiati, abbiamo riso, conteso ragazze, prestato soldi e tenuto il muso. Insomma abbiamo fatto tutto quello che fanno i grandi amici. E vent'anni dopo, proprio come i tre mitici moschettieri della regina, siamo ancora qui.

Umberto, oltre a ingoiare anelli di fidanzamento, come vi ho detto, è un veterinario. È single, nessuna delle relazioni che ha avuto è durata piú di un anno. Misteriosamente direi, visto che Umberto è il prototipo del marito ideale. Non è mai di cattivo umore, è autoironico, non bello ma sano, soltanto un po' ruspante nei modi e impulsivo. Il suo difetto piú evidente, a parte l'accento romanesco, è la puntualità. Un difetto imperdonabile nella capitale. Avete presente uno di quei matti che se gli fissi un appuntamento al ristorante alle tredici arrivano alle tredici meno cinque? Oppure uno di quelli che ti aspettano davanti al cinema e hanno già comprato i biglietti per tutti? O ancora, uno di quelli che se li inviti a cena, quando arrivano ti sorprendono ancora in ciabatte e accappatoio che ciondoli per casa?

A volte Umberto è una presenza scomoda visto che la media della popolazione romana vive indietro nel tempo di circa mezz'ora. Io sono un ritardatario cronico e Umberto me l'ha sempre rinfacciato. Afferma di aver passato in totale un anno della sua vita ad aspettarmi. La sua esistenza è fatta di attese continue, tanto che si è organizzato e ha iniziato a cercare di riempire questi buchi neri. La scelta è caduta su un salvagente antico ma immortale: la lettura. Ha sempre un fumetto tascabile con sé, la cui lettura, ha calcolato, dura il tempo del mio ritardo medio.

Umberto passa spesso le serate da noi. Mia moglie e mia figlia hanno un rapporto speciale con lui. Paola lo considera una sorta di fratello che non ha mai avuto, si confida con lui e lo coccola a suon di teglie di parmigiana e tiramisú assassini. La piccola Eva invece lo chiama zio e chiacchiera con lui della comune passione per la natura. Inutile dire che è il veterinario di fiducia della nostra fattoria casalinga. A volte, novelli Cupido, gli organizziamo degli appuntamenti al buio con professoresse colleghe di Paola, ma senza esiti particolarmente brillanti. La donna della sua vita ancora non è apparsa all'orizzonte.

Corrado, come vi ho accennato prima, è un pilota dell'Alitalia. Anzi è la macchietta del pilota, l'archetipo perfetto: alto, bello, pizzetto curato, gentiluomo, con tanti denti luccicanti e allineati, muscoloso ma non troppo, insomma il sogno di tutte le hostess. Ha divorziato due volte, non ha eredi e ha una spiccata attitudine a incendiare il cuore di tutte le donne che incontra per poi lasciarle innamorate e depresse. Odia il genere femminile, a sentir lui, per via dei due burrascosi divorzi, il cui unico ricordo sono gli assegni di mantenimento alle ex consorti, che lui chiama «le parassite».

Il suo hobby principale è divertirsi, sembra uno degli amici di Germi e Monicelli che facevano una zingarata dietro l'altra in una freddolosa Firenze degli anni Settanta. La sua grande passione è la statistica, fin da quando frequentavamo insieme il liceo. Compagni di banco, io media del sei meno meno, lui otto barra nove. Questione di statistica, diceva. Non studiava mai, ma riusciva a prevedere, con la precisione di Nostradamus, la data delle sue interrogazioni e addirittura la possibilità che gli facessero o no una tale domanda. Ricordava ogni cosa, elaborava e tirava le somme: invariabilmente ci azzeccava. Applicava questo metodo a tutto, in particolare alle donne che, ormai l'avrete capito, erano e sono il suo punto debole. Corrado ha sempre rimorchiato piú di Fonzie. Per via della statistica. Questo il suo personale schema di rimorchio: appena arrivava a una festa cominciava, in ordine decrescente di bellezza, a puntare le ragazze presenti. Andava dalla piú bella di tutte e le chiedeva con grande faccia tosta: «Ti va di fare l'amore con me stasera?»

Corteggiamento azzerato, subito al sodo.

La risposta era quasi immancabilmente: «Sei scemo?»

Ma, scendendo nella classifica, quando arrivava alla decima o alla quindicesima del concorso estemporaneo «La piú bella della festa», strappava magari un: «Perché no?»

I due volavano via nella prima alcova disponibile, sotto i miei occhioni tristi. Merito della statistica. Aveva calcolato che su cento ragazze almeno trenta ci stavano con lui. Per stanarle partiva ottimisticamente dalla migliore e poi s'accontentava di quella che cadeva nella rete, mai la piú brutta, comunque una carina. Tutto questo mentre io mi accanivo a corteggiare la piú bella e prendevo un gigantesco due di picche dopo ore di chiacchiere inutili, nel tentativo di sembrare interessante e sexy.

Alla fine dei conti, Corrado è l'uomo piú travolgente al mondo da frequentare come amico. Ma, lo dico alle lettrici, se lo incontrate, evitatelo come la peste. Lo riconoscerete: somiglia ad Aramis.

Ci siamo quasi

Ora avete quasi tutti gli ingredienti per cominciare a gustare il sapore di questa storia senza lieto fine e assistere all'imminente arrivo dell'amico Fritz. Qualche informazione necessaria e ci siamo.

Le mie giornate fino a qualche mese fa sembravano fotocopie sbiadite. Uscivo dal nostro appartamento a San Lorenzo sempre intorno alle otto meno un quarto, portavo a scuola in macchina prima Paola, poi i bambini, e infine posteggiavo sul lungotevere a dieci minuti dalla palestra a causa della famigerata zona a traffico limitato. Una piccola passeggiata che mi funzionava benissimo da caffè supplementare. Quasi ogni giorno, attraversando Trastevere, mi fermavo alla pasticceria di Oscar che veniva di strada. Due chiacchiere sul clima e la politica, poi il mio suocero preferito mi porgeva una ciambella calda e profumata, senza che l'avessi richiesta. Non ce n'era bisogno.

Con la zuccherosa rotondità in mano mi sedevo al tavolino sistemato sul marciapiede davanti all'entrata del negozio. Un tavolino di legno ridipinto male, che sembrava dimenticato lí dal Dopoguerra. Sono i cinque minuti migliori della giornata. Lo zucchero che si sparpaglia sulle labbra, pronto per essere leccato, la resistenza della crosta dorata che dura una frazione di secondo prima di cedere e lasciar affondare draculmente i denti nella mollica, i passanti frettolosi e sconosciuti da osservare come fossero attori in scena. Non sono mai solo. Dopo qualche istante c'è sempre un estroverso passerotto che plana sul tavolino e raccoglie le mie briciole. Sempre lo stesso, ormai lo riconosco. Non siamo amici ma quasi. Diciamo buoni conoscenti. Io gli stacco qualche pezzetto di ciambella e addirittura, un paio di volte, è venuto a mangiare impavido dalle mie mani. Non cinguetta mai. Rispetta il mio silenzio assorto e concentrato sull'emozione gastronomica in corso nel mio palato. Si ferma giusto il tempo dello spuntino veloce, poi mi lancia un'occhiata come a dire «mi dispiace per te amico che non voli, io vado a fare un giro» e decolla con due sapienti giravolte. Quando va via, per me è come la sveglia che suona: comincia la giornata.

Il mio «ciambella time» è un segreto che resta tra me, mio suocero e il passerotto. Non ho mai detto nulla a Paola che mi esorta quotidianamente a una dieta piú equilibrata e sana. Non me lo perdonerebbe.

Paola e io, durante questi dieci anni, abbiamo avuto alti e bassi, e pochi mesi fa abbiamo toccato il minimo storico grazie a un evento banale, cui ho già accennato, che si può riassumere in una parola sola e grigia: tradimento. Ho avuto infatti una piccola storia con una nuova cliente della palestra, la signora Moroni. Una piccola storia appunto. Piccolissima. Ci siamo visti due o tre volte. Non piú di cinque comunque. Una decina al massimo. Va bene, dodici. Ma era sesso, solo sesso. Per noi uomini questa è una differenza sostanziale. È un'attenuante generica, spero.

Se le lettrici non hanno già chiuso e lanciato nel camino il libro, cerco di spiegare meglio la situazione.

La signora Moroni.

Trentasei anni, quattro meno di me.

Misure da pin-up anni Cinquanta: 92-60-88 (le ho lette nella scheda della palestra e prontamente memorizzate).

Un viso da Madonna raffaellesca con le labbra rifatte.

Carnagione candida con una spruzzata di lentiggini.

Spiritosa.

Anche lei sposata da anni, con un uomo che viaggia per lavoro.

Quando mi ha scelto come personal trainer, ho pensato subito una cosa: «Ahia!»

Le donne seducenti e sposate con uomini che viaggiano per lavoro non dovrebbero andare in giro libere per palestre frequentate da poveri istruttori che fanno l'amore con la decennale e amata moglie due volte scarse al mese. Dovrebbe essere vietato per legge. Comprate una cyclette e mettetela in soggiorno, please!

All'inizio sono stato molto professionale con la signora Moroni. Diciamo abbastanza professionale. Nelle prime lezioni mi sono limitato al massimo a qualche tiepido sfioramento casuale di coscia o palpatine per saggiare la muscolatura: stile vecchio porco, lo so che lo state pensando. Poi una sera siamo rimasti da soli in palestra oltre l'orario. Ho detto alla segretaria che avrei chiuso io dopo aver terminato alcuni esercizi con la signora Moroni. E in effetti l'esercizio, secondo il vocabolario italiano, è: «una prova o una serie di prove a cui ci si sottopone per mantenersi fisicamente e mentalmente efficiente o per divenire piú esperto in una disciplina».

Ecco, quella sera ci siamo esercitati molto nella disciplina piú antica del mondo.

E abbiamo continuato a esercitarci per diversi mesi. Diversi mesi di bugie, stress e paura di lasciare tracce rivelatrici. Di solito ci esercitavamo a casa di lei, quando il marito musicista era in tournée con qualche cantante evergreen, ma un paio di volte abbiamo replicato con impegno in palestra. Mai da me. Non avrei mai potuto. Ma questo, lo so, non mi assolve.

La cosa grave è che Paola ha scoperto tutto. La sua indagine era partita una sera di febbraio. Lascio il mio iPhone sul tavolo durante la cena. Lo so, è un comportamento molto ingenuo, da principiante del tradimento. Ma d'altra parte ero un principiante. Mentre ci deliziavamo con un ottimo pollo con riso al curry, il telefono squilla. Sul display ben visibile: DOTTOR MORONI. Principiante ma non stupido.

– Non rispondi? – mi fa Paola.

– No, è... è Moroni, il medico della palestra, – invento imbarazzato. – Un tipo noiosissimo, di sicuro è una perdita di tempo.

– Se vuoi rispondo io e gli dico che sei fuori...

– Non importa, grazie amore. Domani mattina lo chiamo. Buono davvero questo curry.

C'era cascata?

Ero stato abbastanza credibile?

Aveva sospetti?

Boh!

Solo quarantotto ore dopo avrei scoperto che le risposte giuste erano: no-no-sí. E che mia moglie si era trasformata in quel momento nel tenente Colombo che quando ha un dubbio anche minimo non molla la preda finché non l'ha stanata e inchiodata alle sue responsabilità.

La serata comunque prosegue tranquilla e questo mi tranquillizza. Vedo *La bella e la bestia* in tv con i bambini, ma soprattutto metto il telefono in modalità aereo. Cosí niente telefonate moleste. Quella notte però non dormo e, in bagno, cancello tutti i messaggi compromettenti del fantomatico «Dottor Moroni».

La mattina dopo chiamo la signora Moroni e scopro il motivo della chiamata inopportuna: sperava la potessi raggiungere dopo cena, visto che il marito era partito per un lavoro imprevisto. Le ribadisco ancora una volta che sono sposato, forse piú felicemente di lei, e che voglio interrompere questa relazione suicida. Quella sera, poco prima della chiusura, la bella traditrice piomba in palestra con una tuta troppo attillata e finiamo per farlo ripetutamente nelle docce dello spogliatoio degli istruttori. Sono un uomo tutto d'un pezzo. Ma soprattutto, come capirete presto, un cretino integrale.

Il giorno seguente la Moroni mi scrive un curioso sms in cui sembra non ricordare nulla della sera prima.

«Quando ci vediamo? Mi manchi! Non so stare cosí tanto senza di te».

Le rispondo sovrappensiero, senza dare peso all'anomalia, e cado inconsapevolmente in una trappola gigante. Continuiamo a scriverci e flirtare per tutto il giorno. Sms eccitanti, divertenti, ma soprattutto inequivocabili. Quando la sera torno a casa, trovo Paola che mi aspetta in piedi, in mezzo al soggiorno, come un cerbero pronto ad azzannare chi vuole entrare. Appena la vedo, capisco. Come se ci fosse un sottotitolo scritto sotto: SEI UN DEFICIENTE.

Lo ammetto, avevo sottovalutato l'intelligenza di mia moglie. Dopo la sospetta telefonata serale del misterioso dottor Moroni, Paola aveva chiamato in palestra e scoperto, dalla solerte segretaria, che non esisteva nessun dottor Moroni, bensí una tale Isabella Moroni che aveva, guarda un po', proprio me come personal trainer. Una veloce ricerca Facebook e salta fuori che l'Isabella in questione è anche piuttosto belloccia per non dire procace. Lo so, potevo mettere un altro cognome nel telefonino ma ora è troppo tardi e già cosí mi sentivo furbissimo. A questo punto cosa ha fatto la machiavellica professoressa che ho sposato? Ha sostituito sulla mia rubrica telefonica il suo numero con quello del dottor Moroni e ha cancellato quello vero della famigerata Isabella. Quando ricevevo un sms da mia moglie vedevo scritto DOTTOR MORONI e rispondevo di conseguenza, annegando sempre piú nel mare impetuoso di bugie in cui mi ero tuffato. Mentre lei mi spiega i passaggi dell'indagine – anche il tenente Colombo lo fa per godere di piú – io ripenso a come giustificare tutti gli sms che ho mandato quel giorno. Improvviso e provo a sostenere questa tesi difensiva: – La Moroni è una cliente della palestra che si è innamorata di me e io la sto respingendo, cercando di non ferirla. Non volevo allarmarti per nulla, amore mio.

La fallimentare arringa non regge nemmeno dieci secondi e allora, in un impeto di ottuso eroismo, accerchiato ormai da evidenti indizi della relazione extraconiugale, decido di confessare tutto e mi affido alla clemenza della corte.

Errore clamoroso.

La corte è incazzata nera.

Insomma, piena tragedia. Parenti e amici coinvolti nel naufragio matrimoniale, soprattutto Umberto e Corrado, sospettati di avermi tenuto il gioco per mesi. In realtà Corrado era perfettamente a conoscenza di tutto, particolari sessuali compresi, mentre con Umberto, a causa della sua piú stretta amicizia con Paola, ero stato un po' reticente. Mi ero limitato a dirgli che c'era stato un bacio tra me e una cliente della palestra ma avevo troncato sul nascere quella che poteva diventare una situazione pericolosa. Il piú violento è mio suocero che, in presenza di Paola, mi fa una ottocentesca paternale sui valori violati della famiglia e sull'onore tradito della figlia. Non mi fa neanche parlare e assiste, con fare da capobranco, quando sua figlia mi invita a lasciare la casa.

Quella notte finisco ospite a casa di Corrado sul divano letto. Esperienza da dimenticare. Il suo magmatico monolocale è invaso da oggetti, residui di cibo e vestiti sporchi. Sembra il prato di Woodstock alla fine del concerto.

Il mattino dopo passo davanti alla pasticceria. Esito, vorrei entrare e avere la possibilità di spiegarmi, ma non ho il coraggio e faccio dietrofront. Mi blocca la voce imperiosa di Oscar.

Le sue prime tre parole sono esplicite:

– Sei un coglione!

Mi volto. È di fronte a me in tutta la sua ingombrante romanità.

– È stato uno sbaglio... lo so che... – provo a difendermi ma sono subito interrotto.

– Lo avevo detto a mia figlia che eri un coglione.

Il concetto ora è molto chiaro.

– Sí, in effetti...

– Perché solo un coglione può confessare! – precisa spiazzandomi. – Non si confessa mai. Questa è la regola numero uno del matrimonio, tutto il resto non conta. Puoi avere tre amanti, dimenticarti i compleanni, gli anniversari di matrimonio: tutto si recupera. Ma non si confessa mai. Il sacerdote dovrebbe dirlo durante la cerimonia e farlo firmare davanti ai testimoni: «Giurate di esservi fedeli sempre e comunque non vi fate accorgere e, alle brutte, non confessate mai!»

Mi aspettavo un'ennesima ramanzina invece mi trovo davanti a un'inaspettata dimostrazione di solidarietà maschile.

– Lucio mio, la verità è che tutti gli uomini prima o poi hanno dormito in branda in ufficio o in uno scantinato.

– Pure tu? – gli chiedo.

– Pure io. Ma non mi chiedere i particolari. È una cosa privata –. Poi non resiste: – Era un'apprendista pasticciera ucraina. Ventiquattro anni, io quarantacinque. Non parlava neanche italiano ma aveva un davanzale che te lo raccomando. Negata per fare creme e pastefrolle, ma brava in tutto il resto.

Sorrido pensando a Oscar che si sforza di corteggiare un'ucraina in inglese maccheronico, tra un profiterole e un vassoio di bignè. Intanto la sua dissertazione sul tradimento continua: – L'infedeltà coniugale non è un difetto, è un'imperfezione genetica, è nel Dna degli uomini dalla notte dei tempi. È come avere due orecchie o un naso. Non ci puoi fare niente. Sei un computer di carne programmato per tradire. La differenza è solo che alcuni maschi hanno meno occasioni, meno carisma, meno tempo o meno soldi. E cosí ora, per colpa del tuo Dna, ti tocca dormire in branda! Magari per tutta la vita.

Apprezzo molto la cameratesca confessione, ma gli preciso che Paola, nonostante il caos emotivo e la cacciata di casa, non ha mai parlato di separazione. Almeno fino a quel momento. Ne parla infatti circa due ore dopo, pregandomi di fare le valigie e sparire dalla sua vita per sempre. Una reazione forse esagerata ma condivisibile. Non ho armi per ribattere. È giusto cosí, me la sono cercata.

– E i bambini? – chiedo soltanto.

– I bambini poi vediamo, intanto gli dico che lavori fino a tardi e che dormi in palestra.

Mi sembra ragionevole. Convinto che si tratti di una sfuriata passeggera, visto che non navigo nell'oro, penso di sistemarmi nel monolocale di Umberto vista l'inagibilità di quello di Corrado. Scopro però che il mio amico veterinario si porta il lavoro a casa, nella fattispecie una decina tra cani e gatti che di tanto in tanto affollano i suoi quaranta metri quadri. Decisamente un appartamento sovraffollato. Non mi resta che aprire il computer e cercare una pensioncina monostella vicino alla palestra.

L'aiuto mi arriva da una persona imprevista che dovrebbe stare dall'altro lato della barricata: per l'appunto mio suocero.

Oscar mi offre alloggio nel retrobottega della pasticceria, fino a che la figlia non mi perdonerà, cosa che, per la cronaca, non sembra affatto intenzionata a fare. Ovviamente mi ospita all'insaputa di Paola che mi crede in un fantomatico ed economico bed and breakfast di Trastevere.

Mi ritrovo cosí, con un borsone ammucchiato in un angolo, a tentare di prender sonno mentre l'assistente pasticciere cingalese inforna cornetti, riempie bignè e decora torte. La mattina mi sveglio stropicciato e unto. Ogni giorno mi riprometto di trovare una nuova e piú degna sistemazione, ma poi, un po' per via della vicinanza col lavoro in palestra, un po' per l'affetto di Oscar che mi tratta davvero come un figlio, resto lí, tra un vassoio di sfogliatelle e un sacco di farina 00. Riesco a vedere Lorenzo ed Eva soltanto un paio di sere a settimana e il sabato pomeriggio, ma spero che la situazione si normalizzi presto.

Era proprio il momento ideale per scoprire che avevo un nuovo amico di nome Fritz.

L'amico Fritz

In realtà le avvisaglie erano arrivate quasi un anno prima della storia con la Moroni ma erano state ampiamente sottovalutate. Ricordo benissimo la prima scampanellata dell'amico Fritz. Quel pomeriggio ero in piscina con i miei ragazzi a provare degli schemi. La pallanuoto è una disciplina impegnativa e maschia, e il mio compito di allenatore – basta guardare una foto della mia squadra mingherlina – è improbo. Galleggiamo, come vi dicevo, a metà classifica, vinciamo di poco e in modo rocambolesco con le squadre piú deboli, e incassiamo delle goleade memorabili dalle prime in classifica. Il mio portiere titolare Alessio, soprannominato Saponetta, non riesce mai a fermare un tiro nemmeno per sbaglio, mentre il centroboa Martino, il nostro attaccante di riferimento, è scattante ma strabico. Il mio allenatore in seconda, Giacomo, un trentenne autistico che ricorda a memoria tutte le partite della storia della pallanuoto, non è di grande aiuto per migliorare il rendimento della scalcinata compagine. Però si fa ben volere da tutti e in quest'Armata Brancaleone ci sta benissimo. Non è una metafora, Armata Brancaleone è proprio il nome della mia squadra. Un nome, una garanzia.

Quando ho avvertito il primo dolore allo stomaco, ero in acqua e cercavo di insegnare a Saponetta un minimo di senso della posizione nelle azioni in inferiorità numerica.

Ho appena eseguito un tiro in porta, quando sento una fitta che mi trafigge per qualche istante. Classifico il dolore passeggero come contrattura o piccola ernia e per mesi non ci bado piú. Io non mi sono mai ammalato davvero e l'ultima cosa che pensavo era che fosse qualcosa di grave.

Quante volte avete sentito questa frase nella vita?

Fatto sta che comincio a star male piú spesso, le fitte sporadiche si trasformano in un doloretto quasi costante, non riesco piú a nuotare bene, mi riempio di analgesici e antinfiammatori, credendo che si tratti di un fastidioso stiramento ai muscoli addominali (o a quello che resta di loro). Informo anche Paola che insiste per prenotarmi un'ecografia all'addome, ma la convinco che doloretti cosí ne ho avuti tanti nel mio glorioso passato sportivo e che, di solito, guariscono da soli con il tempo e l'inattività. In realtà la relazione con la signora Moroni non la definirei proprio inattività, ma il dolore è ancora sopportabile durante gli amplessi. Ripenso spesso a quell'ecografia all'addome che non ho fatto come a una scena del film *Sliding Doors*.

Cosa sarebbe successo se avessi seguito il consiglio di Paola?

Avrei vissuto altri dieci, venti, trent'anni?

O forse sarei stato investito all'uscita dell'ospedale e morto sul colpo?

La mia personale porta scorrevole si è chiusa davanti a me quel giorno.

Solo che io non lo sapevo.

Mi autoconvinco, a poco a poco, che non sia un problema muscolare ma una minuscola e insidiosa ernia. Una facilissima operazione sistemerebbe tutto, però decido di aspettare ancora, sperando di svegliarmi per miracolo sano come un pesce sano. Nel frattempo, i sintomi aumentano: comincio a sentirmi piú stanco del solito, un pomeriggio vomito, un'altra volta mi trascino una fastidiosa febbriciattola per due settimane. E trovo sempre una spiegazione logica: «è un periodo di stress», «ho mangiato male ieri sera», «ho preso freddo in piscina», «37,2 non è mica tanta febbre». Non collego ancora le avvisaglie a un unico e micidiale nemico.

Trascorrono veloci i mesi e intanto, come sapete, la mia vita familiare precipita e finisco per dormire nel retro della pasticceria. Una piovosa sera d'inizio marzo, cerco di rendermi utile e aiuto Oscar a infornare un vassoio di muffin al cioccolato, ma, all'improvviso, un dolore piú forte del solito mi fa piegare in due. Lascio cadere a terra il vassoio e urlo. Oscar e il cingalese mi soccorrono allibiti e mi aiutano a sedermi. Gli racconto che sono ormai quasi otto mesi che le fitte si ripetono e che convivo ingenuamente con questa cavolo di ernia. Troppo tempo.

– Fatti visitare da uno specialista, – propone Oscar.

– Grazie Oscar, ma vedrai che in un paio di settimane starò meglio.

– Non era un invito, – precisa mio suocero. – Era un ordine: «Fatti visitare da uno specialista». Potrebbe anche essere un'ulcera. Un mio cliente c'è morto di ulcera, non c'è tanto da scherzare. Un giorno stava qua che mangiava un maritozzo e commentava la vittoria della Roma, il giorno dopo stava al cimitero sotto un metro di terra.

Colpito e affondato. Oscar è riuscito a essere chiaro e incisivo come sempre. La parola «morto» è una doccia gelata che mi spinge a consultare davvero un medico, ormai certo che si tratti di un'ulcera. Vado cosí dal mio amico Umberto. Veterinario ma pur sempre medico.

La sala d'aspetto dello studio di Umberto è piena.

Intorno a me sono seduti: una vecchietta gattara con la gabbietta contenente un persiano sulle ginocchia; un tredicenne con mamma e camaleonte al seguito; un austero cinquantenne occhialuto e démodé con un collie antipatico identico a lui; una bella trentenne tatuata con una misteriosa cesta accanto.

La gattara mi fissa con insistenza, poi non resiste alla curiosità: – Lei che animale ha?

– Ho le zecche, – le rispondo con un sorrisone.

Non capisce se scherzo o dico sul serio. Comunque si sposta una sedia piú in là, borbottando al suo felino domestico qualcosa sulla decadenza della nostra società e la maleducazione.

Entro per ultimo nella stanza delle visite. Chiedo subito a Umberto cosa c'era nella cesta della tatuata.

– Un pitone. Oggi va di moda, – mi risponde con naturalezza. Poi mi chiede il motivo della mia visita a sorpresa. È la prima volta che passo dal suo studio per motivi professionali.

Gli spiego del dolore addominale che ho da quasi otto mesi. È una vita che non vado da un medico, ho evitato la dottoressa della Asl che abbiamo in comune con Paola proprio per non allarmarla troppo. È anche una sua amica e comunque glielo avrebbe detto, alla faccia del segreto professionale. Sono quasi sicuro, spiego a Umberto, che si tratti di un'ulcera.

Il mio amico mi fa sdraiare supino e mi palpa con perizia lo stomaco. Sento una fitta molto fastidiosa. Lo vedo un po' preoccupato.

– Ti fa male qui? – mi domanda.

La risposta è scritta nella mia smorfia. Sí, mi fa molto male.

Mi rivesto mentre mi spiega che, a suo avviso, non si tratta di un'ernia, né di un dolore intercostale, né tantomeno di un'ulcera.

– È un piccolo rigonfiamento, – mi spiega, – tra il fegato e lo stomaco, difficile stabilirlo con un esame cosí generico. Forse si tratta di un lipoma, che in parole povere è un accumulo di grasso anomalo di natura benigna. Io farei subito un'ecografia addominale. Oggi le apparecchiature permettono un'indagine veloce e accurata.

– In effetti Paola me l'aveva già consigliata qualche mese fa.

– E aveva ragione. Come quasi sempre, devo dire.

Mi bacchetta un po' come solo i medici e le professoresse sanno fare. Ha ragione, avrei dovuto dare retta a mia moglie e impedire che quella porta scorrevole si chiudesse.

– Aggiungerei un'analisi del sangue. Vedrai che non è nulla, – conclude Umberto. – Non bevi quasi mai, non fumi, sei pure un ex atleta!

Capisco benissimo che non vuole allarmarmi.

Il suo sorriso non mi piace per niente.

Saltando le parti noiose, ecco il referto dell'ecografia all'addome che ho fatto due giorni dopo in un centro specializzato. Leggo il risultato, mentre aspetto il medico che lo commenterà, e consulto subito Wikipedia dal telefonino. Cerco le due parole scritte in grassetto dopo «si riscontra nel paziente un». Le parole sono «carcinoma epatocellulare».

Wikipedia è efficiente come sempre.

Il carcinoma è un tumore maligno.

Tumore. Maligno.

Due parole già antipatiche quando sono da sole.

Epatocellulare indica invece che l'organo colpito è il fegato.

Il fegato.

Ottimo.

Anche i neonati sanno che il tumore al fegato è il piú pericoloso.

Due righe piú sotto c'è la misura dell'intruso.

6 cm di lunghezza.

Ospitavo, nel mio accogliente ventre, un carcinoma epatocellulare lungo 6 cm, con un diametro di 0,7 cm.

Piú o meno le dimensioni di una patatina fritta.

Anche i neonati sanno che le patatine fritte fanno male.

Ho un tumore al fegato di 6 cm. Anche le analisi del sangue confermano il valore troppo alto dei marker tumorali che segnalano la presenza indesiderata nel mio organismo. Nessuna possibilità di equivoco.

Non aspetto nemmeno il dottore che, con faccia triste da attore consumato, dovrebbe comunicarmi la notizia. Esco in strada.

Ho un tumore al fegato di 6 cm.

Cammino senza meta.

Ho un tumore al fegato di 6 cm.

Ripeto ad alta voce la frase come un mantra.

Ho un tumore al fegato di 6 cm.

Non riesco a smettere.

Ho un tumore al fegato di 6 cm… Ho un tumore al fegato di 6 cm… Ho un tumore al fegato di 6 cm… Ho un tumore al fegato di 6 cm… Ho un tumore al fegato di 6 cm… Ho un tumore al fegato di 6 cm… Ho un tumore al fegato di 6 cm… Ho un tumore al fegato di 6 cm… Ho un tumore al fegato di

6 cm… Ho un tumore al fegato di 6 cm… Ho un tumore al fegato di

6 cm... Ho un tumore al fegato di 6 cm... Ho un tumore al fegato di 6 cm... Ho un tumore al fegato di 6 cm... Ho un tumore al fegato di 6 cm... Ho un tumore al fegato di 6 cm... Ho un tumore al fegato di 6 cm... Ho un tumore al fegato di 6 cm... Ho un tumore al fegato di 6 cm... Ho un tumore al fegato di 6 cm... Ho un tumore al fegato di 6 cm... Ho un tumore al fegato di 6 cm... Ho un tumore al fegato di 6 cm... Ho un tumore al fegato di 6 cm... Ho un tumore al fegato di 6 cm... Ho un tumore al fegato di 6 cm...

Sospendo per un attimo di fare Jack Nicholson in *Shining* e ho finalmente un barlume d'intelligenza. Mi domando: «Sono tanti 6 cm per un tumore al fegato?»

Magari 6 cm sono uno stadio iniziale e irrilevante. Ma sí, si tratta certamente di un tumorino neonato e indifeso. L'illusione dura 0,14 secondi, il tempo di una ricerca su Google. La risposta è sí, 6 cm sono tanti. Non tantissimi ma tanti. Anche secondo l'oncologo che scruta severo la mia ecografia si tratta davvero di una bella misura. Un bel tumore rigoglioso e robusto. Mi prescrive, anzi m'impone, di fare subito una Tac completa al torace.

La prenoto e, nel frattempo, passo la notte navigando su Internet. Torno a fare una cosa che ho sempre odiato. Studio. Non ho voglia di fare altro, mangiare, bere, dormire, ma solo di googlare continuamente le parole «tumore», «fegato», «guarigione» e via cosí.

Nel giro di poche ore sono il piú grande esperto mondiale di carcinomi. Scopro addirittura che le prime operazioni per asportare masse tumorali le ha eseguite il poliedrico scienziato egizio Imhotep, una specie di Leonardo da Vinci del Nilo, capace di progettare piramidi immortali e fondare la scienza medica occidentale, fino a essere addirittura venerato come «dio della medicina». All'epoca, quasi tutti i suoi pazienti, operati senza anestesia, perdevano la vita durante l'intervento o subito dopo per emorragia. Salto quattromila anni di storia della medicina e mi concentro su ricerche piú recenti dedicate all'amico Fritz.

Leggo da una pagina Internet relativa all'argomento: «Il carcinoma epatocellulare è il tipo piú frequente di tumore primario al fegato».

Non soffro nemmeno di una malattia particolarmente originale.

«Si sviluppa nelle cellule del fegato e danneggia le altre cellule sane».

Bene.

«La crescita ininterrotta delle cellule tumorali può sfociare in una forma maligna di tumore».

Benissimo.

«All'inizio, questo tipo di tumore non causa particolari disturbi ed è difficile da scoprire».

Stronzo.

«Quando il tumore è diventato piú grande, possono manifestarsi sintomi come dolore all'addome, gonfiore, perdita di peso, nausea, vomito, stanchezza e colorazione gialla della pelle e degli occhi».

Ce li ho tutti.

«Gli uomini sono piú soggetti a sviluppare il tumore. A seconda del tipo e dello stadio del tumore, possono essere utilizzati trattamenti diversi. La chirurgia o il trapianto di fegato sono alternative valide solo se il tumore è piccolo e contenuto all'interno del fegato. Se invece è già sviluppato, la chemioterapia o la radioterapia possono prolungare la sopravvivenza, ma non consentono di curare la patologia».

Non consentono di curare la patologia.

La frase rimbomba come un do di petto di Pavarotti nel retro della pasticceria. Resto davanti al mio portatile, freezato in un fermo immagine.

Non consentono di curare la patologia.

Non... consentono... di... curare... la... patologia.

Il risultato della ricerca è inequivocabile.

Non è cambiato nulla dai tempi di Imhotep.

Morirò.

E fin qui è un verbo al futuro che dovremmo conoscere fin da bambini. Tutti moriremo. Ma io morirò prima di quanto previsto.

Prima di quanto avrei voluto.

Prima di quanto sia giusto.

Morirò prima. Punto.

Ancora non ho detto nulla a Paola. Un po' per pudore, un po' perché non mi risponde mai al telefono, ma soprattutto perché non ci credo davvero. Non voglio e non posso crederci.

A colazione, mi confido con gli altri due moschettieri: Umberto e Corrado. Li incontro insieme in un baretto in cui andiamo dai tempi del liceo e nel quale l'arredo e le pastarelle non sono cambiati da allora. Riconosco anche, dietro il vetro del bancone, un'epigona della Luisona di Stefano Benni, una brioche rancida ma ottimista che abita lí dal lontano 1979.

È una colazione molto complicata. Complicatissima.

Dovrebbero pubblicare urgentemente un manuale con questo titolo: *Come comportarsi a colazione quando un amico fraterno vi dice che ha un cancro al fegato?* È la conversazione piú difficile tra i miliardi di conversazioni possibili. Il problema principale è azzeccare il tono giusto dei dialoghi.

DIALOGO CON GAFFE

– Amici, ho un cancro al fegato...
– Davvero? Anche mio zio l'ha avuto l'anno scorso...
– E come sta?
– È morto!

DIALOGO ASSURDO

– Amici, ho un cancro al fegato.
– Ah meno male, pensavo peggio!
– Peggio? Tipo cosa c'è di peggio?
– Be' per esempio... fammi pensare... ecco, diventare paraplegico è peggio, credo.
– Grazie. Ora sto meglio.

DIALOGO IMBARAZZANTE

– Amici, ho un cancro al fegato...
– Mio Dio! Eri il mio moschettiere preferito!
– Perché parli al passato?

DIALOGO INCORAGGIANTE

– Amici, ho un cancro al fegato...
– Non ti preoccupare, sei forte, ce la farai!
– E se non ce la faccio?
– Questa ipotesi non la prendere nemmeno in considerazione.

A questo punto del dialogo incoraggiante qualcuno non trattiene una lacrima e si piange tutti insieme appassionatamente per una mezz'ora.

Decido di alleggerire io la tensione e ironizzare sulla mia stessa malattia. È qui che decido di assegnare un nome alla simpatica patatina fritta che ho nel fegato. La battezzo «amico Fritz», come si dice degli amici poco sinceri che non vuoi nominare espressamente. Da quel momento per me la parola «cancro» non esiste piú nel vocabolario.

Racconto ad Athos e Aramis che, nel pomeriggio, andrò a fare la Tac e che i risultati della stessa me li commenteranno quasi in diretta. C'è gente col mio stesso male che è vissuta anche per quattro o addirittura cinque anni. Ormai so tutto del carcinoma epatocellulare. Sono un'autorità in materia.

I due sono molto colpiti, non riescono a dire frasi sensate. E nemmeno io tra l'altro. Finiamo per giocare a biliardino, io in coppia con il figlio quattordicenne butterato del barista, e non tocchiamo piú l'argomento. Ma l'argomento è lí con noi che ci guarda giocare e non mi stacca gli occhi di dosso. Vinciamo noi 6 a 4, il ragazzino è un fenomeno in porta.

Quel pomeriggio vado a fare la sospirata tomografia assiale computerizzata. Tre parole complicate per dire che dei raggi analizzano il mio busto fetta per fetta, sfogliandolo come sottilette.

Il risultato è la parola piú brutta del mondo dopo «guerra».

È quasi un sinonimo di morte.

Metastasi.

Ho i polmoni invasi da metastasi.

L'avevo letto: le prime metastasi di un cancro al fegato di solito si sviluppano nei polmoni.

Sono un caso da manuale.

Quanto?

La domanda principale è: quanto?

Quanto tempo mi resta?

Poi vengono le altre domande.

Tra queste, quella che m'interessa di piú è: come?

Come morirò?

Capirò?

Soffrirò?

Agonizzerò?

Capisco solo in quel momento che la parola «agonia» è piú sgradevole della tanto bistrattata «morte».

Sul perché mi accade tutto questo incubo, non credo che troverò una risposta e quindi, per ora, non mi pongo nemmeno la domanda.

Prima devo sapere quanto.

Prendo di nuovo appuntamento con l'oncologo, per il quale provo ormai un odio bambinesco, come se mi avesse bucato il pallone con cui stavo giocando in spiaggia, e intanto decido di parlare finalmente con Paola. Ci incontriamo vicino alla scuola dei bambini. Il dialogo avviene davanti a un semaforo rotto, accanto alla sua Twingo.

– Ho un cancro al fegato con metastasi ai polmoni.

Paola mi guarda: so che sospetta che io stia scherzando. Ma non ho gli occhi di uno che scherza e in casa l'attrice brava è lei.

– Quando l'hai scoperto?

– Dieci giorni fa. Ho fatto tutte le analisi possibili. Non c'è margine di errore purtroppo.

La guerriera che ho sposato sotterra l'ascia di guerra e decide di accompagnarmi dall'oncologo. Non mi sembra ritrovato amore e nemmeno perdono, piuttosto ho la sensazione si tratti di sgomento misto a pietà. Ma forse è solo una sensazione. Mi chiede anche di tornare a dormire a casa. Io esito. Non è cosí che volevo essere riammesso in famiglia. Paola intuisce i miei pensieri e mi chiarisce che non ha affatto dimenticato l'accaduto. Mi dà soltanto il permesso di tornare a casa in quanto ammalato. Il perdono non c'è ancora. Ora è il tempo di fare e, prima ancora, di sapere.

Paola mi tiene la mano mentre lo sgradevole oncologo non regala spazio all'ottimismo. Analizza la Tac e le mie analisi del sangue e sentenzia: – Signor Battistini, la sua neoplasia è una delle piú aggressive, e purtroppo è stata scoperta in uno stadio già avanzato. I marker tumorali nel sangue sono molto alti. È questo valore qui, la coriogonadotropina.

Qui sento lo sguardo «te l'avevo detto» di Paola che mi trafigge come mille pugnali.

– La sua Tac evidenzia numerose e diffuse metastasi ai polmoni.

M'innervosisco: – Sí. Questo lo so... vada al dunque...

– In altre circostanze avrei suggerito un tentativo di asportazione chirurgica della neoplasia primaria al fegato, ma nelle sue condizioni è davvero un pericoloso palliativo. Cosí come il trapianto. Le percentuali di riuscita di un trapianto sono basse, la lista di attesa lunghissima e, nel suo caso, le metastasi hanno già compromesso la situazione. Mi perdoni la franchezza, ma è meglio essere chiari: nessuna terapia può davvero aiutarla.

Silenzio.

Guardo Paola che non ha la forza di alzare gli occhi.

Ho la domanda in canna da dieci minuti e la sparo: - Quanto?

– La risposta è difficile, signor Battistini...

Esita lo stronzo. Prenditi le tue responsabilità cazzo! Mi hai bucato il pallone, ora devi dirmi anche tra quanto mi spengono le luci del campo.

– Quanto?

– Bisogna vedere come il suo...

– Quanto???

– Quattro o cinque mesi, – precisa. – Dipende dalla resistenza del suo organismo. E dalle cure a cui si sottoporrà.

Silenzio.

– La casistica però è molto ampia, – mi spiega, – qualcuno riesce a vivere anche fino a cinque anni.

– Qualcuno quanti?

– Diciamo... pochissimi.

Pochissimi, una percentuale molto confortante.

Sparo la seconda domanda.

– Fino a quando starò bene?

– Che intende per bene? Lei è già ammalato.

– Ha capito benissimo. Fino a quando potrò condurre una vita normale?

– Anche in questo caso dipende da...

– Piú o meno? – lo incalzo aggressivo.

– Poco piú di tre mesi. Poi la dose di antidolorifici che dovrà prendere la stordirà un po' e comincerà la fase finale.

Poco piú di tre mesi di vita. Di vita vera, intendo. Piú o meno.

– Cento giorni, – sussurro.

– Come ha detto? – fa il medico.

– Mi restano cento giorni.

– Le ho detto che possono essere anche di piú se...

Non lo ascolto. Cento giorni. Il numero rimbomba nella mia testa.

Interviene Paola.

– C'è qualcosa che possiamo fare per prolungare il tempo? Qualsiasi cosa.

– La chemioterapia, signora, può essere un valido aiuto per bloccare la proliferazione delle cellule patogene, – spiega. – Ma ha innumerevoli effetti collaterali che rendono la vita quotidiana piuttosto complicata.

Torno a sintonizzarmi sulla visita in corso.

– Di quali effetti collaterali si tratta?

So benissimo che la chemio fa cadere i capelli, dà nausea, vomito e stanchezza. Lo sanno tutti, l'abbiamo visto in tanti documentari e film. E quasi tutti l'hanno vissuto di riflesso assistendo al lento spegnimento di un nonno o di uno zio. Ma la verità è ben diversa e piú aggressiva.

– La chemio, signor Battistini, non è intelligente, uccide anche cellule sane. È, a tutti gli effetti, un veleno che immettiamo nel corpo per cercare di uccidere il nemico principale ma intanto, strada facendo, commette una strage. Gli effetti collaterali sono molti di piú di quelli che conosce. Ci sono casi di anemia, disturbi digestivi, perdita di appetito e alterazione del gusto, febbre, tosse, mal di gola, mal di testa, dolori muscolari, nervosismo, perdita dell'udito, scarso interesse per la vita sessuale e problemi di fertilità.

Nient'altro?

Se non faccio nulla muoio nel giro di qualche mese, aiutato a non soffrire negli ultimi giorni da medicine gentili. Se mi sottopongo alla piú famosa delle cure anticancerogene, muoio lo stesso, probabilmente piú avanti, ma nel frattempo mi trasformo, non sono piú Lucio Battistini ma una larva di un quintale, intontita e abbandonata su un divano, prigioniera di un infinito zapping tv.

L'oncologo mi chiede se voglio iniziare un primo ciclo di chemioterapia. Io non rispondo. Semplicemente non lo so.

All'uscita, saluto con un lungo abbraccio Paola e m'incammino verso la pasticceria per recuperare le mie poche cose. La raggiungerò piú tardi a casa nostra per cenare con i bambini.

Lorenzo ed Eva.

Solo a sentirli nominare mi viene da piangere.

Cerco di non pensarci. Non adesso.

Mio suocero ascolta in silenzio il resoconto della visita. Concludo con la sintesi piú estrema. Ho cento giorni di vita. Giorno piú, giorno meno. Poi comincerà quella che l'oncologo chiama la «fase finale» che non voglio nemmeno immaginare.

La domanda che mi pone Oscar è angosciante ma legittima: – E come li vuoi passare questi cento giorni?

Anche a questa domanda non ho una risposta.

Cento giorni.

Sono tanti se sei in vacanza.

Solo pochi privilegiati hanno fatto una vacanza di cento giorni.

Peccato che la mia non sia una vacanza.

Cento giorni.

Non ci ho pensato.

Nessuno ci ha mai pensato.

Cosa fareste voi se mancassero un centinaio di giorni alla vostra morte?

Pausa.

Ripeto la domanda.

Cosa fareste voi se mancassero un centinaio di giorni alla vostra morte?

Vi do dei suggerimenti.

Andreste in ufficio o a scuola domani mattina?

Fareste l'amore ogni ora con la persona che amate?

Vendereste tutto per traslocare ai tropici?

Preghereste il Dio in cui credete?

Preghereste un Dio nel quale non avete mai creduto?

Urlereste fino a che avete fiato?

Fissereste all'infinito il soffitto sperando che crolli e vi uccida?

Vi lascio un paio di pagine bianche per segnare i vostri appunti prima di cominciare il mio personale conto alla rovescia. Non abbiate paura di rovinare il libro scrivendoci sopra. È solo un oggetto. Scarabocchiatelo pure, non mi offendo.

– 100

L'orologio biologico mi sveglia alle quattro di mattina.

Paola dorme. Mi ha riammesso nel lettone, ma nessun contatto fisico.

Cento giorni.

È il mio primo pensiero.

Cento giorni.

Poco piú, poco meno. Questione di statistica.

Non sono pochi. 2400 ore, di cui circa 800 verranno perse dormendo.

8 640 000 secondi. Otto milioni. Detto in secondi sembra tantissimo.

Cento giorni però è piú allegro. Ha un'aria sbarazzina e liceale.

«Cento giorni agli esami di maturità».

Che bel periodo. Andavo in giro mascherato da Carnevale (inutile dire che ero vestito sempre da moschettiere) con una scatola di scarpe bucata a chiedere l'elemosina. Poi scattava la tradizionale pizzata con la classe a spese dei passanti che si erano impietositi in ricordo dei vecchi tempi in cui giocavano a ruoli invertiti.

In quel caso mancavano cento giorni al futuro.

Cento giorni.

Vado alla mia scrivania, rintraccio in fondo al cassetto un vecchio quaderno a righe. In copertina c'è Dino Zoff che alza la coppa del mondo al cielo. Un disegno colorato fatto male, nemmeno una fotografia. L'ho ottenuto nel 1982, barattando un album di figurine dei calciatori quasi completo. Nel cambio ci ho perso, credo. Avevo nove anni. Non ho mai avuto il coraggio di usarlo. Mi è sempre sembrato un quaderno da collezione che il trascorrere degli anni avrebbe fatto diventare rarissimo e prezioso. Credo di essermi sbagliato. E comunque non me ne importa nulla.

Lo apro e numero le pagine a mano.

Da cento a zero.

Non scrivo a mano da tempo immemore. Capisco di saper scrivere bene solo la mia firma ormai. I numeri nessuno li segna piú a mano, ma sul display del cellulare. Sono un analfabeta di ritorno. Faccio dei tentativi di scrittura con frasi a casaccio, scelte da un giornale buttato là vicino. La mia grafia è imbarazzante, quasi cuneiforme come quella dei medici.

Forse tengo un diario.

Forse no.

A che serve tenere un diario?

Qualcuno ha mai letto un diario altrui? A parte quello di Anna Frank e quello di Bridget Jones non ricordo un diario memorabile. Chissà quanti capolavori della letteratura sono nascosti nei quaderni e nelle agende di Holly Hobbie riempiti d'inchiostro dalle quindicenni che, statisticamente, sono la categoria piú «diariosa». Le donne amano i diari piú degli uomini. Chissà perché.

Io non ho mai tenuto un diario.

Appoggio la penna sul foglio.

Penso.

Dunque, le cose che vorrei fare in questi cento giorni residui.

Mi blocco subito.

La classica crisi dello scrittore, la sindrome del foglio bianco.

Guardo la penna a sfera che ho in mano. Bic blu. Di quelle nuovo modello, col grip, cosí resta incollata bene alla mano.

Non resisto.

Google.

«Chi ha inventato la penna a sfera?»

La penna a sfera, chiamata piú comunemente penna biro, prende il nome del suo inventore, il giornalista ungherese László Bíró che l'ideò nel 1938. La leggenda narra che ebbe la prima intuizione vedendo dei bambini che giocavano a bocce in una strada con delle pozzanghere. Le sfere lasciavano delle scie bagnate mentre rotolavano sulla parte asciutta del selciato. Idea semplice ma geniale. In pochi anni, vista l'affidabilità, la pochissima manutenzione di cui ha bisogno e il basso costo di produzione, la biro rimpiazzò le penne stilografiche. Oggi si può dire con certezza che sia la piú diffusa invenzione di tutti i tempi dopo la ruota. In ogni casa del mondo ce n'è almeno una. Peccato che il povero Bíró, a causa delle precarie condizioni economiche, abbia ceduto il brevetto alla società americana Parker, che come sapete ha investito bene i suoi soldi.

Ma chi ha inventato davvero la penna a sfera?

Chi è stato il primo a progettarla, quasi cinquecento anni prima dell'intuizione di Bíró?

Risposta ovvia. Banale. Scontata.

Leonardo.

Vi pare che l'Archimede Pitagorico toscano si sarebbe lasciato sfuggire una delle piú importanti invenzioni di sempre? Non scherziamo.

Fu proprio il secchione nato a Vinci a creare i primi progetti di una penna a sfera. Il disegno, presente in uno dei suoi codici, consisteva in un semplice tubo che si restringeva verso la parte finale con delle specie di scanalature che permettevano il passaggio dell'inchiostro verso la sfera che chiudeva il tubicino in modo tale da poter scrivere.

Mi dispiace, caro Bíró, sei arrivato secondo.

Ho capito la prima cosa che voglio fare in questi cento giorni.

Ignorare l'amico Fritz.

Mi vesto e vado in palestra come fosse un giorno qualsiasi. Non aspetto nemmeno il risveglio di Paola. Non saprei cosa dirle, odio il suo sguardo disorientato e un po' impaurito. Passo dalla pasticceria di mio suocero. Sono in anticipo di un paio d'ore rispetto al solito. La mia ciambella mattutina è ancora calda. Mi siedo al tavolino e osservo l'apertura dei negozi. Non sono mai arrivato a quest'ora. Il film delle sei del mattino è diverso da quello delle otto. A parte per l'amico passerotto che si posa accanto al piatto. Mi guarda. Se parlasse l'italiano mi chiederebbe: «Che ci fai qui a quest'ora? Tutto bene?»

E io gli risponderei, mentendo: «Tutto bene. E tu?»

«Ho un problema a casa, la mia compagna ha perso il lavoro e abbiamo quattro figli da sfamare ancora nel nido. Ti dispiace se prendo un pezzo di ciambella?»

«Fai pure».

Col becco stacca un pezzetto piú bruciacchiato e lo ingoia.

«Che lavoro faceva la tua compagna?» chiedo incuriosito.

«Faceva compagnia a un dentista vedovo e in pensione di Prati. Appuntamento sul lungotevere, dove il tizio passeggiava ogni mattina. Dividevano la colazione, un po' come facciamo io e te».

«E poi cosa è successo?»

«Il vecchietto si è fidanzato con una diciannovenne ucraina, e la mattina ora fanno colazione a casa. Mia moglie si è trovata disoccupata da un giorno all'altro».

«Mi dispiace...»

«È la vita. Posso prendere un altro pezzo? Lo porto ai miei piccoli».

«Prego...»

Stacca un pezzo piú grande del solito, mi guarda ringraziandomi e vola via, sparendo elegantemente dietro l'angolo.

Finisco la ciambella. Lecco lo zucchero sulle labbra. Lancio una voce all'indaffarato Oscar e mi avvio in palestra.

In tasca ho il quaderno di Zoff.

Ancora vuoto.

-99

Ho già sprecato un giorno.

Non so perché ma avere un conto alla rovescia preciso mi aiuta a non cadere nella totale apatia. In realtà è solo una condanna statistica e oggi non riesco a pensare cosa accadrà esattamente dopo il giorno zero. Nessuno immagina mai la propria morte. Anzi, ne neghiamo l'esistenza. Tutti siamo sicuri che per noi sarà fatta un'eccezione.

Esco e salgo sulla mia station-wagon. Non mi piace la mia macchina.

Le automobili seguono i periodi della vita in maniera simbolica: prima usi quella di tuo padre per imparare a guidare (nel mio caso la Renault 4 di nonno, la macchina piú bella di tutti i tempi), poi ne compri una modello usato un po' piú sportivo magari con la trazione integrale, dopo ti fidanzi e prendi un'utilitaria comoda con il bagagliaio piú grande per fare dei week-end romantici, quando nascono i figli ti converti alla station-wagon, la tristezza assoluta dell'automobilismo. Io sono arrivato a questa fase, non completerò, temo, le ultime due: quando a cinquant'anni ti prendi una Porsche usata per illuderti di essere un playboy ventenne figlio di papà, e quando, verso i settanta, ti ricompri, vintage e costosissima, la macchina sulla quale hai imparato a guidare, ci risali sopra emozionato e scopri che non ha il servo sterzo, accelera come una mucca in un gran premio della montagna, non ha l'autoradio, il TomTom, l'aria condizionata, i finestrini elettrici, consuma come un Tir, fa fumo da dietro come un treno del far west e le molle dei sedili tentano di spezzarti la spina dorsale a ogni buca. Ci fai un giro e la metti in garage per sempre. Per fortuna eviterò quest'inferno automobilistico. Mi rendo conto che non riesco a pensare ad altro che al passato e al futuro. È come se per me il presente avesse perso importanza. Invece il passato e il futuro non esistono, e il presente è davvero l'unica cosa che mi resta. Ma è piú forte di me, i miei neuroni vanno avanti e indietro nel tempo, tra ricordi e immaginazione, come palline in un flipper impazzito. Io li lascio fare, senza dare troppi scossoni, se mi va in tilt il cervello sono finito. Lascio fluttuare i miei pensieri nella piscina della mia vita, senza controllo. Non sono lucido in questi giorni. Non ho un cancro al cervello ma il mio cervello si sta impallando come un vecchio computer. Se lo osservate bene c'è proprio il vecchio simboletto della bomba che lampeggia. *System error.*

Ogni giorno m'illudo di svegliarmi e scoprire che tutto questo è soltanto un lungo, ben fatto e circostanziato incubo da peperoni (i piú pericolosi), ma anche oggi non accade.

Parcheggio la station-wagon con cura. Mi hanno già fatto tre multe qui a Trastevere, credo che il vigile mi odi. Faccio la solita sosta in pasticceria, due chiacchiere con mio suocero senza citare mai l'amico Fritz, la mia amata ciambella, il mio amico passerotto oggi particolarmente gioviale, la camminata a memoria fino in palestra.

Conosco ogni buca del marciapiede e ogni aiuola. So già dove mi abbaierà un cane e da quale villetta sentirò urlare. Cerco di pensare alle cose che voglio fare in questi novantanove giorni. Me ne viene in mente solo una, ma molto importante: fare pace con Paola.

Mi fermo a scriverlo sul quadernetto di Zoff:

Fare pace con Paola.

Poi cancello e riscrivo:

Farmi perdonare da Paola.

Cosí è piú corretto.

Arrivo in palestra e trovo la mia «classe» del mattino, sei quarantenni aggrassive. Non è un errore di stampa, sono proprio aggrassive, credo che renda l'idea. Sono mezza dozzina di impiegate abbondanti e fucsiafasciate che, prima di andare in ufficio, vengono qui per il mio rinomato corso di gambe-addominali-glutei. Sono rassegnate da tempo a non avere a disposizione un personal trainer come quelli della tv, ma un paffuto e simpatico ex atleta. Credo che mi trovino anche sexy. Io le trovo ammirevoli per la voglia che hanno di combattere la loro personale guerra contro il tempo che passa. Sudano e non si arrendono. I risultati sono quello che sono, ma l'impegno è lodevole. Alcune mi hanno fatto anche capire che se volessi... ma in palestra ho già fatto abbastanza casini. Mi concentro con michelangiolesca dedizione sui loro glutei da scolpire. Capisco stamattina, quasi all'improvviso, che il mio lavoro è forse piú brutto della mia station-wagon. L'unica gratificazione sono i 1600 euro al mese che guadagno, per il resto spingo schiene sudate cercando di vincere le giunture arrugginite e la forza di gravità, compilo schede di esercizi che non saranno mai effettuati, chiacchiero di diete senza carboidrati e di gossip interno alla palestra. Un classico lavoro socialmente utile.

Vado dal direttore della palestra, tal Ernesto Berruti, un lampadato e anabolizzato ex culturista che occupa inutilmente spazio nel mondo, e gli comunico che, alla fine del mese, interromperò la mia collaborazione con la gloriosa palestra Arcobaleno. Tenta di convincermi a ripensarci promettendomi trentotto euro di aumento lordi mensili. Fine psicologo. Osservo i suoi tatuaggi finto maori sui bicipiti, i capelli lunghi grigi (propongo una legge per vietare i capelli lunghi quando sei over 40 e hai una devastante calvizie), la magliettina attillata degli Iron Maiden che era già fuori moda vent'anni fa. L'ho sempre detestato. Ora mi è evidente. Cento chili di coatto modello classico. Spaccia droghe leggere nel quartiere, è il piccolo boss di un quadrilatero che arriva da Porta Portese al Tevere. Fino a oggi ho fatto finta di non sentire, non vedere, non sapere. Oggi non resisto.

– Ma a te piace lavorare in questo scantinato?

Non capisce.

– Nel senso, quando eri piccolo, scrivevi nei temi: da grande voglio fare il triste gestore di una palestra di Monteverde?

Comincia a sospettare che lo sto offendendo. Insisto.

– Non ti accorgi di essere una maschera della commedia dell'arte romanesca?

Qui proprio non capisce, ho esagerato nella citazione colta. Abbasso il livello.

– Indossi sempre le stesse magliettine di una taglia piú piccola, ti fai il codino, che è vietato dall'Unione europea per vilipendio al senso estetico, parli in un italiano creativo con errori grammaticali che nemmeno è possibile immaginare, t'imbottisci di medicine che nel giro di pochi anni ti renderanno impotente e quando ti fanno delle domande rispondi con un ritardo che spinge l'interlocutore a ripeterle!

– Ma che mi stai a da' dell'impotente? – sbotta il mio datore di lavoro. – Ma come ti permetti?

Ha capito solo la parola «impotente». L'ho sopravvalutato negli insulti.

– No, – gli rispondo, – volevo solo dirti che c'ho ripensato e che non finisco neanche il mese. Saluta tutti, arrivederci e grazie.

Vado verso il mio spogliatoio con l'aria di chi ha messo Ko l'avversario all'ultimo round, proprio quando stava per perdere ai punti.

Mi grida dietro: – A fallito! Prendi le tue cose e vattene affanculo!

Elegante e raffinato modo per dirmi che sono licenziato. Questione di punti di vista: sono io che me ne vado. Non sopporto piú questo odore di sudore, cloro e lysoform.

Non so perché l'ho fatto. Anzi lo so. Perché volevo farlo da sempre. Fin dal giorno dopo che ho accettato il lavoro. A volte i guai ti dànno una forza che non hai mai avuto. Quando esco col mio borsone la segretaria mi guarda, per la prima volta, con aria di stima. Oggi sono il suo eroe. Io esco fuori e lei resta in galera. Spero che, prima o poi, riesca a evadere.

Torno a recuperare la macchina. Si sorprende nel vedermi tornare cosí presto. Le sorrido e la porto all'autolavaggio. Oggi deve godere anche lei. Mentre aspetto che gli spazzoloni rotanti facciano il loro dovere, rileggo la frase sul quadernetto.

Farmi perdonare da Paola.

Non sarà facile.

-98

Non credo in Dio.

In nessun Dio, di nessuna religione.

Odio le religioni. Sono inutili, anzi controproducenti. Una società evoluta non può essere schiava di antiche superstizioni.

Sono battezzato, comunicato e cresimato, per convenzione e non per convinzione. Qualche anno fa mi sono anche informato per sbattezzarmi. Ho scoperto che è facile, è sufficiente far annotare la decisione sul registro della parrocchia dove è stato officiato il primo sacramento. Se ti sbattezzi, annulli in automatico tutti i sacramenti successivi. Poi non l'ho fatto, solo per pigrizia.

Forse la religione è l'argomento per il quale ho discusso piú spesso. Non sopporto i riti, le credenze e il fanatismo. Ma soprattutto non sopporto il marketing che circonda le religioni ufficiali e l'incoerenza che le pervade. Mio nonno Michele era acerrimo nemico dei credenti – li chiamava «i cretini» – e immagino che mi abbia trasmesso questo sentimento ostile. Nonna Alfonsina, invece, credeva in Dio, e in particolare era una fan scatenata di san Paolo e Padre Pio. Era dotata di un incredibile ottimismo religioso. È per colpa o per merito suo che ho continuato la mia brillante carriera di fedele fino alla Cresima. I due portinai litigavano buffamente sulla questione e mi chiedevano di prendere una posizione a favore dell'uno o dell'altra. Io sorridevo e cambiavo argomento.

La religione non ha mai avuto alcun peso nella mia vita. Fino a oggi. Oggi una fede, qualsiasi fede, anche di una religione minore, periferica e un po' sfigata, mi farebbe comodo. Una fede tiene tanta compagnia. Piú di un labrador. Ma il destino non mi ha fatto questo regalo. Io non credo. Non sono ateo però, sono agnostico che, da vocabolario, significa che non mi faccio domande perché non ho elementi sufficienti per dare una risposta sensata. Sarebbe come cercare di completare un'equazione con troppe incognite. Anche il mio amico Leonardo da Vinci era agnostico, ma all'epoca si diceva miscredente o eretico. Teneva le sue convinzioni un po' nascoste per non incorrere in fastidiosi roghi pubblici o perdere la committenza dei tanti dipinti sacri che gli davano da vivere. In tutti i suoi scritti ci sono parole pesanti verso la Chiesa cattolica, i sacerdoti e le religioni in genere. Sono in buona compagnia.

Lorenzo ed Eva vanno a scuola regolarmente, manca un mese e mezzo alla fine delle lezioni. Anche Paola è impegnatissima con le sue classi, come sempre a fine aprile quando inizia il rush finale da cui dipendono bocciature e promozioni.

Non le ho ancora detto che mi sono licenziato. Non parliamo molto. È un periodo difficile, inutile che ve lo nasconda. Con noi dorme nel lettone un miscuglio di rimpianto, rancore, affetto, fastidio e imbarazzo. Non siamo mai soli. Non so davvero che fare per raggiungere il mio primo e, per ora, unico obiettivo.

-97

È banale perdere le partite contro i primi in classifica. Banale e ampiamente previsto. Ma a volte puoi festeggiare anche quando perdi. La mia Armata Brancaleone oggi è stata sconfitta 8 a 6 coi primi in classifica, i temibili Real Tufello, una squadra di assassini subacquei. Fino a due minuti dal fischio finale eravamo 6 pari e ce la giocavamo testa a testa coi dominatori indiscussi del campionato. A sette giornate dalla fine sono imbattuti e veleggiano tranquilli verso la promozione automatica nella serie superiore. Noi invece lottiamo per entrare nei play-off, il minitorneo al quale partecipano le squadre classificate tra il terzo e il decimo posto per giocarsi la promozione in partite a eliminazione diretta. Siamo dodicesimi, quindi c'è ancora una lieve speranza. Dobbiamo giocare sempre come oggi e lottare fino all'ultimo minuto.

Lottare fino all'ultimo minuto. Lo diceva sempre il mio primo allenatore, un ex centroboa che somigliava a Bud Spencer senza barba ma con un divertentissimo accento lucano.

«Ragazzi miei, la partita non è finita, finché non è finita».

Semplice ma vero. Oddio, quando perdi con cinque goal di scarto a un minuto dalla fine, solo un miracolo può ribaltare la situazione. Ma i miracoli nello sport accadono. Nella vita mai. Nonostante gli sforzi promozionali della

Chiesa cattolica e la proliferazione di beati e santi, non c'è un solo miracolo riconosciuto dalla scienza. Io sarò l'eccezione che conferma la regola. E dovranno citarmi nei libri di testo di medicina, religione e magia: «I miracoli non esistono, a eccezione del caso di Lucio Battistini che è guarito da un carcinoma epatocellulare con metastasi ai polmoni in stadio molto avanzato».

Sul quadernetto di Zoff, cancello la frase «farmi perdonare da Paola». Lo farò. Ma lo farò dopo. Prima c'è una cosa piú importante.

La cosa principale da fare nella mia situazione.

Scrivo:

Non arrendermi.

-96

L'unico medico con cui riesco a parlare liberamente è Umberto. Il luogo è il nostro baretto del cuore. L'umore è pessimo. L'argomento è la chemioterapia. Ho letto di tutto sul controverso argomento e non riesco ad avere un'opinione che mi permetta di scegliere.

– Ormai è convinzione comune, – inizia Umberto, – che i benefici della chemio non siano sufficienti a bilanciare le controindicazioni. La debilitazione fisica e immunitaria alla quale costringe l'organismo in cura, a mio parere, è devastante. È come se per togliere un callo al piede, gli sparassimo una fucilata. Il callo in effetti non ci sarebbe piú. Forse nemmeno il piede. Io non consiglio mai ai miei pazienti, cioè ai loro proprietari, di cominciare un ciclo di chemio. L'unica certezza è che l'animale che conoscono e amano, un cane, un gatto o un coniglio, non sarà piú lo stesso, ciondolerà infiacchito su un divano senza voglia di mangiare o correre. Vivo ma già morto.

– Ma io sto bene, posso farcela. Il resto del mio corpo è sano, – ribatto con una risolutezza che non mi è abituale.

– Credi di stare bene, amico, la verità è che le tue analisi del sangue sono tutte sballate. La malattia sta facendo il suo corso.

– Domani pomeriggio ho prenotato una nuova Tac.

– Ma ne hai fatta una due settimane fa!

– Forse era sbagliata.

– Non puoi fare Tac di continuo, sono raggi X. E bene non ti fanno.

Non sento ragioni. Il mio ottuso e fiducioso cervello spera che si riveli tutto un errore, una svista clamorosa.

«Signor Battistini, voglia accettare le mie scuse e quelle del laboratorio. Sono due mesi che sbagliamo ripetutamente le sue analisi. Lei sta benissimo. Ecco qua una valigetta con dentro un milione di euro in contanti per farci perdonare».

Umberto m'incalza:

– Vuoi iniziare la chemio, provare altre cure, che vuoi fare?

– Non so... – rispondo come un pugile intontito da un destro improvviso.

Il primo effetto collaterale del cancro credo che sia un appannamento delle funzioni cerebrali. Voglio reagire ma non riesco a organizzare una difesa sensata.

– Tu che faresti? – chiedo speranzoso a Umberto.

– Sono un tuo amico e un medico non dovrebbe essere amico del paziente.

– Ho capito, va bene, ma tu che faresti? – insisto. Ho bisogno che qualcuno scelga per me.

– Aspettiamo i risultati della nuova Tac, poi facciamo un punto con un oncologo.

– Odio gli oncologi.

– Immagino, ma io posso solo darti dei consigli, non posso essere il tuo punto di riferimento. Ricordati che sono un veterinario specializzato in animali esotici. E tu non sei un'iguana.

– Che fai stasera? – gli domando, ignorando le sue argomentazioni.

– Esco con una dentista di Prati. Secondo appuntamento.

– Ci hai già fatto l'amore?

– No. Speravo appunto stasera.

– Annulla. Le dentiste sono noiose a letto. Andiamo a prendere una pizza con Corrado.

Quando faccio queste sparate dittatoriali, Umberto si arrende sempre.

– Non vorrei deluderti ma Corrado stasera è a Tokyo, torna tra due giorni. Se ti basta andiamo noi due.

Ci ho già ripensato. Noi malati terminali siamo imprevedibili.

– Vabbe', fa niente, goditi la dentista, vado al cinema a vedere il nuovo film di Woody Allen.

– Non è ancora uscito.

Non me ne va bene una.

– Allora vado a casa...

– A proposito, come va con Paola?

– Male. Mi parla a monosillabi.

– Un po' te lo meriti.

– No, ti prego, il cazziatone stasera no. Dài, grazie della visita. Quanto le devo, dottore?

– Animali di taglia grossa di solito sono cento euro.

– Scemo.

– Ci sarai.

Quando discutiamo torniamo alle elementari in un lampo.

Lo saluto con una pacca sulle spalle e mi avvio all'uscita del bar. Mi ferma con una domanda, so che ce l'ha sulla punta della lingua da qualche minuto: – Perché hai detto che le dentiste sono noiose a letto? Sei stato con una dentista? Magari era noiosa solo lei.

– Non sono mai stato con una dentista. È un modo di dire, no? «Noiosa a letto come una dentista». Lo dicono tutti.

– Tutti chi? Io non l'ho mai sentito.

– Tutti quelli che sono stati con una dentista! Tutti.

Esco dal baretto, lasciandolo col dubbio e col conto da pagare. Naturalmente era una presa in giro. Sono stato eccome con una dentista, tale Carolina, una focosa amazzone piemontese che consiglio a tutti come amante ma non come odontoiatra. Se ripenso a quel periodo lontano, mi sembra la vita di un altro, un passato sepolto sotto un metro cubo di sabbia.

Torno a casa e gioco per due ore con i bambini sotto lo sguardo attento di Lupo. È l'unica terapia che mi fa davvero bene.

–95

– Ho lasciato il lavoro.

Non vedo la faccia di Paola che sta facendo la doccia, ma la immagino benissimo.

Resto sul letto in silenzio per tre minuti. Poi appare mia moglie in accappatoio sulla soglia del bagno. In controluce non vedo la sua espressione. Anche questa, però, la immagino benissimo.

– Quale lavoro?

– L'unico retribuito, se è questo il sottotesto, – rispondo.

– Cioè continui a fare gratis l'allenatore e hai rinunciato allo stipendio in palestra?

– Esattamente.

– E posso sapere perché, visto che sai benissimo che ce la facciamo a stento ad arrivare al 20 del mese?

Potrei tenere una conferenza sulla «psicologia del malato», ma mi annoierei da solo.

– Ho deciso che in questo periodo farò solo quello che mi va. Mi sembra l'unica scelta che ha un senso.

– Ha un senso per te.

– Vuoi litigare? Guarda che sono già pre-innervosito, quindi ti sconsiglio di provocarmi.

– E chi ti provoca? Mi hai dato una notizia. Punto.

– Non è stata una scelta premeditata. È venuta cosí.

– Va bene, non ti arrabbiare... Oggi come ti senti?

– Ti ringrazio per la domanda. A parte il fatto che ho

un dolore fisso allo stomaco, che respiro male e che sono di pessimo umore, bene direi.

– Vogliamo andare a parlare con un altro oncologo?

Sapevo che lo avrebbe detto prima o poi. Si chiama «spirale medica», cioè quando cominci a consultare vari medici e ti dànno diagnosi e cure agli antipodi. Non ne esci piú, come da una scala di un quadro di Escher.

Quasi tutte le famiglie del mondo hanno sperimentato l'inutilità e l'umiliazione della spirale medica. Un girotondo di cure che arricchisce le cliniche e conduce per mano il paziente nell'aldilà, ma solo dopo averlo impoverito per bene. Non ci cascherò. È una promessa.

– Oggi pomeriggio faccio un'altra Tac. Poi decidiamo, – lo dico al plurale per farle capire che il valore della nostra coppia per me è ancora fondamentale. Paola non reagisce. Evidentemente l'ho ferita oltre ogni aspettativa.

Prendo il quadernetto di Zoff e riscrivo in rosso:

Farmi perdonare da Paola.

Saranno due i miei obiettivi principali. Se guarisco e Paola non mi perdona sono morto comunque.

–94

Ho ricevuto i risultati della nuova Tac.

Non ho il coraggio di aprirli.

Esco.

Decido di andare a trovare Roberto, un mio amico libraio. No, forse amico è troppo. Conoscente. Buon conoscente. Non ci vado da mesi, troppo preso dai mille impicci che ben conoscete.

Roberto, cinquantacinque anni ben portati, ha un negozietto di libri e fumetti in un vicolo dietro Campo de' Fiori. Un buco, una vetrina polverosa dove s'intravedono gli ultimi best seller, da Giorgio Faletti a Dan Brown, mischiati a grandi classici in versioni datate e ingiallite. Negli anni ho completato, anche grazie a lui, la raccolta di Diabolik, il mio fumetto preferito. Vende tutto a prezzo di copertina. Anche se i volumi sono stati stampati cinquant'anni fa e il prezzo dice centocinquanta lire, Roberto lo converte in euro e ti dà il resto preciso al centesimo. Soprattutto c'è una mensola in un angolo con dei libri molto speciali. Sono i romanzi che ha scritto Roberto negli ultimi trent'anni tra un cliente e l'altro. Decine. Rigorosamente rilegati a spirale e battuti a macchina. Ognuno di loro è copia unica. Venti euro prezzo fisso. Se ne vende uno, il contenuto è perduto per sempre. La prima volta che me l'ha detto ero certo che scherzasse.

– Davvero hai scritto dei romanzi e li dài via senza neanche fare una fotocopia?

– E perché mai dovrei fotocopiarli?

– Ma, non so... per non perderli? Per guadagnarci di piú?

– E che importa! Io mentre li scrivevo ero felice. Ero altrove. E questo mi basta. I venti euro sono soltanto un rimborso spese, inchiostro e carta.

Mi è sempre sembrata una follia incredibilmente poetica. La scrittura per il piacere della scrittura, senza sogni di gloria, di classifiche o premi.

Oggi ne ho sfogliato uno con la copertina blu, una storia di viaggio avventuroso stile Jules Verne. Poi un altro, un polpettone d'amore sullo sfondo della Prima guerra mondiale, modello Liala. Nella sua carriera, Roberto si è cimentato in tutti i generi, secondo la voglia e l'umore. Libri che nessuno conosce e che non diventeranno mai dei classici. Sono stati assaporati solo da un numero ristretto di eletti che hanno avuto la fortuna di comprarli. Io ne ho acquistati, nel corso degli anni, una decina e me li sono sempre divorati con piacere. Non sono granché, diciamolo subito, ma scivolano via con facilità, e poi la magia di leggere (e possedere) un romanzo in copia unica è impagabile.

Oggi Roberto era intento a scriverne uno nuovo, la storia di un naufragio su un'isola non segnata dalle carte e abitata da cannibali. Unica variante rispetto a Robinson Crusoe è che a naufragare è una giovane coppia in viaggio di nozze, molto litigiosa. Non il massimo dell'originalità ma non importa.

Sono rimasto ad ascoltare la sua macchina Olivetti che picchiettava per diversi minuti, incantato come fossi lo spettatore di un concerto di Chopin dal vivo. Poi ho prenotato il suo prossimo best seller. L'intera tiratura esaurita all'istante, un successone.

Dopo la passeggiata sono tornato a casa e ho aperto finalmente la cartella delle analisi, senza farmi vedere da Paola.

Brutte notizie.

Molto brutte.

Le metastasi proliferano allegramente. Come un blob assassino che m'invade e mi consuma piano piano. Osservo i puntini neri dentro di me e mi sfugge un sorriso fuori luogo. Penso che i miei polmoni somiglino al gioco della «Settimana Enigmistica», «Unisci i puntini». Forse la mia malattia colpisce anche il senso dell'umorismo e lo peggiora.

-93

– Stavo valutando l'ipotesi di fare la chemio. Un ciclo di prova. Che dici? – chiedo a Paola a bruciapelo, mentre scola gli spaghetti.

– Cosa ti ha fatto cambiare idea?

– Non so. Non riesco a non fare niente.

– Ti ricordi del padre di Gigi?

Gigi, cioè Gianluigi, è un caro amico di Paola, un enologo rinomato, il cui padre è morto di cancro al colon un paio di anni fa. Era un presentatore televisivo molto noto, negli ultimi tempi della sua carriera relegato a fare le televendite. Un uomo energico, divertente, un ciclone di entusiasmo. L'abbiamo visto spegnersi piano piano, come se la chemio gli stesse consumando le batterie. Quando è morto non somigliava affatto all'anchorman sorridente che aveva fatto innamorare le massaie italiane negli anni Settanta.

– Non è l'esempio giusto, – arringo con decisione, – il papà di Gigi aveva piú di settant'anni, beveva, fumava e il suo fisico era già debilitato da anni di vita spericolata. Io sono un atleta. Insomma, quasi. Cazzo, sarà diverso, no?

– Non dire parolacce quando ci sono in casa i bambini.

– Ne sanno piú di me, Lorenzo può tenere un master di parolacce.

– Certo, gliel'hai insegnate tu, – mi accusa.

– Tesoro, le sente in giro, in televisione, evitare le parolacce è come dribblare le gocce di pioggia durante un temporale. Dài, per favore.

– Hai sempre una scusa buona per tutto.

Come avete già avuto modo di scoprire, i nostri litigi iniziavano sempre cosí. Per motivi immaginari. Senza un vero obiettivo. All'improvviso il fuoco della discussione si sposta su un dettaglio marginale e l'incendio divampa inarrestabile.

Per fortuna Paola ha inventato anche l'antidoto per interrompere la sequela di litigiosi botta e risposta. All'improvviso appoggia le mani alla testa come fossero orecchie e dice: «Sono un gatto, non capisco la tua lingua». A me viene sempre un po' da ridere. Un metodo geniale che annulla qualsiasi bellicosità. Peccato che, dopo la storia della signora Moroni, non lo usi piú. I nostri screzi diventano litigate vere e proprie, condite da urla e, un paio di volte, il banale scoppiettio dei piatti rotti. Un bell'esempio per i bambini. Ognuno di noi due, in questo periodo, ha i suoi buoni motivi per essere teso e il risultato è inevitabile.

Stavolta sono io a interrompere la discussione. Esco da casa e telefono al mio oncologo.

– Ho deciso. Inizio la chemio.

-92

Io sto antipatico al mio cane. Molto antipatico.

Non so come sia possibile ma Lupo non mi ha mai sopportato. Quando tornano a casa Paola, Lorenzo ed Eva, è tutto uno scodinzolare festoso e saltellante. Quando rientro io, nemmeno solleva la testa dal divano. Eppure sono io che l'ho salvato da un canile e sono sempre io che lo porto a fare i bisognini piú ingrati, quello del mattino presto e quello della sera tardi. Anche quando gli riempio una ciotola di cibo (tra l'altro superchic, pollo allevato a terra con verdure comprate da un contadino di fiducia) mi ignora, non mi gratifica mai con una zampata, un abbaio, una musata. Niente. Per Lupo sono un perfetto estraneo che vive in casa sua e gli fa dei servizi. Un maggiordomo, anzi no, uno schiavo. Secondo me crede anche di essere il legittimo proprietario dell'immobile al catasto. Il padrone di casa, marito ufficiale di Paola e padre biologico dei bambini. Io sono soltanto un povero servitore da tollerare perché utile, ma con un certo distacco.

Da quando non sto bene, però, Lupo ha cambiato atteggiamento nei miei confronti. Ogni tanto viene ad accoccolarsi accanto a me sul divano, si struscia come un gatto, mi sveglia nel letto con una sapiente leccata di viso. È come se un sesto senso canino gli avesse comunicato che la mia «schiavitú» sta per terminare. E solo adesso si rendesse conto di quanto sono fondamentale per la sua vita quotidiana. Stamattina ha sollevato gli occhi su di me, senza abbassarli. Mi fissava nelle pupille come se volesse comunicare telepaticamente.

«Ho capito che stai per andartene, e questo in fondo mi dispiace. Non sei lo schiavo migliore del mondo, tiri un po' troppo il guinzaglio quando tento di sedurre delle cagnette al parco, metti un'esagerazione di olio nel riso, lavi di rado la mia coperta e non mi compri mai quelle palline che suonano che mi piacciono tanto, ma in fondo non sei male. Mi fai ridere, soprattutto quando fingi di essere il maschio alfa di casa – che sono io – e giochi con i miei bambini o tenti un approccio con Paola, la mia femmina. In questi cinque anni di vita insieme ho pensato spesso di abbandonarti in autostrada, poi mi accorgevo che in fondo Lorenzo ed Eva si erano affezionati a te e allora rinunciavo. Ora sei malato, ti vedo. Vuoi che ti faccia abbattere come ha fatto un giorno un tipo che conoscevo con il suo cavallo?»

La frase telepatica mi colpisce come un pugno.

«Vuoi che ti faccia abbattere?»

I cavalli molto malati e destinati a morte certa vengono abbattuti perché non soffrano troppo, lo sappiamo fin da bambini. Gli uomini no. Sono curati con accanimento per tenere accesa la fiammella della vita, e farli cosí patire fino in fondo. Come se meritassero un castigo. Questa frase resterà nella mia testa per tanti giorni.

«Vuoi che ti faccia abbattere?»

Abbattere è piú leggero come verbo. Abbiamo pudore a dire «Mario ha ucciso il suo cavallo malato», meglio «l'ha dovuto abbattere».

Osservo Lupo che non mi stacca gli occhi di dosso e gli sorrido. Mi ignora e se ne va, come a dire: «Ora non ti allargare con la confidenza, schiavo!»

Il suo pudico affetto e i suoi pensieri mi hanno fatto bene.

Se fossi un cavallo mi avrebbero già abbattuto.

Questo è vedere il bicchiere mezzo pieno.

-91

Sono andato a prendere Corrado all'aeroporto. È arrivato abbracciato a una notevolissima hostess che deve aver riscaldato le sue notti giapponesi. Rientra da ogni viaggio con una vittima diversa. Ma non è felice. Glielo leggo negli occhi.

Ci fermiamo a mangiare il pesce all'*Incannucciata* a Fiumicino. È una piccola tradizione, ci pranziamo almeno una volta all'anno. Noi due da soli, senza Umberto. Solo cosí possiamo confidarci davvero, senza temere il giudizio morale e moralista del nostro veterinario preferito. Gli racconto dell'imminente inizio del ciclo di chemioterapia e lui di quando la seducente hostess di cui sopra gli ha rivelato di essere incinta.

– Incinta di chi?

– Come di chi? Di me. Eravamo a cena nell'hotel di *Lost in Translation*. Te lo ricordi?

– Sí, film noiosissimo ma finale geniale. Continua.

– Il miglior sushi che io abbia mai mangiato. E non sai il tempura, si squagliava in bocca.

– Basta descrizioni superflue, vai al punto.

– Avevamo quasi terminato di mangiare quando mi dice, senza dare peso alla frase: «Sono incinta».

– E tu?

– Io mi strozzo col tempura e perdo dieci anni di vita. Poi le faccio la stessa domanda che mi hai fatto tu: «E di chi?» E lei: «Come di chi? Di te!» A quel punto il mio cuore va in fibrillazione e chiedo il conto, peraltro salatissimo.

– Cioè, stai per diventare papà?

– Fammi finire. Parliamo per due ore di dove far nascere il bambino, dove andremo a vivere, del fatto che si farà spostare ai servizi a terra. Io quasi non parlo, sono annientato dalla notizia.

– Ma ti piace o no questa hostess?

– L'hai vista. È Miss Mondo Alitalia, il sogno di tutti noi piloti, ed è anche intelligente. Solo che è completamente fuori di testa.

– Siete due anime gemelle.

– Non raccolgo. La mattina dopo, a colazione, mi svela che era tutto uno scherzo e che voleva soltanto vedere come reagivo a una eventuale paternità.

– Spiritosa.

– Insomma. Per fortuna non ho chiamato mia madre per dirle che diventava nonna. Alla smentita si sarebbe buttata dal terrazzo.

Ordiniamo un fritto misto doppio. Oggi non abbiamo limiti.

– E sai qual è la cosa strana? – continua. – Che ero sí stordito dalla notizia, ma non dispiaciuto. Solo un anno fa sarei scappato in aeroporto e avrei preso il primo volo per l'Australia.

– Mi sembra un'ottima notizia questa. Vuol dire che Aramis sta crescendo.

Sorride.

– Non spargere la voce, – mi sussurra, – se no mi rovini la piazza. Sai una cosa che non ti ho mai detto? Io non t'invidio nulla, tranne Lorenzo ed Eva. Quando ti vedo con loro penso sempre che sei stato piú bravo di me.

Anch'io gli sorrido.

– Presto troverai una Paola anche per te.

Uno dei desideri piú grandi che ho è vedere i miei amici sistemati. Anzi no, sistemati è una parola antica e inesatta, quella corretta è: sereni. Ecco, sereni non li ho mai visti. Umberto sempre vittima del suo carattere introverso e fin troppo educato, e Corrado sempre alla ricerca di una nuova sfida amorosa. Cosí diversi e cosí simili nella loro inquietudine. Capisco in questo momento che la nostra amicizia ormai ha fatto l'upgrade. Non siamo piú amici. Siamo fratelli.

-90

Odio gli aghi. Non tutti, non ho nulla contro quelli di pino, non sopporto gli aghi che si infilano dentro di me. Le punture, cosí le chiamava nonna. Ho sempre subito malvolentieri gli esami del sangue, i vaccini e anche le banali iniezioni intramuscolari con gli antibiotici.

La chemio scelta per me dall'odioso oncologo è eseguita per via endovenosa. Dieci minuti, non di piú, in una stanzetta collegato a una specie di flebo. Un cocktail di sostanze che fa irruzione dentro le mie vene e va all'attacco di ogni forma di vita, indesiderata e non. Immagino la scena come quel vecchio film di Joe Dante, *Salto nel buio*, nel quale iniettano una navicella miniaturizzata dentro Martin Short per sbaglio. La navicella che viaggia nelle mie vene non fa rumore e non comunica con l'esterno. Appoggio la testa alla poltroncina della stanza in cui sono e chiudo gli occhi. Potrebbero mettere un televisore, delle riviste da studio medico o meglio ancora da barbiere, della musica pop in sottofondo. Comincio a sospettare che quando hai il cancro sei considerato una sorta di campione a fine carriera, uno a cui dare pacche sulle spalle ricordando i bei tempi, ma che non ha piú diritto a nessun privilegio o ingresso vip.

Dieci minuti con un ago in vena sono infiniti. Pensieri divagatori. Mi disconnetto dal mondo. E finisco in un mondo che conosco bene.

– Chi è stato?

La voce tonante di Mangiafoco risonò in tutto il carrozzone. Una dozzina di burattini appesi in fila da un lato e dall'altro stettero immobili e zitti.

Mangiafoco avanzò, sballottolandoli qua e là, e mandando Arlecchino a urtare contro la parete. L'omone si piantò nel bel mezzo del suo regno di marionette.

– Avanti, chi è stato? – disse, roteando all'intorno i suoi occhi accesi di brace.

Arlecchino smise di oscillare e trattenne il fiato. Tutti gli altri si guardavano l'un l'altro con aria interrogativa, cercando di non attirare troppo l'attenzione.

Mangiafoco agitò nervosamente la mano con cui teneva stretto un enorme coscio di montone arrosto.

– Se il colpevole si dichiara di sua spontanea volontà... 'un gli fo' nulla...

«Figurati... – pensò Pulcinella, – come se non ti conoscessimo...»

– Che vuoi dire? – chiese Mangiafoco, voltandosi di scatto e facendo cosí oscillare pericolosamente tutto il carrozzone.

«Ma che fa ora, legge anche nel pensiero?» Pulcinella tremò di paura fin nel midollo.

– 'Un l'avete ancora capito che i vostri pensieri sono i miei pensieri, io v'ho fatto... siete dei pezzi di legno incastrati tra loro... 'un avete pensieri... m'hai inteso bene, Pulcinella?

Il barbuto si avvicinò al biancovestito burattino che continuava a restare immobile e zitto.

– Ma a quanto pare 'un è proprio cosí come la penso io... e uno di voi lo sa bene.

Pulcinella tremò di paura.

– Non aver paura, burattino mio... 'un è con te che ce l'ho...

Silenzio.

– L'ho detto e lo confermo. Se il colpevole si dichiara, 'un gli fo' nulla...

Pulcinella per precauzione non pensò a niente.

Mangiafoco cominciò ad arretrare lentamente lungo il poco spazio che restava tra bauli, stoffe e scenografie polverose. Fissava i burattini negli occhi, uno a uno: Pulcinella, Brighella...

– Due minuti fa son rientrato dal fare i miei bisogni...

... Pantalone... Gianduia...

– ... mi sono seduto di là... alla mi' tavola e sapete 'icché ho trovato sopra?

... il dottor Balanzone... Colombina...

– ... 'un lo potete sapere... ma lo potete immaginare... C'era il mio coscio di montone arrosto... con un bellissimo morso nel mezzo!

Cosí dicendo si avvicinò al volto di Arlecchino fino a sfiorarlo con la barba, mentre con la mano sinistra gli puliva una macchia di unto e grasso dall'angolo della bocca disegnata.

– Quel coscio io 'un l'avevo neanche toccato ancora! – disse, fissando il burattino negli occhi dipinti di marrone.

– G'avevo fame... – mormorò la coloratissima marionetta, con un fil di voce e uno spiccato accento veneziano.

Gli altri burattini si fissarono strabiliati: Arlecchino parlava!

– Lo sapevo... – disse Mangiafoco, staccando la maschera dal soffitto e appoggiandola su un baule – ... lo sapevo che eri stato tu... ocché credevi che 'un mi fossi accorto che quando 'un c'ero t'andavi a fare una giratina?

Arlecchino restò immobile, ripiegato tra i suoi fili.

– E ora che fai? Ti sei zittito?... – gli si sedette di fronte, sollevando una nube di polvere – ... 'un temere... 'un son mica arrabbiato... 'un c'è nulla da essere arrabbiati... tanto me lo dovevo immaginare che succedeva... da quando ho liberato quel Pinocchio il mese scorso 'un siete piú gli stessi... Cari miei... forse 'un è piú tempo di burattini e forse ancora... 'un è piú tempo di burattinai. Tu Arlecchino sei solo 'l primo... io l'ho già capito... che uno a uno m'abbandonerete tutti quanti... *etciú*... maledetto raffreddore... da quando ho starnutito con quel Pinocchio 'un ho piú smesso... starò 'nvecchiando? Tu che dici, Arlecchino mio?

Arlecchino fece segno di no con la testa.

– Quando ho visto quel morso nel montone l'avevo già capito che l'era finita... forse è colpa di quella Fata turchina di cui mi parlò 'l Pinocchio... fatto gli è, che state per diventare bambini tutti quanti... miei amati burattini. L'è un contagio.

A Pulcinella sembrò di scorgere una lacrimuccia sotto gli occhi di Mangiafoco, ma non fidandosi ancora del tutto pensò di essersi sbagliato.

– C'hai ragione tu, Pulcinella... – mormorò l'omone passandosi una mano sul volto, – 'un pensavate che potessi piangere anch'io... ma 'un lo faccio apposta... vengon giú da sole... *etciú*...

Arlecchino gli porse un pezzo di stoffa colorata per asciugarsi. Mangiafoco lo prese e nel farlo sfiorò la mano del burattino: era calda.

Alzò lo sguardo e vide davanti a sé, tra i fili e le stoffe, un bel bambino robusto con la faccia da monello.

– 'Un avevo dubbi... – disse tergendosi le lacrime, – l'è come un'epidemia di umanità... ancora qualche giorno e il mio *Gran teatro dei burattini* 'un esisterà piú... e io con lui... 'un s'è mai visto un burattinaio senza burattini... l'è come una carrozza senza ruote... 'un cammina.

Mangiafoco si alzò e cominciò ad afferrare delicatamente le marionette.

– La gente anche stasera ha pagato il biglietto e 'un possiamo deluderli... finché si riesce a dar spettacolo 'un ci facciamo accorgere...

Mangiafoco, tenendo in braccio tutte le sue marionette, si avviò verso l'uscita. Stava per scendere i gradini del carrozzone quando si voltò verso Arlecchino ch'era rimasto seduto sul baule.

– T'ho lasciato un po' di montone di là... prendine quanto vuoi che dopo n'arrostisco dell'altro... e 'un t'allontanare dalla carrozza... io torno fra un'oretta... se ti vien sonno sdraiati pure laggiú... ma ricordati di coprirti che 'un sei piú di legno e sei cagionevole.

Cosí dicendo, senza attendere risposta, l'omone scese dalla carrozza, facendo cigolare i gradini e s'allontanò nella nebbia che avvolgeva le casupole lí intorno.

Arlecchino restò seduto ancora un po'.

Non sapeva se mangiare un po' di montone o mettersi a dormire.

Non era una decisione difficile.

Ma non c'era abituato.

– Signor Battistini?

Per un attimo temo che sia Mangiafoco.

– Signor Battistini? Sveglia!

Non è Mangiafoco. Ma gli somiglia molto. È l'infermiera chiacchierona che mi ha accolto all'ingresso. Mi ha già sfilato l'ago dalla vena. Ho sognato. Un sogno da bambino.

Era una vita che non facevo un sogno da bambino.

– Resti seduto qualche minuto... – mi dice. – Potrebbe girarle un po' la testa.

Annuisco e obbedisco.

Continuo a fantasticare a occhi aperti.

Pinocchio è la mia favola preferita. Forse il primo libro che ho letto, superato nel mio cuore solo dall'*Isola del tesoro* e i suoi pirati. Chissà perché mi è tornato in mente proprio ora. E chissà se Collodi approverebbe il mio sogno sequel della sua storia.

Ho sempre amato Collodi, il re dei monoscrittori, gli autori famosi per un libro soltanto. Magari ne hanno scritti dozzine, ma uno è talmente superiore per fama o riuscita agli altri da vanificare il resto della produzione.

Dante? *La Divina Commedia.*

Swift? *I viaggi di Gulliver.*

Defoe? *Robinson Crusoe.*

Manzoni? *I promessi sposi.*

Antoine de Saint-Exupéry? *Il piccolo principe.*

Collodi? Ovviamente *Pinocchio.*

Quest'ultimo ha l'inizio piú memorabile di tutti i tempi.

Un capolavoro di sintesi, divertimento e metaletteratura.

> C'era una volta...
> – Un re! – diranno subito i miei piccoli lettori.
> No, ragazzi, avete sbagliato. C'era una volta un pezzo di legno.

«Nel mezzo del cammin di nostra vita» oppure «Quel ramo del lago di Como che volge a mezzogiorno» sono avvii da dilettanti al confronto, da poeti della domenica.

Collodi batte Dante e Manzoni uno a zero. Penna al centro.

Conseguenza imprevista della chemio: la mia testa fa zapping.

Penso a cose inutili, sogno capitoli apocrifi di *Pinocchio*, confronto geni della letteratura come fossero squadre del fantacalcio. Come inizio di cura non c'è male.

Esco dalla clinica e cammino. Non mi sento né meglio, né peggio. Vorrei svegliarmi ancora una volta e scoprire che anche questo è soltanto un sogno. Un bruttissimo sogno da adulto.

-89

Attendo gli effetti collaterali della chemioterapia come un ospite in ritardo. Un ospite poco gradito. La tavola è imbandita, il risotto sul fuoco, le candele accese, ma l'invitato che aspetti non arriva, non risponde nemmeno al telefonino. Cominci a pensare che non verrà mai. E invece, quando il risotto è bruciato, le candele consumate, ti sei schizzato del vino sulla camicia bianca e hai scoperto che il latte che hai usato per cucinare è scaduto da una settimana, ecco che arriva la scampanellata assassina.

«Scusa il ritardo, amico mio, sono imperdonabile, ma qui non si trova mai parcheggio!»

Abbiate pazienza, divago piú del solito, dunque dicevamo effetti collaterali. Li so a memoria, come una poesia imparata alle elementari.

«Stanchezza, disturbi digestivi, vomito, perdita di appetito e alterazione del gusto, febbre, tosse, mal di gola, mal di testa, mal di muscoli, nervosismo, indebolimento dei bulbi capillari e scarso interesse per la vita sessuale».

A poco a poco, alla spicciolata, arrivano quasi tutti.

Perdita di appetito.

Solo ora realizzo che è da ieri a pranzo che non mangio. Non ho mai saltato un appuntamento con la tavola.

Ce l'ho!

Alterazione del gusto.

Mi sforzo di mangiare una mela. Sembra un po' amara. Ma è la mia bocca che la decodifica male.

Ce l'ho!

Tosse.

Non vale, ce l'avevo pure prima. Comunque, ce l'ho!

Disturbi digestivi.

La mela mi torna già su.

Ce l'ho!

Mal di gola.

Sapete quel pizzicore che ti segnala che domani sarai rauco?

Ce l'ho!

Mal di testa.

600 mg di ibuprofene l'hanno spazzato via. Ma tornerà.

Ce l'ho!

Scarso interesse per la vita sessuale.

In effetti non penso piú al sesso in maniera ossessiva. Prima ci pensavo un migliaio di volte al giorno, come tutti i maschi.

Ce l'ho!

Mal di muscoli.

Solo adesso che faccio l'inventario, mi accorgo che la sciatica mi è tornata. La sciatica è terribile, è come un campanello del citofono che fa contatto alle tre di notte.

Ce l'ho!

Nervosismo.

Sono un vulcano pronto all'eruzione.

Ce l'ho!

Nausea.

Ce l'ho!

Vomito. La mela.

Ce l'ho!

Stanchezza.

Non mi sento cosí diverso da ieri.

Direi che mi manca.

Indebolimento dei bulbi capillari.

Ho una chioma forte senza un capello bianco.

Mi manca.

La collezione di effetti collaterali è ancora incompleta. Passo la giornata seduto nel terrazzino. Non riesco nemmeno ad andare agli allenamenti della squadra. Mento addirittura a Oscar.

– Come va, Lucione?

– Bene, finora tutto bene. La chemio me la sono bevuta a colazione.

– Ottimo. Dài che ce la fai.

«Dài che ce la fai».

Una frase che odora da lontano di pietà e commiserazione. Sembra un incoraggiamento, invece è un epitaffio. Dài che ce la fai. Fa pure rima.

Concludiamo la telefonata parlando del piú e del meno. Poi cerco di fare un po' di ginnastica. Ne sono sicuro: domani starò meglio.

Domani è oggi.

Inventario effetti collaterali.

Non riesco nemmeno ad alzarmi. Sono un uomo strapazzato che scivola sul letto, senza trovare la coordinazione giusta per alzarsi. Non è difficile, gamba sinistra a terra, *hop* su col busto, gamba destra a terra, spingere su con le braccia e via in piedi. Sembro un robot con le pile scariche.

Stanchezza.

Ce l'ho.

Ciondolo fino al bagno, mi sciacquo la faccia.

Vedo qualche capello sparpagliato nel lavandino. Mi passo una mano in testa e una ciocca si stacca magicamente.

Indebolimento dei bulbi capillari.

Ce l'ho.

Collezione completa.

Ora non so dirvi quanti di questi sintomi siano reali e quanti causati da autosuggestione. In questi giorni sto sempre sul computer a studiare la mia malattia, come un'ossessione, e sono un uomo noioso, non parlo d'altro, come le mamme dei neonati che tormentano gli amici con cronache dettagliate di pappine e cambi pannolino.

Fatto sta che non mi sento bene.

Paola se ne accorge e, per la prima volta da quando sono stato riammesso a casa, ha un gesto affettuoso nei miei confronti. Mi aiuta a sistemarmi sul divano davanti alla replica di una leggendaria finale di Wimbledon del 1980, prepara un couscous alle verdure e me lo serve su un vassoio. Poi si sistema accanto a me a vedere il quinto set nel quale il martellante Borg sconfigge il geniale McEnroe. Il tennis la annoia e capisco che, stare lí con me, è il suo modo per dirmi che mi vuole bene. Ho appena finito il couscous quando l'arbitro esclama: «Game, set and match Borg». Mi accorgo che Paola si è addormentata al mio fianco. Mi alzo e vado a esplorare cosa succede in camera di Lorenzo ed Eva: c'è troppo silenzio per i miei gusti.

Lorenzo ha smontato un ventilatore e cerca di rimetterlo insieme con la complicità della sorella piccola. Non mi faccio vedere e resto a osservarli. Mi commuovo quando Eva dice: – Presto, prima che papà se ne accorge!

Chissà che immagine hanno di me. Ho sempre pensato, nell'equilibrio della nostra coppia, di essere io il poliziotto buono, ma forse non è cosí ai loro occhi. Faccio rumore per annunciare la mia presenza e i due cospiratori si voltano colti in flagrante. La prima frase di Lorenzo è geniale: – Papà, giuro che te lo ricompro!

– E con quali soldi? – chiedo incuriosito e già rabbonito.

– Con la paghetta! – mi risponde serio.

– Cinque euro a settimana, costerà una cinquantina, ti ci vorrà tutta l'estate.

– Lo aiuto io, – interviene Eva.

Adoro quando fanno comunella. La cosa piú commovente per un padre è vedere i figli che fanno squadra.

– Con i tuoi tre euro, in effetti, arrivate al totale molto prima.

Sono tranquillizzati. Hanno capito che, per questa volta, hanno dribblato brillantemente la punizione.

Solo un attimo dopo, scopro che, oltre al ventilatore, Lorenzo ha smontato il piatto del mio vecchio giradischi.

Conto fino a tre, prendo un bel respiro e torno in salotto. Non voglio che ricordino un padre padrone che punisce la loro creatività. Ma a quel giradischi ero affezionato. Era un regalo di nonno per il mio diciassettesimo compleanno, un miracolo che funzionasse ancora, anche se smiagolava un po' i vinili ormai. Non so perché mi riaffiora un ricordo antico, una novella di Giovanni Verga che nessuno legge piú passati i tredici anni: *La roba*. Abbandonate la lettura di questo libro e andate a rileggerla subito, da adulti. La trovate su Internet facilmente. Lo scrittore siciliano racconta la storia di un contadino, tale Mazzarò, ricco sfondato e affezionato alla sua roba a tal punto da soffrire di piú, in punto di morte, per i suoi oggetti che non possono seguirlo che per l'evento drammatico che lo vede protagonista. Una lezione di vita semplice e sorprendente racchiusa in poche pagine che da sole valgono tutti *I Malavoglia*.

Io sono stato Mazzarò per tanti anni della mia vita, ho comprato oggetti inutili di ogni tipo, collezionato fumetti e dischi, magliette e costumi da bagno. Forse sono ancora un po' Mazzarò, mi dispiace lasciare la mia personale roba. Ma ho il sentore che stia già avvenendo un progressivo distacco, una lenta disaffezione dagli oggetti. Me ne accorgo quando leggo un fumetto e spiegazzo la rilegatura senza quel sacro rispetto che gli concedevo fino a pochi mesi fa. Capisco all'improvviso che gli uomini non si dividono in buoni e cattivi, meridionali e settentrionali, intelligenti e stupidi, o le altre mille distinzioni che inventiamo per vivacizzare l'esistenza. Si dividono in «spiegazzatori di libri» e «non spiegazzatori di libri». I primi sono piú felici. I secondi possono diventarlo.

-87

Ho sognato i miei genitori. Da quando prendo dosi industriali di ibuprofene per lenire i dolori, dormo piú profondamente. Sogno spesso e, soprattutto, mi ricordo sempre cosa è accaduto nella mia mente mentre il mio corpo è in stand by. Sono tutti sogni da bambino.

Stavolta ci trovavamo a bordo di un pattino rosso, al largo di Ladispoli. Io avevo due anni, papà sessanta e mamma sedici. Un caos cronologico e onirico, non li ho mai conosciuti a quelle età.

A un certo punto ci sfiora un gigantesco squalo bianco che passa come un motoscafo a tre metri da noi e l'ondata che provoca quasi ci sbalza fuori. Anche se è un sogno, uno squalo bianco mostruoso a cinquanta metri dalla riva di Ladispoli è improbabile lo stesso. E non è solo, è un branco. Ci circondano in venti, poi ci assalgono: vogliono divorarci! Sfoderano dei denti che sembrano tritacarne, un'enorme caverna aguzza che è pronta ad accoglierci, frullarci e digerirci. Papà si batte eroicamente a colpi di remo ed è ingoiato per primo, remo compreso. Mamma mi abbandona senza pensarci un attimo, si tuffa e tenta di fuggire a nuoto. Uno squalo la deglutisce come un'aspirina umana dopo nemmeno dieci bracciate. Resto solo, sembra il remake italiano di *Vita di Pi*, dove io sono Pi e, al posto della tigre, per esagerare con gli effetti speciali, ci sono una ventina di squali bianchi grandi come Godzilla. Urlo di paura. Il suono del mio terrore fuoriesce sibilante e cristallino, quasi ultrasonico e diventa un'arma micidiale. Vedo i denti degli squali infrangersi come cristalli presi a mazzate da Hulk. Scappano tutti, messi in fuga dalla mia voce deflagrante come bordate di un galeone pirata. Ho vinto! Due secondi dopo, mentre esulto, mi sbilancio, cado in acqua e sono divorato subito dai piragna che, solo nei sogni, si avventurano anche in acqua salata, al largo di Ladispoli. Mi sveglio che mi hanno già spolpato tutta la gamba destra.

Erano anni che non sognavo i miei genitori. Mi mancano molto. E li odio profondamente. Vi ho anticipato che vi avrei parlato di loro solo quando mi andava. Oggi mi va. Cosí poi li odierete anche voi.

Dopo la gravidanza indesiderata, mamma e papà vissero per un paio di anni a casa dei miei nonni che già conoscete. Poi mio padre trovò un lavoro come disc jockey (anche se all'epoca non si chiamava cosí) in una balera di Ostia Lido e riuscí quindi ad avere uno stipendio sufficiente per permettersi un affitto e vivere con mamma. Fu cosí che, alla tenera età di due anni e tre mesi, andai ad abitare con i due sciagurati ventenni in un monolocale di Ostia che d'estate ha un senso, d'inverno un senso non ce l'ha. Mamma arrotondava facendo le pulizie a ore nelle case del litorale, durante il periodo estivo. La sera era cosí stanca che si addormentava quasi sempre insieme a me, proprio mentre papà andava a lavorare al locale.

Avevo piú o meno tre anni quando scoprii d'improvviso la cosa piú terribile che un bambino possa scoprire: papà e mamma non si amavano. Stavano insieme per colpa del mio arrivo, ma non avevano nessuna affinità o stima reciproca. La scintilla dell'amore tra di loro non si era mai accesa. La legge sull'aborto è del 1978 e quindi non avevano avuto altra scelta che accettare la mia indesiderata presenza. Capire di essere «indesiderato» a tre anni non è bello, credetemi. Ero l'oggetto del contendere di ogni litigio, il capro espiatorio di ogni avversità. Se avessi avuto quindici anni sarei scappato di casa, ma ne avevo dodici di meno e per di piú non ero proprio un cuor di leone.

Un giorno papà annunciò che aveva trovato lavoro su una nave da crociera. Sei mesi d'ingaggio ai Caraibi come animatore. Non lo accompagnammo nemmeno all'aeroporto. Il nostro saluto frettoloso avvenne in cucina. Lo vidi salire su un tassí dalla finestra del nostro primo piano. Non tornò piú. Mamma pianse sei mesi. Tornammo a vivere con i suoi genitori, e questo mi rendeva felice. I nonni erano l'unico punto fermo della mia vita. L'estate successiva, mia madre – che nel frattempo diventava sempre piú una fricchettona depressa – partí con un'amica per l'India alla ricerca di sé stessa. Non so se si è trovata, ma so con certezza che non l'abbiamo vista piú. L'amore filiale non era certo il suo forte. Da quel giorno, a tutti gli effetti, i miei nonni sono stati la mia famiglia. Sono stati tutto per me. Adesso capite perché non parlavo volentieri dei miei affettuosi genitori?

La domenica la pasticceria di Oscar è chiusa tutto il giorno, riapre verso le due di notte per preparare le leccornie del mattino dopo. Mio suocero la domenica si annoia. A casa, da quando è vedovo, o da quando è single di ritorno come dice lui, rientra soltanto per dormire. Prima, quando sua moglie era ancora viva, venivano spesso da noi a mangiare o viceversa. Ora bivacca per Trastevere, si siede in un bar a vedere la partita della Roma, attacca bottone con chiunque sia in grado di fargli trascorrere un quarto d'ora in allegria.

– E allora sai che ho fatto domenica scorsa? – mi chiede con insolita baldanza.

– No, cosa? – gli rispondo come da copione.

– Durante la passeggiata ho visto uscire frotte di turisti dalla metro Ottaviano: un paio di classi scolastiche nordiche, una comitiva di fotografi giapponesi di ogni età e uno squadrone di pensionati tedeschi in calzoncini. E sai che ho combinato?

– No, che hai combinato? – odio quando fa domande solo per ottenere attenzione dalla platea, che in questo caso sono solo io.

– Mi sono accodato ai tedeschi. La visita prevedeva Colosseo, Cupolone e Musei Vaticani. La guida, una certa Martina, era italiana ma con loro parlava tedesco e non capivo niente. E allora che m'invento?

– Che t'inventi? – chiedo rassegnato.

– Faccio finta di essere muto! E cosí divento pure simpatico a tutti.

Sorrido immaginandolo che mangia panini con i crauti offerti da gagliarde ottuagenarie di Monaco di Baviera, ridacchia a battute che non capisce, s'inerpica su per le scale del Cupolone e scatta foto ricordo con tutti.

– E la guida non s'è accorta di nulla?

– Nulla. Era una tipa interessante però. Ho sentito una telefonata che faceva in italiano, alla figlia credo. È vedova e lavora come guida per hobby.

– Ti piaceva?

– Non c'ho parlato. Ero un muto tedesco.

– Ah già.

– Comunque sí. Se no non rimanevo mica tutto il giorno, – mi fa l'occhiolino.

– Sei rimasto tutto il giorno?

– Ho cenato pure con loro in un posto dietro Campo de' Fiori. Poi, quando il pullman ci ha riportati in albergo, ho finto di salire in camera e invece sono scappato. Ho pedinato la signora Martina fino al parcheggio. Volevo intercettarla e smascherarmi. Magari invitarla a bere una cosa.

– Ma?

– Come fai a sapere che c'è un ma?

– C'è sempre un ma. Continua.

– Ma è arrivato un ragazzo a prenderla. Credo un nipote. È salita in macchina con lui e l'ho persa nella notte.

– E tu vuoi ritrovarla?

– Ho chiamato il tour operator che organizzava la gita, ma non risulta nessuna Martina. E comunque hanno fatto un sacco di storie per la privacy.

– Forse Martina è un nome d'arte.

– Per fare la guida turistica?

– Che altri indizi hai?

– Questa.

Mi mostra una foto che lo ritrae insieme a un'arzilla settantenne che sembra Miss Marple, davanti al Colosseo.

– Bella, eh?

Annuisco alla domanda retorica. Da quando è morta sua moglie non ho mai visto mio suocero cosí interessato a una donna, fatta eccezione per quella volta che entrò nella sua pasticceria Catherine Deneuve a chiedere un'informazione. Quel giorno fa ormai parte dei suoi racconti preferiti che iniziano sempre con «Io e Catherine». Dunque è importante ritrovare questa Martina o come cavolo si chiama.

Mi faccio mandare sulla mail una copia della foto, torno a casa, prendo il quadernetto di Zoff e aggiungo:

Ritrovare Miss Marple.

-85

Come rintracciare una persona partendo soltanto da una foto?

Il primo suggerimento mi arriva da Umberto.

– La metto su Facebook dicendo che è mia nonna Martina e che si è smarrita. Per i cani funziona sempre.

Copiamo la foto nell'affollata bacheca del mio amico e, dopo un'ora, abbiamo già decine di segnalazioni. Chi l'ha vista al Gianicolo, chi in piazza Trilussa, chi in un supermercato di Prati, chi alle isole Fiji, chi in un karaoke di Tokyo. Per controllarle tutte ci vorrebbe una vita e l'Interpol come supporto logistico.

«Pronto, Interpol, buongiorno! Chiamo da Roma. Siccome mio suocero è rimasto vedovo e mi piacerebbe trovargli una nuova compagna, potreste darmi una mano a rintracciare questa tipa che non so come si chiama?»

La sconfitta è evidente. L'unica cosa che può aiutarci è un colpo di fortuna. Faccio delle copie della foto e le appendo nei bar della zona, tra cui il nostro baretto. Sotto c'è scritto un vago «Contattare questo numero per una comunicazione urgente». Vedremo.

Intanto questa investigazione ha ottenuto un primo risultato: mi ha distratto. Domani pomeriggio avrò il secondo appuntamento con la chemioterapia. Gli effetti collaterali sono scemati ma, ormai sono diventato un'autorità in materia, ogni volta si ripresenteranno con maggiore aggressività e persistenza. Decido di raggiungere Paola all'uscita di scuola, dimenticandomi che è il suo giorno libero. La aspetto come uno scemo, fino a che sbuca dall'edificio l'ultima professoressa che mi riconosce.

– Signor Battistini!

Non ricordo nemmeno come si chiami, ma faccio finta di conoscerla perfettamente.

– Professoressa!

– Oggi è il giorno libero di sua moglie, che ci fa da queste parti?

– Che ci faccio? Qua dietro c'è una pasticceria molto buona, stavo andando lí a comprare delle pastarelle.

– Suo suocero non fa il pasticciere?

Odio le professoresse puntigliose.

– Sí infatti, ma i cannoli siciliani non li fa, perché la moglie l'aveva tradito con un pescatore di Caltanissetta e allora, visto che oggi avevo voglia di cannoli, eccomi qua.

– Un pescatore di Caltanissetta? A Caltanissetta non c'è il mare!

Ora la strangolo a mani nude in mezzo alla strada.

– Sí, infatti era disoccupato e ha smesso subito.

Non sembra convinta. Cerco di sganciarmi ma lei rilancia: – Ho saputo della sua malattia...

Odio le professoresse che sanno della mia malattia.

– Sí, ma è una cosa già superata, sono quasi guarito... – minimizzo con insolita scioltezza.

– Ah, meno male, perché mio fratello e mio zio sono morti di cancro, e pure un professore di matematica qui del nostro liceo.

Odio anche questa conversazione.

– Professoressa, starei con lei a parlare per ore, ma purtroppo temo di non trovare piú i cannoli perché vanno a ruba. Con permesso.

Passo e chiudo e mi dileguo.

Ho capito ormai che il tumore ha qualcosa in comune con i funerali. Tutti vengono a porgere le condoglianze. Solo che, non essendo l'interessato ancora deceduto, invece di porgerle alla vedova o ai parenti, le porgono direttamente al futuro caro estinto. Se mi ricapita di avere un cancro, giuro che dico a tutti di avere la tonsillite.

Strada facendo, telefono a Paola.

– Amore, dove sei?

– Sono dal parrucchiere.

– Vuoi che ti passi a prendere?

– Sono venuta in macchina.

– Ah, bene. Allora passo io a prendere i bambini a scuola?

Fanno il tempo pieno, un'invenzione notevole per salvare le coppie.

– Va bene, grazie.

– Senti... domani vado a fare la seconda chemio.

– Ti accompagno io. A dopo.

Fine della conversazione. Ditemi per favore che avete rintracciato in quest'arido scambio di battute almeno un indizio del suo affetto perduto.

Io purtroppo no.

Seconda seduta di chemio. In sala d'aspetto incrocio un mio coetaneo logorroico che mi racconta, con una certa fierezza, di essere già al terzo ciclo. Dopo venti secondi me lo ripete. Non gli fa bene questa cura. Dalla stanza interna esce un altro paziente, sorretto da quella che sembra la moglie. Non ha nemmeno cinquant'anni ma fatica a camminare, è magrissimo e ha lo sguardo spento.

Tocca a me. Si affaccia a chiamarmi la stessa infermiera che somiglia a Mangiafoco. Paola resta in sala d'aspetto e io entro nella stanzetta che ormai conosco bene. Dopo due minuti, eccomi di nuovo con un ago in vena e mille pensieri nella testa.

Da piccolo c'erano tre mestieri che mi affascinavano.

Il primo, come testimonia il mio storico tema «Cosa farai da grande» che nonna aveva conservato gelosamente nel primo cassetto del comò, era il collaudatore di luna park. Da bambino furbo quale ero, avevo pensato di unire l'utile al dilettevole. In fondo esisterà qualcuno che dice «questa giostra funziona bene, è divertente e sicura, aprite pure al pubblico». Ho sempre immaginato che costui avesse poi una tessera gratuita per tornare al parco a suo piacimento.

Il secondo mestiere, e qui entriamo nel penale, era il bandito. Forse per via della fascinazione di Diabolik, ho spesso accarezzato l'idea di entrare di notte in una gioielleria e rubare tutto. Questa mia vocazione non ha poi avuto seguito, anche se ammetto di essermi indebitamente appropriato di qualche accappatoio negli alberghi.

Il terzo mestiere, e qui ero stato anticipatore di una moda attuale, era il *life coach* o, come lo chiamavo allora, con una parola piú ingenua ma precisa, il consigliatore. Immaginavo una figura che, come facevano il cardinale Mazarino o Richelieu per il re di Francia, affiancasse i clienti nelle scelte piú complicate della vita.

«Va bene per me questa ragazza che sto corteggiando?»

Zac, arriva il consigliatore e risponde con sicurezza.

«Che faccio, lo accetto questo lavoro?»

Zac, ecco il consigliatore pronto a dare il suggerimento giusto.

Non ho fatto nessuno di questi mestieri alla fine, non collaudo luna park, non rubo e non so dare consigli a nessuno, in primis a me stesso.

All'improvviso mi sento un perdente.

L'ago intanto ha fatto il suo sporco lavoro e mi ha iniettato la consueta dose di veleno. Non so piú se sto facendo la scelta giusta.

– Come va, signor Battistini? – mi domanda l'infermiera.

Ormai do sempre la stessa risposta.

– Male, grazie.

Esco dalla claustrofobica stanzetta e incrocio nella sala d'aspetto il paziente logorroico che ci tiene a ribadirmi che è al terzo ciclo di chemioterapia. Io, fossi in lui, non ne farei un quarto. Afferro il braccio che mi porge Paola e usciamo all'aria. Mi viene da piangere.

-83

Non andare piú al lavoro in palestra è una sensazione strana. Passeggio per villa Borghese in un orario insolito, le 11.30 del mattino. Mi sento quasi un privilegiato. Mi viene in mente una parola latina che tutti abbiniamo al Colosseo e ai suoi sanguinosi giochi felino-sportivi: morituro. Non è male. È piú precisa, piú evocativa e ha un sapore nostalgico da sussidiario di scuola elementare. Morituro. Sono un morituro. Mi piace. Mi sento quasi un eroico gladiatore pronto all'ultima battaglia davanti al pubblico festante. La mia tigre si chiama Fritz. Una tigre con un nome cosí non può essere pericolosa. È un gattone inoffensivo.

Già sto meglio.

Morituro.

Sono un morituro.

Sul biglietto da visita fa la sua figura: Lucio Battistini, morituro.

Scendo giú verso piazzale Flaminio, attraverso l'isola pedonale di piazza del Popolo e il suo bivacco di turisti in calzoncini. Mi fermo a guardare una tipa vestita da statua della libertà, con la faccia pitturata di bianco e un cappello a raggi in testa. Se ne sta immobile sotto l'obelisco, con la pittura sul viso un po' colata. Mi siedo accanto a lei, sugli scalini. Sono un perfetto fancazzista.

Poi mi avvio verso piazza Venezia facendo un po' di zig-zag tra i vicoli. Noto un negozietto che non ho mai visto. Ha l'insegna fresca. Entro attirato dal nome: Chiacchiere. Mi accoglie Massimiliano, un ex poliziotto in pensione. All'interno della bottega, un camino spento, due divani e una poltrona scompagnati di fronte a una tv widescreen, un frigo, un angolo cottura con del tè a bollire e un tavolino. Sembra il salotto di una casa old fashion, con i mobili da mercatino raccogliticci. Anzi, è proprio una casa.

Massimiliano ha settant'anni ben portati, mai sposato, nessun parente vivo. È colto e intelligente. Mi spiega che, dopo la pensione, ha cominciato ben presto ad annoiarsi; passava le giornate nel suo piano terra, tra vecchi film e la passione storica per la cucina. Ma non gli era sufficiente. Si sentiva terribilmente solo e la sua pensione non gli consentiva viaggi in giro per il mondo. E cosí ha dipinto l'insegna CHIACCHIERE e l'ha messa sopra l'ingresso di casa su strada, sostituendo la porta normale con una a vetri da negozio. Poi ha aspettato che abboccasse qualcuno.

– L'idea è semplice, – mi spiega. – Ospito dei perfetti sconosciuti in casa, gli preparo un buon tè con i biscotti, scambiamo due chiacchiere appunto, guardiamo insieme un po' di tv, cose cosí. Insomma ci facciamo compagnia.

Un negozio di chiacchiere. Semplice ma geniale. Neanche Leonardo da Vinci ci era arrivato. Uno spaccio di amicizia.

Aggiunge che, al momento di andarsene, i clienti possono lasciare un'offerta libera come contributo per le spese (di solito cinque euro).

– E come vanno gli affari?

– Benissimo. Oggi la gente non ha bisogno di nulla, tranne che di qualcuno che la stia ad ascoltare. Non ho quasi mai un'ora libera.

– E che tipo di clientela viene? – gli chiedo.

– Mista. Innamorati respinti, pensionati come me, addirittura qualche manager in pausa pranzo e in cerca di un'ora di relax con un «finto nonno», – sorride.

Massimiliano intrattiene tutti con la sua allegra parlantina e i suoi dolcetti e ha fidelizzato cosí una numerosa clientela nel quartiere. È un'attività terapeutica passare due ore con lui, lo consiglio a tutti, altro che massaggi shiatsu e pasticconi antidepressivi. Credo che, prima o poi, qualche multinazionale gli copierà l'idea e aprirà una catena di *fast friends* con lo slogan «Compra un amico anche tu!»

Rimango con lui un paio d'ore. Guardiamo anche una puntata di *Happy Days* sul satellite e gli racconto della mia malattia e della cura che ho iniziato. Capisco soltanto adesso che ho deciso di non tornare a farmi infilare un ago in vena per stordirmi progressivamente. Arrivederci chemio. Solo pensarlo mi fa già stare meglio.

Massimiliano mi spiega che lui è diventato vegetariano da anni e che il suo stile alimentare aiuta nella lotta al cancro. Non è un esperto ma mi suggerisce di cercare qualche soluzione alternativa, evitando però i ciarlatani e rivolgendomi a quelli che usano metodi naturali.

– Io ti consiglio di parlare con un naturopata.

– Che fa un naturopata?

– Ti indica una via per una vita piú sana. Diciamo che è a metà tra un dietologo e uno psicologo.

Accolgo il suggerimento, poi continuiamo a chiacchierare del piú e del meno per un'oretta.

Quando vado via, gli lascio sul tavolo dieci euro.

Sto meglio. Tornerò.

-82

– Ci sono due tipi di trattamenti diversi per affrontare un tumore, signor Battistini: il trattamento oncologico convenzionale e quello che viene chiamato «alternativo», parola che non mi piace… Alternativo a cosa? Io preferisco naturale, perché segue il corso della natura.

Ascolto senza interrompere la dottoressa Zanella, naturopata sui cinquant'anni, incredibilmente somigliante a Madonna.

– Il primo guarda soprattutto alla malattia, – afferma la pop star, – il secondo ha un approccio olistico, cioè si rivolge alla persona nella sua interezza.

Non ho ancora capito se sono davanti a una ciarlatana, a Madonna vera o a una guru illuminata dalla conoscenza.

– L'approccio convenzionale, – continua, – cerca di ristabilire la salute con farmaci, pillole, droghe, chemioterapie e radioterapie, guardando poco allo stile di vita e all'alimentazione del paziente. Imbottendo di farmaci il corpo già debilitato del malato, come pensano di salvarlo? Continuando ad avvelenarlo? La parola farmaco non a caso deriva dal greco *pharmakon*, e vuol dire proprio «veleno».

Se avessi studiato con piú attenzione greco a scuola non sarei mai entrato in una farmacia.

– Il tumore consiste quasi sempre in una proliferazione di cellule dovuta a uno spurgo di veleni interni, come aria inquinata, alcol, fumo, cibi contaminati, cibi con pesticidi, cibi dannosi per l'essere umano come latticini, carne, zuccheri bianchi eccetera.

– Scusi, non ho capito... latticini, carne e zuccheri... sono dannosi?

– Molto dannosi, per motivi diversi. Lei cosa mangia di solito nella vita?

– Mangio normale. Dieta mediterranea... pasta, pomodori, bistecca, formaggi.

– Malissimo. E a colazione?

Esito.

– A colazione, di solito, prendo... una ciambella.

– Fritta?

– Sí, fritta, la classica ciambella con lo zucchero. Mio suocero è pasticciere.

La cantante mi guarda come se avessi dichiarato di mangiare un bambino arrosto ogni mattina.

– Le spiego, signor Battistini. La ciambella è composta da: farina 00 che è ormai priva di vitamine poiché è stata sbiancata e lavorata industrialmente. La farina 00 – come tutti i prodotti raffinati – provoca un aumento della glicemia e il conseguente incremento dell'insulina, e quindi un vero indebolimento dell'organismo, sempre piú soggetto a ogni tipo di malattia, tumori inclusi.

Non capisco se scherza o dice sul serio. Insiste a smantellare tutti i capisaldi della mia alimentazione.

– Poi c'è l'uovo cotto. Le uova cotte, ad alte temperature, come accade nella sua amata ciambella fritta, possono diventare addirittura tossiche. Senza considerare che nelle pasticcerie quelle utilizzate sono di povere galline allevate in batteria quindi piene di antibiotici e altri farmaci.

Già sono disgustato ma la cantante non molla.

– Poi c'è il latte. Il latte di mucca, che è quello utilizzato, non è adatto all'organismo umano, ma a quello dei vitellini. Ha troppa caseina, una proteina infiammante, e abbiamo tutti un'intolleranza di base al lattosio, visto che crescendo siamo sempre piú carenti dell'enzima lattasi che ci aiuta a digerirlo.

– Però il latte fa bene ad altre cose, – obietto tanto per dire qualcosa. – Ad esempio per l'apporto di calcio.

Non l'avessi mai detto. Madonna mi aggredisce.

– Signor Battistini, il latte sottrae il calcio, a differenza di quanto si crede, perché essendo una proteina animale porta il nostro organismo in condizione di grande acidità e, per compensare, toglie i minerali dalle ossa. È inoltre ricco di grassi saturi, cioè nocivi, aumenta il colesterolo cattivo nel sangue e indebolisce il sistema immunitario. Le basta?

Latte colpito e affondato.

– Poi abbiamo lo zucchero bianco che è molto tossico, perché sbiancato chimicamente, cioè depurato con il latte di calce e poi trattato con anidride carbonica e altri composti chimici. Introdotto nel corpo distrugge la vitamina B. Per aggravare la situazione, la ciambella è fritta in olio di semi. Tutti gli olii portati ad altissime temperature per friggere generano alti livelli di aldeidi tossiche, sostanze chimiche cancerogene. Can-ce-ro-ge-ne.

Ripete la parola con perversa soddisfazione.

– La sua ciambella mattutina è il suo peggior nemico!

Sono sotto shock. Forse il piú grande shock della mia vita dopo l'abbandono dei miei genitori e la sconfitta in finale dell'Italia nei Mondiali del '94. La ciambella fa male alla salute. Chiedo di andare in bagno. In realtà faccio di nascosto una rapida ricerca col telefonino. Devo sapere. Ho sete di conoscenza.

Il mio amico Google mi aiuta come al solito. La naturopata ha ragione. Tutto quello che ha affermato possiede una solida base scientifica. Ma quasi nessuno lo sa.

Torno dalla dottoressa Zanella e le chiedo di approfondire la questione. La domanda principale è una sola, come sempre: – Sono ancora in tempo?

– Forse. Un corpo si ammala perché è stato avvelenato nel tempo. Con cibi tossici, farmaci, droghe, alcol ed emozioni represse.

– Io non bevo, non fumo e non mi drogo, a parte una canna semestrale.

– Però mangia ciambelle fritte. E chissà che altre schifezze.

Mi sento come un alunno messo dietro la lavagna.

– Vede, la cura del cancro richiede un cambio di stile alimentare e di vita che includa alimenti crudi, succhi di verdure, esposizione alla luce solare, respirazione yoga e il totale abbandono di cibi, medicine e prodotti cancerogeni. Se il tumore è limitato, è possibile limitarlo o farlo regredire.

– Cosa posso fare?

– Iniziamo da due giorni di digiuno totale. Il cancro è un parassita che vive dentro di lei. Se lei non mangia, non mangia nemmeno lui. Ma lei ha riserve per sopravvivere piú a lungo.

Mi viene naturale una domanda.

– Perché non lo fanno tutti?

– Case farmaceutiche. Le basta come risposta? Se fosse di dominio pubblico che un decotto di ortica è la cosa piú depurante che c'è, cosa ci venderebbero i farmacisti? Pensi che hanno anche inventato l'omeopatia per rifilarci a caro prezzo un prodotto che non ha nessun effetto terapeutico.

– Quindi due giorni di dieta? – sono spaventatissimo.

– Non dieta, digiuno. Dopo questi due giorni di riposo digestivo inizierei la dieta vera e propria. Un'alimentazione che prova a far regredire il tumore è un semidigiuno a base di verdure fresche, biologiche e crude.

Continua a farmi un elenco di cose che devo e non devo mangiare. In pratica si tratta di una dieta vegana.

– La sera prima di dormire è consigliabile il cataplasma di foglie di cavolo o di fango termale, applicato sul fegato e sul torace all'altezza dei polmoni.

La interrompo. In tutta questa austerità gastronomica che mi propone, non mi è chiara una cosa.

– Quante possibilità ho di guarire?

– Voglio essere sincera. Se lei fosse venuto da me un anno fa, con un tumore in stato embrionale, e senza fare mai chemioterapia, le avrei detto novantanove per cento. Al suo stadio di sviluppo della malattia, le possibilità sono scarse, ma lei ha l'occasione di migliorare la qualità del tempo che le resta, avere piú energie... e poi non si sa mai. Il nostro organismo è una macchina imprevedibile e complicata, programmata per guarire. Può sempre stupirci.

Queste ultime frasi sembrano inserite apposta per non deprimermi.

– Ci proverà? – mi domanda la sosia di Madonna, sfoderando finalmente un sorriso.

– Ho alternative? – le rispondo.

Il silenzio che segue è un no.

-81

Primo giorno di digiuno.

A mezzogiorno mi gira la testa e lo stomaco rumoreggia. Per fortuna la crisi è passeggera. Appena il mio organismo capisce che il cibo non arriverà, si tranquillizza e smette di mandare segnali di allarme.

Torno al negozio di Chiacchiere. Devo raccontare a Massimiliano che ho seguito il suo consiglio.

– Bene, mi fa piacere, – mi risponde mentre mi prepara una tisana.

– Anche se è tardi voglio provarci fino in fondo.

– Mi sembra la scelta giusta.

Osservo i biscotti che la scorsa volta inzuppavamo nel tè con famelico interesse. Sento la salivazione che aumenta, come Ezechiele Lupo quando spia i tre porcellini. Gli chiedo di nascondere i frollini nella credenza. Occhio non vede è sempre la scelta migliore.

– Vedrai, – mi fa Massimiliano mentre imprigiona i preziosi manicaretti, – che mangiare di meno e meglio aumenterà le tue energie giorno dopo giorno.

– Lo spero, mi alzo la mattina che sono già stanco.

In quel momento, suona alla porta un nuovo cliente, un signore allampanato sui cinquanta dall'aria avvilita. Mi sono dimenticato di essere in un locale pubblico e non a casa di un amico.

– Puoi ripassare tra una mezz'oretta? – domanda Massimiliano al nuovo venuto. – Oppure se ti va, ti vedi con noi un po' di tv.

L'allampanato accetta. E cosí ci ritroviamo tutti e tre a vedere una replica di *Happy Days*. La memorabile puntata in cui Fonzie salta con gli sci d'acqua sopra uno squalo bianco per una scommessa.

– La storia è talmente assurda, – mi spiega Massimiliano, – che, negli Stati Uniti, si dice *jumping the shark* per indicare quando una serie televisiva ha esaurito la sua linfa creativa.

– Io amavo questa puntata, – precisa l'allampanato, che intanto ho scoperto chiamarsi Giannandrea. Forse è triste per il suo nome di battesimo.

– Anche a me piaceva, – confermo io.

– A tutti piaceva. In realtà erano i nostri occhi a essere diversi da oggi.

Quando finisce l'episodio devo ammettere che il modo di dire americano è azzeccato: la storia, nonostante l'immagine mitica di Fonzie che fa sci d'acqua col giubbotto di pelle, è davvero brutta e poco verosimile. Ma è riuscita, per mezz'ora, a non farmi pensare alla fame che mi attanaglia. Saluto Massimiliano e Giannandrea e mi avvio verso casa.

La telefonata di Umberto mi coglie di sorpresa.

– Mi ha scritto su Facebook!

– Chi?

– Come chi? Martina, la guida turistica. Miss Marple!

Corro a casa da lui. Non vedo l'ora di comunicare la notizia a mio suocero. Intanto però dobbiamo rispondere qualcosa al messaggio per nulla cordiale della signora.

«Salve, sono la signora della foto. Ma non sono sua nonna e non so che gioco stupido sia questo. Se non rimuove subito la mia immagine dal suo profilo, avverto i carabinieri».

Quel che si dice l'inizio in discesa di una storia d'amore.

Decido di raccontarle la verità. Le scrivo che mio suocero è il muto tedesco un po' in carne della gita di due settimane fa e che vorrebbe rivederla. Abbiamo provato a rintracciarla dal tour operator ma non risultava nessuna Martina. La signora è on line e risponde subito.

«Non risultava il mio nome perché ogni tanto sostituisco mia nipote. Il tour operator non lo sa. Può dire a suo suocero che avevo capito benissimo che non era muto e che sarò felice di accettare un invito a cena. Può scrivermi a questa mail. Grazie».

Due ore dopo l'appuntamento è fissato per dopodomani sera in un ristorantino di Trastevere. Oscar non smette di dirmi grazie e di chiedermi suggerimenti su come si deve vestire.

Come Cupido sono davvero da dieci e lode.

-80

Saponetta, il nostro inaffidabile portiere, mi si avvicina negli spogliatoi della piscina e mi chiede, a sorpresa:
– Come sta, Mister?

– In che senso?

Nessuno della squadra mi ha mai chiesto come sto, semmai sono io che lo chiedo a loro dopo gli allenamenti o prima di un incontro.

– Nel senso... ho visto che tossiva.

Temevo che avesse scoperto della mia malattia. La squadra non lo sa. Ho avvertito solo Giacomo, il mio vice, chiedendogli però il massimo riserbo. Il suo parziale autismo aiuta a mantenere il segreto.

– Bene, grazie, un po' di bronchite.

– Avrà preso freddo. Indicazioni per la partita di oggi?

– Una sola: para tutti i palloni che ti arrivano. Facile, no?

Oggi ci scontriamo con gli ultimi in classifica che noi chiamiamo Atletico Colabrodo invece che Atletico Casalpalocco come da statuto sociale. Hanno un passivo medio di quindici goal a incontro. Non hanno mai nemmeno pareggiato.

Scendiamo in acqua rilassati, sappiamo di essere superiori. Ed è cosí che alla fine del terzo tempo siamo sotto di un goal, 8 a 7 per i colabrodo. Sono una furia in panchina. Urlo e incito i miei ragazzi a tirare fuori le palle. Se perdiamo, dobbiamo dire addio alle speranze di qualificazione per i play-off. Anche Giacomo, di solito inglese e compassato, tira fuori una rabbia insolita e sfodera anche alcune parolacce.

Iniziamo l'ultimo quarto con una ferocia che non ci appartiene. Vinciamo di un goal all'ultimo secondo, ma nessuno esulta. Sono furente. Abbiamo sottovalutato gli avversari e rischiato di compromettere l'intera stagione. Negli spogliatoi faccio a tutti un cazziatone memorabile. Poi mi si annebbia la vista e svengo.

Mi risveglio nella minuscola infermeria della piscina. Con me ci sono Giacomo e una giovane insegnante di nuoto.

– Stai tranquillo, – mi dice quest'ultima. – Abbiamo già chiamato l'ambulanza. Hai perso conoscenza solo per pochi minuti.

Non voglio nessuna ambulanza.

– È stato uno sbalzo di pressione, – mi alzo dal lettino. Invece temo che sia colpa del digiuno o dell'ultima chemio. O di tutti e due.

Esco dall'infermeria e trovo i miei ragazzi che ciondolano nella hall della piscina. Mi fissano con aria strana. Per un allenatore, anzi per un condottiero, la cosa peggiore è mostrare debolezza agli occhi dei suoi soldati. Oggi la mia carriera di allenatore senza macchia e senza paura è finita. O forse si tratta soltanto di un nuovo inizio.

-79

Mentre su Roma calano le prime ombre della sera, mio suocero Oscar si prepara al suo appuntamento galante e io mi avvio, come un condannato al patibolo, a una riunione di condominio.

La domanda è: perché un uomo che ha settantanove giorni di vita deve perdere tempo con le riunioni di condominio?

Anzi la vera domanda è un'altra: chi ha inventato il condominio?

Premesso che Leonardo da Vinci stavolta è incolpevole, io farei partire un mandato di cattura internazionale per individuare il responsabile, imprigionarlo e infine ghigliottinarlo in piazza tra gli applausi dei condomini festanti. Saluto i miei vicini di casa, intravedendo già nei loro visi barlumi delle risse che si scateneranno di lí a poco. Un secondo dopo decido di trascorrere la serata in un altro modo. Chiamo Umberto e Corrado. E subito dopo un ristorante. Lo stesso ristorante in cui fra mezz'ora si recherà Oscar con Miss Marple.

Quando entra in sala, facendo strada con inconsueta galanteria all'attempata Martina, ci facciamo trovare seduti al tavolo a fianco. Ci osserva con odio.

«Che ci fate qui maledetti?» è il sottotitolo dei suoi pensieri.

Gli sorrido appena. Non volevo certo perdermi lo spettacolo.

Ordino della verdura, sotto lo sguardo schifato dei miei amici che si lanciano famelici su una grigliata mista, e passiamo tutta la sera a origliare le stupidaggini che Oscar inventa per far colpo sulla signora, peraltro piuttosto simpatica. Momenti indimenticabili quando millanta di aver fatto per due anni volontariato in Africa e quando afferma che è grasso soltanto per una questione d'immagine: «Un pasticciere non può essere magro, se no i clienti pensano che non cucini bene».

Già ai secondi, sono sicuro che la pensionata ci sta e che mio suocero forse ha trovato, in modo rocambolesco, una nuova compagna di vita. Quando paga il conto e si avvia all'uscita con Martina, decidiamo di lasciarli in pace. Oscar mi fa l'occhietto prima di uscire e io resto con i miei amici a ridere e scherzare.

Torno a casa e sveglio con un bacio Paola che si è addormentata davanti alla tv. Oscar mi ha chiesto di tenerla all'oscuro di tutto il movimento per adesso. Tiro fuori dal cassetto il mio quaderno e depenno la voce «Ritrovare Miss Marple». Mi faccio una doccia. Oggi ho mangiato soltanto verdure e, in effetti, sto un po' meglio. Ho piú energie e piú ottimismo. Ma soprattutto ho voglia di fare l'amore. Sono piú di tre mesi che Paola e io non lo facciamo. Il nostro record. Neanche durante le sue gravidanze siamo stati cosí lontani sessualmente. Mia moglie viene a letto dieci minuti dopo di me, con una tisana in mano. Fingo di dormire già. Poi provo a sfiorarle un braccio. Mi scansa.

– Lucio, per favore.

Lucio, per favore.

Analisi logica.

«Lucio» è il complemento di vocazione. Il fatto che non mi chiami amore o tesoro indica distanza e freddezza. Non mi ha mai chiamato Lucio.

«Per» è una preposizione molto eclettica. La usiamo quando vogliamo indicare una moltiplicazione (sette per otto), oppure un moto attraverso un luogo (camminavo per Parigi) e mille altre cose. Unita al sostantivo «favore» assume un preciso significato che indica insofferenza e fastidio (smettila, per favore!) oppure preghiera (te lo chiedo per favore). Il mio è il primo caso. Mia moglie è infastidita da me. Se non ci fosse l'amico Fritz temo che in questi giorni, invece che gli ospedali, frequenteremmo i tribunali.

Mi giro dall'altra parte e sogno il giorno in cui faremo di nuovo l'amore.

L'aggiungerò subito all'elenco dei giorni piú importanti della mia vita.

-78

– Lucio, mi sono innamorato.

A parlare è Oscar naturalmente. In platea, oltre a me, anche il cingalese che ascolta mentre compone abilmente dei tiramisú mignon.

– E questa è una bella notizia.

– Sí ma ce n'è anche una brutta.

– Cioè?

– È fidanzata.

La parola «fidanzata» applicata a Martina / Miss Marple mi fa sorridere.

– Come, fidanzata? Non era vedova?

– Vedova e anche fidanzata. Con un ingegnere in pensione di Milano. Si vedono una volta al mese.

– E quindi?

– E quindi ieri sera ci siamo baciati ma poi è scappata. Stamattina mi ha scritto un messaggio. Ha detto che le piaccio molto però è confusa.

La faccenda si complica. Sembra una love story tra quindicenni.

– Un classico. E tu cosa le hai risposto?

– Sono stato un po' diretto. Le ho scritto: TI AMO. MOLLA IL MILANESE.

– Bravo, cosí si fa, maschio e deciso. Lei ha risposto?

– No, perché aveva finito il credito, ma poi mi ha richiamato dal telefonino della nipote.

La capacità di Oscar di creare suspense nei racconti è nota. Capisco che la vuole tirare per le lunghe.

– Oscar, vai al dunque.

– E dunque ora sono in prova. Devo fare il ballottaggio con l'ingegnere.

– Il ballottaggio?

– Sí, dice che è indecisa, che non mi conosce, che non se la sente di lasciare un uomo con cui sta da due anni per una relazione occasionale. E che non sa nemmeno se tra noi c'è intesa sessuale.

– Ha detto proprio cosí signora? – chiede il cingalese interessato solo alla parte piccante della vicenda.

– Tu fatti i fatti tuoi e lavora, – lo zittisce Oscar. – Ha detto che vorrebbe tanto fare l'amore con me, ma non se la sente di tradire il milanese.

– Sento questa stessa scusa dall'età dello sviluppo. Poi però, se le corteggi un po', crollano.

– E che non lo so? Sabato sera andiamo al cinema insieme. E vediamo che succede. Non hai detto niente a Paola?

– Niente.

– Vediamo come va prima di allarmarla. Non so come la prende se comincio a frequentare un'altra donna.

– Per come la conosco, sarà molto felice per te.

– Lo spero, Lucio mio. E tu?

– Io sopravvivo, – gli rispondo con un sorriso forzato.

– Posso fare qualcosa per te?

– Purtroppo no.

Restiamo a fissarci per qualche istante.

– Non è giusto, Lucio. Dovrebbe toccare a me, ho fatto quello che dovevo fare, c'ho settanta e rotti anni, sarebbe il turno mio. Ti giuro che se potessi farei a cambio.

Sento che è vero. E ci abbracciamo. Non ho mai abbracciato mio suocero. Affondo dentro di lui. E mi sento a casa.

-77

Il mio cuore ha battuto da poco un miliardo e mezzo di volte. Una ricorrenza importante visto che, secondo le statistiche, il nostro organo principale batte tre miliardi di rintocchi cardiaci prima di perdere colpi e spegnersi. Ha una durata precisa, come le batterie alcaline, ed è il motivo per il quale gli sportivi vivono di meno: alzano il numero dei battiti al minuto e consumano cosí piú energia vitale. Il mio ha già viaggiato per quasi quarant'anni, cioè 14 540 giorni (compresi gli anni bisestili), un bel chilometraggio.

In questi anni ho dormito per 116 320 ore, guardato la tv per 31 410 ore, mangiato 2243 chili di pane, 9452 banane e, purtroppo, 11 234 ciambelle.

Ho posseduto 4 auto, 6 bici e 7 motorini.

Ho 342 libri, un migliaio di fumetti, 58 dischi in vinile e 153 cd.

Ho fatto circa 25 000 telefonate.

Ho tagliato i capelli 327 volte (una volta a zero).

Ho visto 2316 film e 288 spettacoli teatrali.

Mi sono ubriacato solo 4 volte: una a Parigi.

Ho desiderato la donna d'altri ogni giorno della mia vita.

Ho fatto l'amore con 43 donne diverse. Con Paola circa 600 volte, primatista assoluta e insuperabile.

Ho assistito a 9 funerali di parenti stretti e amici e a 31 matrimoni.

Tutti questi calcoli mi sono costati un pomeriggio intero.

Che li ho fatti a fare non lo so. Ero partito dalla riflessione «ora tiro le somme della mia vita», poi mi sono fatto coinvolgere dal gioco infantile. E ho scoperto che la mia vita, riassunta con freddi numeri, mi mette un po' tristezza.

Mancano 77 giorni alla fine e oggi ho solo perso tempo. In questo momento 77 è l'unico numero che conta. La dieta mi sta facendo dimagrire a vista d'occhio e mi sento un leone. Ferito ma leone.

-76

– Lucio! Ho vinto il ballottaggio! – mi urla al telefono Oscar. – Martina ha deciso di lasciare quello di Milano e accettare la mia corte.

– Non doveva verificare prima l'intesa sessuale? – chiedo con pepata curiosità.

– L'abbiamo verificata ieri sera. C'è, – risponde il mio eccitato suocero.

Sorrido. Sono felice per lui. Davvero.

– Senti, – prosegue, – che ne dici se stasera vengo a cena con Martina? A mezzanotte facciamo un brindisi per il compleanno di Paola e cosí la conoscete.

Domani sarà il compleanno di mia moglie. Ho sempre organizzato qualcosa. Stavolta però non so che fare.

– Molto volentieri. Che dico a Paola?

– Che porto una mia amica. Tieniti sul vago.

– Ha esigenze alimentari che devo sapere?

– Onnivora ringraziando Dio.

– Ottimo. Ci vediamo alle ventuno.

Riattacco e affronto l'argomento con Paola. Mi tengo sul vago ma lei capisce subito e mi mitraglia di domande.

– E chi è questa Martina? Che fa? È simpatica? La conosci?

Sembra una mamma preoccupata per il figlio invece che per l'anziano padre. Il lato positivo è che pare aver preso bene il fatto che Oscar abbia una frequentazione femminile. Non era cosí scontato, nonostante i dieci anni passati dalla morte della mamma.

Alle ventuno, attendiamo con ansia i due piccioncini. Abbiamo apparecchiato con le posate delle grandi occasioni e i tovaglioli di stoffa. Ho cucinato un pollo al curry degno di *MasterChef* e un contorno di verdurine al wok. Una cena leggera per non appesantire me e, soprattutto, mio suocero, capace di entrare in letargo al dessert. I bambini – che, purtroppo per loro, non hanno mai conosciuto la vera nonna – sono in agitazione. La nuova venuta gli è stata annunciata come «la fidanzata di nonno» e, senza nemmeno averla vista, l'hanno già adottata. Eva s'informa se ama gli animali e Lorenzo se una nonna acquisita fa lo stesso i regali a Natale.

Quando suonano alla porta sembriamo una squadra affiatata, pronta a scendere in campo e determinata a ben figurare. Devo trattenermi per non ridere vedendo, sulla soglia, Oscar incravattato e Martina imbellettata e con un profumo eccessivo che ha invaso il pianerottolo.

La cena è allegra. Scopriamo che Martina è un'ex professoressa di storia dell'arte e, come mi aveva anticipato, ogni tanto sostituisce la nipote Claudia che fa la guida turistica part-time. Ha due figli e quattro nipoti, ed è vedova di un generale della Guardia di finanza.

– Tra l'altro ho scoperto che suo marito mi fece un accertamento nel '91 perché non facevo gli scontrini. Cioè ne facevo pochi. Ho ritrovato il verbale e c'era la sua firma.

Questa coincidenza fa tanto ridere Oscar e imbarazza un po' Martina che soffre in maniera evidente nel ricordare il marito scomparso. Cambio argomento e la serata prosegue gioiosamente per un paio d'ore. Lorenzo ed Eva mostrano alla signora la loro stanza e la piccola la rimbambisce di parole fino a che Paola non va a salvarla.

– Che te ne pare? – mi fa Oscar, nel momento in cui restiamo da soli.

– Sembra simpatica.

– Non sembra, è simpatica. E non sai a letto. Una pantera.

Osservo in fondo al corridoio Miss Marple e non me la immagino proprio con calze a rete e frustino.

– Mi ha già detto, – continua mio suocero, – che non ci possiamo sposare se no perde la pensione di reversibilità del marito. Meglio.

Adoro quando mescola gli argomenti e li sintetizza.

La serata prosegue con un gioco dei mimi a due squadre, capitanate dai due bambini, maschi contro femmine. La mia squadra perde perché Lorenzo e Oscar non indovinano *Salvate il soldato Ryan* nonostante la mia brillante performance mimica.

A mezzanotte Paola spegne le candeline su una torta di frutta esotica che ha portato Oscar. I bambini applaudono, io filmo con l'iPhone. In due parole, siamo felici. L'ombra che aleggia sulla nostra famiglia ci ha lasciato in pace stasera.

Quando i due attempati piccioncini vanno via, mentre Paola mette a letto i nostri eredi scalmanati, io mi fermo a risistemare la cucina. Smangiucchio qualche avanzo di torta, trasgredendo al mio regime alimentare limitato. Poi mi siedo. Respiro. I polmoni mi bruciano. Non trattengo una lacrima. È stata una bella serata. E questo mi fa soffrire di piú.

Poco dopo raggiungo Paola già nel letto. M'infilo sotto le lenzuola e la annuso. Sono innamorato del suo odore. Non la sfioro. So che non è ancora il momento. Domani sarà il momento. Per il suo compleanno ho previsto una serata speciale. Non fallirò.

-75

I miei progetti romantici naufragano già durante la colazione, quando Paola mi annuncia che ha organizzato di uscire a cena con le sue migliori amiche. Festeggerà con loro il compleanno. Ci resto male e cerco il modo di ribaltare il risultato che mi vede sconfitto. Ho un'idea, un regalo che la lascerà a bocca aperta quando rientrerà stanotte.

Esco e vado dritto nella libreria di Roberto, lo scrittore per diletto.

– Ce l'hai una copia del *Piccolo principe*?

– Certo!

– Non una copia normale, una antica, particolare. Da collezione, intendo.

– Ho proprio quello che fa per te.

Non avevo dubbi.

S'infila in uno sgabuzzino invaso di libri, da cui proviene quell'odore particolare di carta e colla che tanto amo. Riemerge dopo qualche minuto con in mano una copia ingiallita e un po' incurvata dal tempo.

– È la prima edizione francese del '43. È uscita pochi giorni dopo la traduzione inglese. Ma siccome l'autore è francese, secondo me questa è la versione originale. Te la regalo.

Insisto per pagare ma non vuole sentire ragioni. Ha capito che è per un'occasione importante. E in effetti lo è.

Accetto l'omaggio a patto che possa offrirgli almeno

una colazione. Gli lascio cinque euro oltre ai venti per l'acquisto del nuovo romanzo che ha appena completato. S'intitola *Amore scatenato* ed è la triste storia d'amore tra uno schiavo di colore e la giovane figlia dei suoi padroni. Anche questa vicenda ha un forte sapore di déjà-vu ma va bene lo stesso.

Attendo sveglio il ritorno di Paola. Ho confezionato un pacchetto con un fiocco rosso e l'ho appoggiato sul cuscino.

Quando arriva in camera, è stanca morta, per dieci minuti nemmeno si accorge del regalo. Lo nota solo quando sta per infilarsi sotto le lenzuola.

– E questo cos'è?

– È per te. Buon compleanno, amore mio.

Non batte ciglio. Lo scarta. Lo osserva.

Sono sicuro che il suo cuore è gonfio di emozione.

Mi aspetto che dica: «Tesoro, che dono meraviglioso, dove l'hai trovato?»

Invece dice: – Ce l'ho già. Il mio però è conservato meglio. Riportalo indietro, hai tenuto lo scontrino?

Poi si mette a dormire dopo un lapidario «buonanotte».

Quella che si dice una donna di carattere.

In fondo l'ho sposata anche per questo.

-74

Non riesco a essere abbastanza triste. Mi sforzo di esserlo di piú.

Sono apatico ma non triste. Come se questa brutta vicenda non mi riguardasse in prima persona.

Oggi sono salito sul terrazzo condominiale e ho sistemato un lettino da mare. Ho staccato il cellulare. Mi sono sdraiato in calzoncini e maglietta. Gli occhi fissi sulle nuvole che si abbracciano in cielo, disegnano candide macchie di Rorschach e si dissolvono.

Sono rimasto cosí quattro o cinque ore.

Inerte come un naufrago.

Sarei rimasto per sempre.

Sono ufficialmente depresso.

-73

Stasera Lorenzo ed Eva vanno a mangiare dal nonno e poi dormono da lui, Paola va al cinema con due amiche storiche a vedere un film d'autore e io resto da solo a casa. Non capita spesso.

Chiamo Umberto e Corrado e organizzo una superspaghettata come ai vecchi tempi. Un chilo di carbonara in tre. Sí lo so che contiene farina bianca, uovo cotto e chissà quali altri veleni. Ma non riusciamo a rinunciarci. La carbonara è come una vecchia amante che è piacevole ritrovare ogni tanto. È piacevole prima, durante e dopo, perché la complessa digestione dell'intruglio di sapori, offusca il cervello e stordisce come la marijuana. Chiacchieriamo sdraiati sui divani come facevamo da liceali, con un po' di jazz e i miei colpi di tosse in sottofondo.

– Perché non fanno usare il telefonino durante il volo? Interferisce davvero? – chiede Umberto al nostro pilota di riferimento.

– Se fosse davvero pericoloso non affideremmo certo lo spegnimento al buon senso dei passeggeri, ma sequestreremmo all'entrata i cellulari, – risponde Corrado. – La verità è che la velocità dell'aereo farebbe passare i telefoni di continuo da una cella all'altra della rete telefonica, facendo cadere sistematicamente le chiamate e creando cosí un grande intasamento sulle linee. In futuro chissà. Ci sono già delle compagnie che offrono il wi-fi a bordo, quindi si può usare Skype per parlare con qualcuno.

Io non intervengo, per nulla interessato al destino della telefonia. Tossisco ancora.

– Come va il dolore? – mi domanda Umberto.

– C'è. Ho fatto delle nuove analisi. La situazione dei miei polmoni peggiora ogni settimana. Ho deciso di interrompere la dieta. O almeno di non continuarla in maniera cosí drastica.

– Fai bene, – afferma Corrado. – Da quello che ho capito era solo un palliativo ormai.

Tra noi abbiamo fatto il tacito patto di parlare in modo diretto senza metafore del mio male.

– Sono condannato comunque. È solo questione di tempo. Tanto vale mangiare ciò che desidero. Ah, c'è un'altra cosa che non sapete.

– Cosa? – mi chiede il mio veterinario di fiducia.

– Sono depresso. Non sono mai stato depresso ma credo di riconoscere i sintomi.

– Quando mia madre era depressa, dopo che è morto mio padre, – mi racconta Corrado, – cercavo di riempirle la giornata di cose da fare. È l'unica cura in questi casi.

– Sono pieno di cose da fare, solo che non mi va di farle.

– Posso darti un suggerimento? – interviene Umberto.

– Certo.

– Vai dal mio psicologo. Il dottor Santoro, un genio.

– A fare che? Farmi rubare duecento euro a seduta?

– A parte che prende centotrenta e fa anche fattura cosí la scarichi, è una persona che ti aiuta davvero. O comunque con me funziona.

– Scusa, da quanti anni ci vai? – gli domando scettico.

– Quasi dieci, – risponde tutto fiero.

– Pensa come stavi se non ci fossi andato! – ironizza Corrado anticipandomi di una frazione di secondo.

Ricordo a Umberto che ho sempre considerato gli psicologi delle persone senza un vero mestiere, un po' come i politici.

– Fai come ti pare, – ribatte, – io penso che parlarci ti aiuterebbe molto.

In quel momento rientra Paola dalla serata con le amiche. È tutta su di giri.

– Parlare a chi?

– Umberto mi ha consigliato di andare dal suo psicologo.

– Mi sembra un'ottima idea, – mia moglie sorride a Umberto, ricambiata.

Spiega a tutti, come se io non fossi presente, di quanto sono apatico da quando ho saputo della malattia e ho smesso di lavorare.

Io resto un po' pensieroso. Uno psicologo. Mah.

Lo sapevate che, negli anni Settanta, qualcuno fece la proposta di cambiare nome al segno zodiacale «cancro» per evitare la fastidiosa associazione con l'omonima malattia? Il nome alternativo proposto fu «figli della luna».

Quando passi su Internet il tuo tempo libero a cercare sempre le stesse parole, finisci per trovare spigolature da «Settimana Enigmistica».

Lo sapevate che esiste uno studio condotto da alcuni ricercatori del dipartimento di Climatologia applicata dell'Università di Duisburg-Essen, che indica come luogo piú cancerogeno al mondo le chiese? Le chiese contengono un'alta quantità di microparticolati inquinanti, generati da candele e incenso. La concentrazione di queste sostanze in chiesa è otto volte superiore che all'esterno e resta elevata fino a un giorno dopo la fine della messa.

Lo sapevate che esiste un reggiseno intelligente che diagnostica il cancro? Il *Breast Tissue Screening Bra* raggiunge nei test clinici un'accuratezza di circa il novantadue per cento grazie al monitoraggio delle variazioni di temperatura in vari punti del seno. Questo permette di individuare i tumori con sei anni di anticipo.

Lo sapevate che il sesso orale può far venire il cancro? Si tratta del tumore orofaringeo, in aumento esponenziale negli ultimi anni. Il profilattico diminuisce ma non annulla il pericolo di contagio.

Lo sapevate che la marijuana combatte il cancro? In questo caso siamo di fronte a un paradosso: il cannabidiolo contenuto nella marijuana riduce il dolore, la nausea e rallenta la crescita delle cellule tumorali, ma i vapori che si producono fumando contengono ossidi di azoto, monossido di carbonio, cianuri e nitrosammine, tutti potenzialmente cancerogeni. Il classico gatto che si morde la coda.

Non trovo mai la notizia che cerco ormai da un mese: «Scoperta in Giappone una nuova e infallibile cura per i tumori».

Ma non demordo, esisterà da qualche parte un moderno Leonardo da Vinci che, un bel mattino, si sveglia e dice: «Ehi ragazzi, ho capito tutto, per curare il cancro basta prendere, prima dei pasti principali, due pasticche di zenzero, timo e aglio insieme!» Magari la cura è sempre stata sotto i nostri occhi e non la vediamo come la lettera di Edgar Allan Poe.

Da quando sto male, se non sto al computer, ho sempre voglia di passeggiare. Piú si avvicina l'estate piú Roma torna a essere quella di una volta. Gironzolo per il ghetto, poi scendo le scalette che conducono all'argine del Tevere. Mi siedo a fissare il fiume cloaca che scorre attraverso la mia città del cuore.

E mi faccio felicemente una canna.

-71

Ho sempre preso in giro gli amici che vanno da uno psicologo. Ed eccomi qui, seduto su una poltrona di fronte al dottor Santoro, un ometto che sembra un procione disneyano, mi osserva muto e prende appunti. Mi sento dentro una puntata che ho già visto di *In Treatment*. Siccome la terapia prevede che io parli e lui ascolti, sono costretto a chiacchierare, anche se non ne ho nessuna voglia.

Non so perché non accenno subito al cancro.

La prima volta che ho avuto paura di morire era il 1993 e avevo vent'anni. All'epoca non era obbligatorio il casco sul motorino e quindi io imperversavo per le strade di Roma, in sella al mio destriero Ciao. Mi sentivo invincibile, fino a quando un deficiente non aprí lo sportello di una macchina posteggiata e m'intercettò in pieno. Il motorino si bloccò e io volai. Feci un tuffo carpiato in aria e scivolai sull'asfalto. Non ricordo l'impatto, ricostruito dalla polizia stradale, ma quello che è successo dieci secondi dopo. Ero a terra, con dieci persone sopra di me che parlavano un po' ovattato.

«È morto!»

«No, muove gli occhi».

«Chiamate l'ambulanza».

«Inutile, due minuti e spira».

Perché erano cosí sicuri nella diagnosi? Non sentivo dolori particolari. Poi ebbi un dubbio e mi toccai la testa. I capelli erano zuppi di sangue. Il mio cranio era appoggiato a terra in una pozza colma di globuli rossi. Sono spacciato davvero, pensai.

È una sensazione che tutti dovrebbero vivere almeno una volta nella vita: pensare che sia finita.

Io ero lí, bagnato del mio stesso sangue, e mi sentivo piú leggero. Tutto aveva riacquistato il suo peso naturale. Non ricordo nemmeno dove stavo andando in motorino. Forse agli allenamenti, forse in birreria, non so.

Dieci minuti dopo, sull'ambulanza, scoprii che avevo una brutta ferita nel cuoio capelluto, mi sarebbe rimasta una grossa cicatrice ma sarei sopravvissuto allegramente. Le abbondanti terminazioni sanguigne che abbiamo nella testa avevano creato l'illusione di un danno molto piú grave del reale. Dieci giorni di fasciatura e tornai come nuovo.

Il dottor Santoro ha ascoltato il tutto con apparente attenzione, ogni tanto scribacchiando qualche appunto. Mi accorgo che ho ancora venti minuti abbondanti di visita e proseguo a raccontare. Questa volta però invento di sana pianta.

La prima volta che ho ucciso un uomo facevo la terza media…

Il procione non batte ciglio. O si è addormentato a occhi aperti o non l'ho stupito. Continuo.

La vittima era un bidello. Non uno di quelli amiconi dei ragazzi, ma un uomo acido, incattivito, un mezzo fallito che odiava la gioventú e le sue manifestazioni…

Non capisco se lo psicologo ha gli occhi disegnati come i cartoni animati o mi fissa con glaciale disprezzo. Ha smesso di prendere appunti. Sembra una statua di cera di Madame Tussauds.

L'ho aspettato dopo la fine delle lezioni e l'ho colpito al-

la testa con una sedia. Non è morto subito e ho dovuto percuoterlo ancora mentre urlava. Le sue grida hanno richiamato una bidella piú anziana e sono stato costretto a uccidere anche lei...

Batte gli occhi. È vivo.

A questo punto proseguo, tanto ormai mancano pochi minuti.

Il giorno seguente la scuola fu chiusa a causa delle indagini sugli omicidi. Riprendemmo le lezioni dopo una settimana, ma nessuno sospettò mai di me. A parte un mio compagno di scuola, Umberto, un veterinario, al quale avevo confidato le mie intenzioni e che mi ricatta ancora oggi, dopo tanti anni...

Ha un sussulto a sentire nominare il suo paziente.

– Quindi Umberto... sapeva?

Capisco che era rimasto congelato per paura. Ha creduto a tutto quello che ho detto e mi ha scambiato per un pazzo assassino per cinque minuti. Uno psicologo poco psicologo. E molto stupido.

– Le dispiace se vado via cinque minuti prima? – gli chiedo appoggiando i centotrenta euro pattuiti sulla scrivania.

– No, – risponde imbambolato. È nelle mie mani, non capisce piú chi ha davanti, un depresso o un feroce assassino.

Esco e mi compro un cono gelato da tre gusti.

Pistacchio, ciococrock e crema di una volta.

A mio parere, molto piú utile e meno costoso di uno psicologo.

-70

Il quaderno di Zoff ormai è pieno di appunti, disegni, commenti e progetti. È diventato il mio inseparabile compagno di sventura. Fisso i giorni che scorrono all'indietro nel mio dolente conto alla rovescia cartaceo. Un conto che ha solo un senso statistico. Fino a oggi.

Il primo a saperlo è Massimiliano, il mio nuovo amico del negozio di Chiacchiere, ormai diventato il mio confidente prediletto. Sa poco e nulla di me e quindi spesso riesce a consigliarmi meglio di Umberto e Corrado che sono troppo coinvolti emotivamente.

La prima frase che gli dico è abbastanza esplicativa: – Ho deciso di uccidermi.

– Che stai dicendo?

– Tranquillo, non mi butto dalla finestra e non m'impicco al soffitto del tuo negozio. Un suicidio assistito, in Svizzera. Ho già fatto tutte le ricerche del caso. La clinica che ho scelto si trova a Lugano.

– Perché? – mi domanda, accorato.

– Mille motivi. I principali sono che non voglio assistere al mio decadimento fisico, ma soprattutto non voglio che vi assistano i miei figli e mia moglie. Desidero che mi ricordino in gran forma o quasi. Credo che sia un mio diritto.

– E la dieta?

– Funziona. Sto dimagrendo e questo mi allevia i dolori. Ma i marker tumorali del mio sangue sono sempre piú alti purtroppo. Ho ritirato una nuova analisi l'altro giorno. Ho scoperto l'amico Fritz troppo tardi.

– L'amico Fritz?

– Lo chiamo cosí il cancro. È piú simpatico, no?

– Lo è. Devo dirti che spero che tu ci ripensi.

– Non accadrà. È un mese che giro intorno a questa decisione. L'unica possibile. Non voglio marcire in un letto.

– L'hai già detto a tua moglie?

– No. Stiamo attraversando un brutto periodo, lo sai.

Mi versa del tè alla pesca freddo. È fatto in casa da lui. Pesche biologiche e acqua minerale. Anche Madonna apprezzerebbe.

Un minuto dopo si unisce a noi il depresso Giannandrea che ormai è un cliente abituale. Stavolta scopro che è un sarto e che la moglie l'ha lasciato per un benzinaio di Udine.

Giochiamo a carte, scala quaranta. Non giocavo a scala quaranta da tempo immemore. Ricordo a malapena le regole. È un tormentone della mia nuova e breve vita, fare cose che non facevo da anni o che non avevo addirittura mai fatto. Finalmente un lato positivo.

–69

Corrado e io andiamo a prendere Umberto all'ambulatorio. Ci aspetta un aperitivo da sfaccendati doc in centro.

Ancora non ho comunicato ai miei amici la mia decisione.

Lo faccio dopo il primo Spritz.

– Fra sessantanove giorni vado in Svizzera.

– Bravo, ti fai un viaggetto? – Corrado non ha capito niente. Sono stato troppo ermetico.

– Ho prenotato una clinica per il suicidio assistito.

La parola «suicidio» fa calare un silenzio irreale. Per un paio di minuti c'è solo una hit lontana degli Oasis nell'aria. Anche la mia tosse se ne sta timida in disparte.

– Perché sessantanove? – chiede Umberto tanto per dire qualcosa.

– Ho tenuto un conto alla rovescia. Da cento a zero. Simbolico ma che ha un senso statistico. Nei giorni intorno allo zero, la mia situazione sarà già critica. Le settimane successive sarebbero molto umilianti per me. Quindi il giorno zero sarà l'ultimo. Ho deciso cosí.

– Ti stai arrendendo? – Corrado non si capacita.

– No. Semplicemente non voglio assistere al mio degrado fisico. E non voglio che i miei figli ricordino un padre appassito e prigioniero di una poltrona reclinabile.

– Paola lo sa? – mi chiede Umberto.

– Non ancora.

– Dimmi che stai scherzando! – insiste Corrado che non se ne fa una ragione.

– Mi piacerebbe. Ci pensate? Amici, non ho il cancro, è stata tutta una burla per farmi coccolare un po'. Invece è vero. E ora penserò a godermi al massimo questi due mesi e spicci che mi restano.

– Che ci restano, – precisa un malinconico Corrado. – I tre moschettieri sono tre.

– In realtà erano quattro. E D'Artagnan era il piú importante, – precisa Umberto.

Ci lanciamo in un'accesa disquisizione sulla scelta impropria del titolo da parte di Dumas e ricordiamo con affetto Andrea, un nostro vecchio amico dei tempi del liceo, che era il nostro D'Artagnan e si è trasferito all'estero da tanti anni. Con lui formavamo un quartetto irresistibile. Poi beviamo un altro Spritz commentando il sedere di una ragazza appoggiata al bancone in una posizione che lascia intravedere il perizoma. Una conversazione divisa in due parti, come se, deliberatamente, ora stessimo girando al largo dall'amico Fritz. Che fa rima con Spritz ma è molto piú antipatico.

-68

– Tra sessantotto giorni mi uccido.

Paola si paralizza.

– Che dici?

– L'amico Fritz ormai ha quasi vinto. Ogni giorno mi sento piú debole. Secondo il medico, tra qualche mese dovrò vivere sdraiato, imbottito di antidolorifici, poi comincerà la fase finale. Non sarebbe un bello spettacolo. Andrò via prima. Lo fanno gli elefanti. Lo farò io.

– Non capisco...

È annientata. Non ho trovato un modo migliore di dirglielo.

– Ho prenotato in una clinica di Lugano.

– Eutanasia?

– Suicidio assistito per l'esattezza.

– Quando l'hai deciso?

– Una settimana fa.

– Perché non mi hai detto nulla?

– Non è che abbiamo molto dialogo ultimamente.

– Tu sei pazzo.

Restiamo in silenzio per un tempo inverosimile. Poi Paola prende la borsa ed esce di casa.

Io resto lí.

A rimpiangere la nostra complicità perduta.

Ho perso tante persone per colpa della mia storia con la signora Moroni, tutte racchiuse dentro Paola: mia moglie, la mia migliore amica, la mia amante, la mia complice, la mia fan, la mia tutto.

La mia tutto.

Paola è la mia tutto. Questa è la definizione giusta.

Ma cosa sono io per lei oggi?

Un peso, un coinquilino, il padre dei suoi figli, un traditore.

So che mi ama ancora, lo sento.

È la forza principale che mi spinge ad andare avanti.

La frase nel quadernetto di Zoff.

Farmi perdonare da Paola.

-67

Mentre vado in piscina, la mia macchina borbotta qualcosa. Stenta ad arrampicarsi sul Gianicolo come un ciclista imballato di fatica sulle Dolomiti. Poi fa una fumata nera e si blocca silenziosa. Bene.

La accosto a marcia indietro, sfruttando la pendenza e scendo a piedi le scalette che portano giú a Trastevere. Vado in un'officina e un annoiato meccanico diciottenne mi dice che «quando torna il principale, andranno a recuperare la macchina». Gli lascio le chiavi fiducioso e mi siedo nel bar lí accanto. È un angoletto di Trastevere dove non sono mai passato. Il barista, Nino, mi sta subito simpatico. Accanto all'entrata principale, una parete senza finestre costeggia il marciapiede e ospita un insolito murales ideato proprio da Nino. La parete, di quasi dieci metri, è divisa in due: da una parte ha scritto grande, con vernice rossa, AMO, dall'altra, con vernice blu notte, ODIO. La sua intenzione era quella di creare un diario collettivo di quello che ci piace e non ci piace, aperto a chiunque voglia scrivere qualcosa. Accanto Nino ha scritto tre o quattro regolette per compilare il muro. Non si possono scrivere insulti o offese, è vietato parlare di squadre di calcio e partiti politici, il resto vale tutto. Ordino un succo di ananas e mi metto a leggere il murales. Il muro è coperto da scritte colorate di ogni dimensione, anonime e firmate.

Le migliori?

Nel settore AMO sceglierei queste:
«La mela grattugiata di mia nonna, Renato»,
«Quando Fonzie batte sul juke-box e inizia una canzone, Lorenzo»,
«Il giorno che è morta mia suocera, Daniela»,
«I tuoni» (anonimo),
«Le tette sorridenti di Mariasole, Guido»,
«Mia moglie Luisa, Antonello»,
«Gaber e Jannacci, Loris»,
«Il crepitio del fuoco, K.»,
«Il mare d'inverno, Enrico».
Nella sezione ODIO, vincono:
«Umbertone, Mario»,
«Quelli che girano per Roma col Suv, Martina»,
«Tutti, Gianluigi»,
«Gli scemi che vanno al *Grande Fratello*» (anonimo),
«I miei fianchi, Loredana»,
«I voti, la V B»,
«Quello che mi ha fregato il motorino, Fabio».

Un campionario di opinioni, di punti di vista sul mondo, a volte leggeri, altre lapidari e profondissimi. Qualcuno dovrebbe fotografarlo e regalarlo alla memoria futura. Fra mille anni il muro di Nino racconterà l'Italia di oggi ai posteri meglio di tanti libri di storia.

Bevo il mio succo d'ananas e scrivo anch'io qualcosa.

Amo: la vita.

Odio: la morte.

Banale ma vero.

Vi lascio due pagine-muro per i vostri personali AMO, ODIO. Quando troverete questo libro in soffitta, tra vent'anni, li rileggerete con una punta di malinconia, scoprendo probabilmente che amate e odiate sempre le stesse cose.

AMO

ODIO

-66

Oggi sono ottimista. E cerco di non pensare alla fine. Naturalmente non ci riesco.

Mi restano ancora due mesi abbondanti. Tanto tempo. Poteva andare peggio. Pensate se invece ci fosse un servizio cortesia che ti avvisa soltanto dieci minuti prima di morire. Magari con un pratico sms autocancellante o un servizio di corrieri in motorino che vanno casa per casa ad avvertire.

– Buongiorno, volevo avvisarla che lei morirà fra dieci minuti!

– Ah grazie, mannaggia, avevo appena calato la pasta. Cuoce in tredici minuti.

– Mi sa che non fa in tempo. Oppure può mangiarla al dente.

– Purtroppo mi piace ben cotta. Pensa che faccia in tempo ad andare in bagno?

– Non so, è una cosa lunga?

– Be', volevo fare una doccetta, non si sa mai nell'aldilà cosa ti può capitare…

– Guardi, scusi se le tolgo ogni illusione, non esiste nessun aldilà, è un'invenzione delle religioni organizzate. Si goda questi ultimi nove minuti di bollitura.

– Ma come? Non ho rubato, non ho pronunciato il nome di Dio invano, non ho desiderato la donna d'altri… e ora? Non c'è nessun premio?

– No, mi dispiace per lei che non se l'è goduta!

– Come, mi dispiace? Mi dispiace non basta! Io voglio un risarcimento danni! Lo sa le donne d'altri che potevo avere? E quanto potevo disonorare il padre e la madre? Esiste un ufficio apposito per i reclami?

– Sí, deve mandare una raccomandata con ricevuta di ritorno a Pianeta Terra srl, ma la avviso che siamo indietro con i reclami di un paio di secoli, quindi la sua pratica a occhio e croce sarà esaminata nel 2200...

Mentre il dialogo prosegue, mi addormento.

Ve l'ho detto, oggi sono ottimista.

-65

Il quadernetto di Zoff comincia a essere molto spiegazzato. Sul giorno 65 c'è una macchia di sugo o comunque rossiccia. Forse marmellata di ciliegie.

Il tempo trascorre cosí. Non riesco a capire cosa è giusto fare o non fare. Continuo a vivere trascinato dalla corrente. Alleno la squadra che continua la sua battaglia di fine campionato, aiuto Lorenzo ed Eva a fare i compiti, gioco con Lupo che ormai mi ha accettato nel nucleo familiare visto che mi considera un rivale innocuo. Paola è piú tranquilla in questi giorni, tutta presa dalla scuola e dai suoi compiti di mamma.

Qualche giorno fa ho commissionato a Roberto un romanzo di pirati, anzi per l'esattezza di corsari. Non so perché ma amo di piú i romanzi ambientati tra galeoni caraibici che quelli tra i prahos malesi. Insomma preferisco il Corsaro Nero a Sandokan. Lo vado a ritirare con entusiasmo. Mi sento Lorenzo il Magnifico, un mecenate dell'arte che finanzia opere indimenticabili dei suoi artisti preferiti. Come sapete non è che Roberto sia la reincarnazione di Proust, ma la sua mediocrità è superata dalla non riproducibilità della sua opera d'arte. È l'unico scrittore di tutti i tempi che può essere equiparato a un pittore o a uno scultore, creatori di pezzi unici.

Pago i miei venti euro, afferro la fiammante copia de *Il galeone dei sogni* e corro via. Mi sdraio al sole su un pratone di villa Borghese. E spalanco la prima pagina.

«Il galeone pirata solcava le onde, sospinto da un pigro aliseo che non gli avrebbe permesso di sfuggire a lungo ai piú agili brigantini spagnoli. Un colpo di cannone esplose lontano e sibilò sul ponte».

Quel che si dice entrare subito nel vivo. Le due ore seguenti trascorrono tra arrembaggi, cacce al tesoro, cannibali, traditori, fucilazioni e tutto il tipico corredo dei romanzi d'avventura. Per una volta la trama non è copiata da Salgari. Il protagonista principale è un galeone maledetto che imprigiona nella stiva i sogni dei suoi passeggeri. Quando scendono a terra, quelli si ritrovano privi di voglia di vivere. Una variante piratesca del vaso di Pandora e tanti altri miti.

Quando finisco l'ultima riga, capisco che, senza volerlo, Roberto ha scritto una meravigliosa allegoria della mia condizione attuale. La malattia-galeone ha imprigionato la mia energia, cancellato i miei sogni, rallentato il mio ritmo vitale. Invece che stimolarmi, mi ha decisamente impigrito. La verità è che, nonostante tutti i miei buoni propositi, non riesco ad assaporare il tempo che mi resta fino in fondo.

Da oggi si volta pagina.

- 64

Scrivo un sms brevissimo: «Zingarata». E lo invio a Corrado e Umberto. È il nostro codice per chiamarci alle armi e uscire a far burle come il conte Mascetti e i suoi amici del cuore. Non accadeva da troppo tempo.

La burla preferita di Corrado, nostro capo indiscusso di cazzeggio, quando agisce senza complici, è questa: sbarca all'aeroporto di Fiumicino, si cambia il completo da comandante e, con la sua valigia in mano, si mescola alla folla degli «Arrivi internazionali», comincia quindi a scrutare i cartelli degli autisti in attesa: «Mr Kleber», «Helvetia Hotel», «James Helsener», «Meeting Farles» e via cosí. Decide qual è il suo obiettivo, ad esempio Mr Kleber, e si presenta armato di faccia tosta e italiano incerto con spiccato accento anglosassone. Nove volte su dieci fa centro: il povero autista non conosce «Mr Kleber» e lo carica in macchina senza fare una piega. È qui che comincia la vera avventura per Corrado: dove sarà diretto il misterioso signor Kleber? Lo attendono per parlare a un congresso? O sarà alloggiato in una suite favolosa per poi andare a una prima cinematografica? O ha un tavolo prenotato in un ristorante caratteristico? O ha un invito per un cocktail vip con la nobiltà romana? In genere, prima che l'equivoco sia svelato (e in questo caso Corrado è sempre pronto alla fuga precipitosa), il nostro eroe ha già mangiato, bevuto e gozzovigliato alla faccia di Mr Kleber. Certo, a volte l'inganno viene scoperto già al parcheggio dell'aeroporto, ma spesso va meravigliosamente a segno. In un paio di occasioni è riuscito addirittura, fingendo uno smarrimento di documenti, a passare una notte in hotel alla faccia del vero proprietario e un'altra ha addirittura usufruito di una storia di sesso prepagato con due escort gemelle di origine bielorussa.

Umberto e Corrado mi raggiungono al nostro baretto. Corrado è appena sbarcato da un volo Londra-Roma, mentre Umberto ha chiuso lo studio rispedendo a casa un'attempata cliente abituale convinta che il suo coniglio nano sia cleptomane. Le zingarate, lo sanno tutti, sono cosí, cotte e mangiate.

Davanti a tre frullati di frutta mista, decidiamo il da farsi. Umberto è sempre il piú cauto nel proporre gli scherzi, si pone mille problemi di ordine giuridico e morale, ma poi non si tira mai indietro.

Sono io a proporre lo scherzo di oggi, approvato a maggioranza assoluta.

Dico solo una parola.

– Vaticano.

Un'ora dopo sbarchiamo, a bordo della Mercedes di Corrado, in un ristorantino rinomato vicino alle mura vaticane, il costosissimo *Al Vicoletto*. Ci accoglie un emozionato oste ciociaro.

– Eminenza, benvenuto.

Si rivolge a Corrado che indossa un abito da cardinale, preso in prestito in un negozio di costumi teatrali di un suo amico. Umberto e io interpretiamo alla perfezione il suo autista e il suo assistente. L'abito fa il monaco, in questo caso il cardinale, nonostante la giovane età dell'alto prelato. Corrado, con il suo look da moschettiere, sembra una specie di Richelieu, altezzoso e scostante. Al ristorante ci accolgono con tutti gli onori. Chiediamo di assaggiare le primizie della casa, ben sapendo che sono specializzati in pesce crudo. Antipastiamo con ostriche, i vietatissimi datteri di mare e un trionfo di cozze e vongole extralarge. Corrado chiede anche il vino piú costoso della lista e lo rimanda indietro due volte dicendo che sa di tappo. Nessuno osa contraddire sua Eminenza. Non ci neghiamo niente tra primi e secondi, alla faccia di qualsiasi genere di dieta. Concludiamo con il rinomato sorbetto della casa ai fichi d'India. Una delizia. Quando il gestore ci porta il conto di seicentoventi euro non battiamo ciglio. Prendo un foglietto e scrivo il numero di telefono della pasticceria di mio suocero. Poi lo porgo all'oste con un mezzo sorriso.

– È il numero diretto dell'amministrazione della Santa Sede. Lei deve solo comunicare il codice Iban e l'importo totale, mi chiederanno una conferma telefonica prima di eseguire il bonifico, di solito sono molto veloci.

Corrado aggiunge sapientemente cinquanta euro di mancia in contanti.

– Per i ragazzi.

– Grazie, Eminenza, molto gentile.

– L'ufficio riapre tra un'oretta, può chiamare anche oggi stesso, – aggiungo per aumentare la credibilità, comunque mai messa in dubbio.

– Arrivederci, – fa Corrado porgendo la mano con un anello pacchiano preso chissà dove, pronto ad accogliere i baci dei presenti.

Tempo due minuti e siamo in macchina che ridiamo come pazzi.

– Diciassette euro a testa, ragazzi. Quanto una pizzeria, – Corrado è stato da urlo nella sua interpretazione, un gigante della scena. Siamo elettrizzati. Soprattutto io che per due ore sono fuggito dalla mia ammalata realtà. Corriamo ad assistere alla seconda parte dello scherzo, cioè quando il malcapitato oste telefonerà a mio suocero credendo si tratti dell'amministrazione vaticana. Negli anni abbiamo dato il suo numero a chiunque ed è ormai convinto che la sua linea faccia contatto per via di un guasto. Siamo lí in pasticceria, quando arriva la sospirata telefonata. Oscar cerca di spiegargli cha ha sbagliato numero e dall'altro lato sentiamo le urla ciociare del proprietario del ristorante in cui non torneremo piú. È fuori di senno e insulta Oscar, fino a che mio suocero non riattacca allibito.

– Roma ormai è piena di matti.

Per fortuna non nota la coincidenza: ogni volta che siamo tutti e tre a bivaccare in pasticceria, gli telefona uno psicopatico che vuole dei soldi.

Zingarata finita. Non soddisfatti del pantagruelico e calorico pasto, smangiucchiamo qualche pastarella fresca. Facciamo schifo, lo so. Peraltro io metabolizzo tutto e accumulo grasso, mentre i miei amici riescono a divorare calorie senza che il loro specchio gliele ricordi ogni giorno. Se mi vedesse la mia naturopata... ma non mi vede, fra due mesi muoio, e quindi un'altra pastarella ci sta tutta.

Mi rabbuio per un attimo, vedendo una foto appesa al muro con Oscar e Paola. Fino a qualche anno fa, veniva con noi a fare zingarate anche lei, che ovviamente era la migliore di tutti a dire bugie e camuffarsi. Poi ha smesso, un po' perché troppo presa dai bambini che crescevano, un po' perché è cresciuta lei. Capisco solo adesso che noi moschettieri ci siamo impegnati a rallentare il nostro tempo e restare un po' fanciulli.

Fanciulli. Non pronunciavo questa parola da una vita. È tenero «fanciulli», piú efficace di «bambini» o dell'orrendo «ragazzini». Qualcuno potrebbe obiettare che siamo invece tre infantili deficienti di quarant'anni. Io gli ribatterei che noi abbiamo vinto e gli altri hanno perso. Restare un po' fanciulli è l'unica battaglia che vale la pena di combattere durante la vita. Lo diceva anche Giovanni Pascoli. Alt! Mi accorgo solo adesso che sto cominciando a rivalutare tutti gli scrittori e i poeti che ho odiato, anzi disprezzato, durante la mia deprimente carriera scolastica.

Che significa?

Lo archivio come terribile effetto collaterale della malattia e non ci penso piú.

-63

Tre partite alla fine del campionato regolare. Abbiamo bisogno di tutti i punti disponibili e di fare anche tanti goal per sperare nella qualificazione ai play-off.

Negli spogliatoi fisso tutti negli occhi, uno a uno, cercando di motivarli. Per ultimi il nostro portiere Saponetta e Martino, l'unico attaccante decente, piú per il suo coraggio che per la mira. Possiamo farcela. Non sono le Olimpiadi ma dobbiamo metterci il cuore. Oggi poi è uno scontro diretto con una squadra che è a pari punti con noi. All'andata, in casa loro, abbiamo perso. Una sconfitta che grida vendetta. Lorenzo ed Eva sono in tribuna con Umberto. Li vedo da lontano giocare a qualcosa che non capisco. Il mio amico è bravissimo con i bambini come con gli animali.

La partita fila liscia stavolta. Passiamo subito in vantaggio di due goal e riusciamo a mantenere il distacco fino al fischio finale. Una prestazione solida, impeccabile. Se avessimo giocato sempre cosí avremmo vinto il campionato. Faccio i complimenti ai ragazzi negli spogliatoi e raggiungo al parcheggio Umberto e i bambini.

– Bravo papà! – Eva mi corre incontro.

– Siete stati fortissimi. Sembrava un fuoriclasse anche quella pippa di Martino, – precisa Lorenzo.

Non lo rimprovero per l'espressione poco forbita e carico tutti in macchina. Non voglio annoiarvi ma la mia vita quotidiana ormai mi pesa un po'. Il tumore principale preme sempre di piú contro gli altri organi, mi sento come un atleta durante una lunga corsa, quando il dolore alla milza e poi al fegato arriva a segnalare la fine delle energie. Respiro con crescente fatica ma la tosse è diventata piú rara, sostituita da una specie di asma che mi strizza i polmoni, ormai diventati spugne rinsecchite al sole.

Andiamo tutti insieme a prendere dei cremolati. C'è il *Café du parc*, vicino all'unica piramide di Roma, che li fa buonissimi. Una volta ho incontrato anche Nanni Moretti che ne gustava uno. Dev'essere una passione che accomuna i pallanuotisti.

I bambini sono entusiasti soprattutto del gusto «fico», il piú raro da trovare artigianale. Non sanno nulla della mia malattia. Non glielo dirò. Non ho ancora deciso cosa fare quando si avvicinerà il giorno zero. Ma so che voglio passare piú tempo possibile con Lorenzo ed Eva, con i miei amici e, naturalmente, con mia moglie. Mi sembra l'unica cosa importante.

Tornato a casa, scrivo nel quadernetto di Zoff, una sola parola: *Cremolato*. Mi riprometto di tornarci con Paola.

-62

Osservo mia moglie in terrazza. Annaffia le sue piante. Gliel'ho visto fare mille volte, ma non riesco a staccarle gli occhi di dosso. Indossa il pantalone di una tuta grigia che prima era mia e una maglietta sbiadita. Ha i capelli raccolti e i guanti da giardinaggio. Ogni tanto appoggia l'annaffiatoio e stacca una foglia secca, lega un rametto di bouganville alla ringhiera, raccoglie le foglie che si accumulano dentro i vasi impedendo alla terra di respirare. Gesti sapienti, quasi zen. Curare il terrazzo per Paola vale un'ora di yoga.

Prendo il mio quaderno di Zoff, ormai un po' sgualcito. Mi siedo in una poltrona da cui, attraverso la tenda della finestra, intravedo mia moglie che si muove in terrazza.

Intitolo la pagina di oggi: *Le cose che mi mancheranno di Paola*.

La domenica mattina, la sua torta di pera, uvetta e cannella.

Quando mangia le ciliegie e poi fa battere i noccioli l'uno contro l'altro come nacchere degli gnomi.

Spiarla mentre si cambia vestito prima di uscire, perché non si piace mai.

Vedere i suoi occhi stanchi socchiudersi mentre legge un libro appoggiata al cuscino.

Quando d'estate raccoglie i capelli e si fa le trecce come una ragazzina.

La sua voce calma che, nell'altra stanza, legge la fiaba della buonanotte ai bambini, e che spesso riesce ad addormentare anche me.

Litigare al supermercato sulle cose da comprare. Io riempio il carrello di schifezze e lei lo vuota.

Fare insieme l'albero di Natale. Lei pensa alle palle di vetro, i bambini ai festoni colorati, io sono addetto alle luci.

Le coperte di lana sul letto, che d'inverno non le bastano mai.

Vederla correre sulla sabbia con il costume intero, quello di seta senza bretelline che le lascia le spalle scoperte.

Quando la sera, sul divano davanti alla tv, mette i piedi sempre gelati dentro le mie mani per farseli massaggiare.

Il profumo della sua pelle accaldata e lentigginosa dopo una giornata di mare. Sa di qualcosa di buonissimo, difficile da spiegare, tipo di biscotto al cioccolato appena sfornato.

Quando durante una discussione accesa – questo lo sapete già – ferma tutto dicendo seriamente di essere un gatto e, in quanto gatto, di non riuscire a capire la lingua in cui io sto parlando e il litigio all'improvviso si conclude in risate.

Il suo sedere italiano.

Quando arriccia il naso davanti a una decisione da prendere.

Trovare il tavolo della cucina ricoperto dai fogli dei compiti in classe dei suoi allievi che lei legge e corregge con un'attenzione quasi sacrale.

Le sue lacrime vere davanti ai telegiornali che raccontano di abusi, ingiustizie, violenze, pensioni minime e precari disperati.

La passione adolescenziale per Renato Zero.

La risata argentina che le accentua le fossette sulle guance.

Quando, dopo aver spento le luci, un attimo prima di addormentarci, lei si aggrappa al mio braccio destro, come un koala.

Le sue gambe magre e muscolose che troppo spesso copre con gonne troppo lunghe.

Quando la mattina prima di uscire per andare a lavoro mi salutava con un «Ciao amore», ricordandomi che «amore» ero ancora io, io e nessun altro. È un po' che non lo fa. E la colpa è solo mia. Chissà se lo rifarà mai.

Potrei andare avanti. Non pensavo che mi piacessero cosí tante cose di Paola. La conosco a memoria ormai e non per questo la amo di meno. Come i dantisti che imparano tutta la *Divina Commedia* e poi ne apprezzano la poesia ancor piú profondamente.

Paola è la mia *Divina Commedia*.

E spero che, prima o poi, mi conceda di uscire dal mio personale Purgatorio.

-61

Ormai dormo quattro o cinque ore per notte.

Ansia o insonnia che sia è un vantaggio per me che ho un count-down in corso. Tre ore in piú al giorno sono tanto tempo guadagnato. Naturalmente, visto che in genere vanno dalle quattro alle sette di mattina, le passo in solitudine.

Libri. Mi sono fatto un elenco dei romanzi che ho comprato e non ho letto. Finisco però sempre per abbandonarli dopo dieci pagine. Apatia letteraria ormai cronica e definitiva. La mia attenzione dura al massimo il tempo di un Diabolik.

Film. Sto rivedendo tutta la filmografia di Hitchcock, Kubrick e Spielberg. Il resto è cinema superfluo, girato solo per hobby o per mestiere. Ieri è toccato a *Duel*. Mi sono immedesimato molto. Io ero quello in fuga e l'amico Fritz m'inseguiva alla guida del Tir assassino.

Quando albeggia invece mi ritrovo sempre a bivaccare su Internet.

E googlo sempre le stesse mortifere parole.

Stamattina ho scoperto che, ogni giorno, nel mondo, nascono circa 365 000 bambini e muoiono circa 155 000 persone di ogni età. Insomma, ogni giorno aumentiamo di 210 000 individui, quasi il doppio degli abitanti di Latina. Siamo a un'eterna fermata di metropolitana, chi sale e chi scende. Una metropolitana che si affolla sempre di piú, fino a che un giorno, inevitabilmente, esploderà. Metafora scontata ma efficace.

Ho trovato anche un fantastico sito che promette di calcolare, con infallibile precisione, il giorno esatto della tua morte, grazie a una serie di statistiche incrociate. Devi compilare un questionario con la tua data di nascita, la città in cui vivi, il lavoro, le operazioni subite, le malattie e addirittura le allergie. Poi aggiungere le date di nascita e morte di tutti i parenti stretti che conosci e le rispettive cause.

Inserisco tutto e premo INVIO.

Aspetto.

Esce una data prevista di morte.

Il 2 luglio del 2038.

Il sito non funziona.

Resto immobile a fissare lo schermo del computer.

Google.

2 luglio 2038.

Saranno in corso i Mondiali di calcio. Appena giocati i quarti di finale. Mi perderei semifinali e finale. Non vale.

Meno male che muoio prima.

-60

Corrado vuole convincere me e Umberto a lanciarci con lui col paracadute. Ha già eseguito piú di cento lanci, ha il brevetto da istruttore, anche se non esercita. Mi lascio convincere. Umberto no. Ci aspetterà a terra e girerà un filmino dell'atterraggio. Corrado mi spiega che il lancio lo farò agganciato a lui. Ho capito che mi tratta come un bambino malato. Non mi piace. Glielo dico e si offende un po'.

– Volevo solo farti passare una giornata diversa!

Glisso e ribadisco la mia intenzione di fare il tuffo nel vuoto. Chiedo a Paola se vuole venire con noi ma ha i compiti in classe da correggere. Non sarebbe venuta comunque. Da quando è successo il fattaccio della signora Moroni, Corrado le sta un po' sulle palle.

Prima di andare al campo di lancio, ho una domanda irrefrenabile: chi ha inventato il paracadute?

Dovevo immaginarlo: Leonardo.

Nel Codice Atlantico il mio inventore preferito annotò che con una tenda di lino a forma piramidale, la cui base fosse tenuta rigidamente aperta e fosse larga dodici braccia (circa sette metri) e profonda altrettanto, «ognuno si potrà gettare da qualsiasi altezza senza alcun rischio».

Il lancio che Corrado ha prenotato per un principiante come me, si chiama «tandem» perché, come mi ha già spiegato, mi getterò nel vuoto agganciato a lui. Voleremo fino a 4200 metri a bordo di un Turbo Finist poi ci butteremo giú. Un minuto di caduta libera prima che Corrado apra il paracadute, a circa 1500 metri da terra.

Ho paura. Già la descrizione mi terrorizza.

Corrado mi rassicura mentre saliamo sul piccolo velivolo.

– Lanciarsi col paracadute è come fare l'amore col mondo.

– Grazie, amico, apprezzo molto lo sforzo metaforico, ma io ho paura lo stesso.

– Smettila, ormai ci siamo.

L'aeroplanino impiega solo un quarto d'ora per arrivare in quota.

Mentre ci imbrachiamo qualcuno spalanca il portellone.

Senza preavviso Corrado mi spinge nel vuoto. Giuro che se sopravvivo lo uccido a mani nude.

Dopo un attimo però scopro una cosa che non è spiegabile a parole. «Precipitare giú» non somiglia a «cadere» come tutti pensano. Somiglia molto di piú a «nuotare». Riesco a muovermi nell'aria e a girarmi proprio come sott'acqua. Nuoto a quattromila metri di altezza e sono ubriaco di sensazioni. Corrado mi urla qualcosa ma non sento nulla. Per sessanta secondi sono in trance, un nuotatore d'aria e mi diverto a fare dei carpiati, costringendo il mio istruttore siamese a seguirmi. Poi Corrado apre il paracadute, finisce una magia e ne comincia un'altra. La terra dall'alto, un paesaggio che tutti siamo abituati a guardare dall'aereo, è piú emozionante vista senza il filtro di un oblò. Scivoliamo giú piano piano e scendiamo, guidati dal mio esperto amico, proprio vicino all'aeroporto da cui siamo partiti.

– Allora? – mi fa. – Ti è piaciuto?

– Perché non mi c'hai portato prima? – gli chiedo, esaltato.

– Perché sei un fifone!

Ha ragione. Capisco improvvisamente di essere stato un fifone per tutta la vita. Mi fa rivedere il filmato girato dalla GoPro che avevo addosso, puntata sulla mia faccia. È il piú bel video di cui io sia mai stato protagonista dopo quello del mio matrimonio. Nel filmato rido per un minuto di seguito. Non me n'ero accorto. Nuoto nell'aria e rido come un neonato al quale fanno il solletico.

-59

Avete presente quelle inutili giornate di maggio con il cielo pronto a scaricare sul mondo cascate di lacrime tropicali? Oggi.

Non muovo un dito e resto seduto in poltrona a pensare alla morte.

-58

Giuseppe Garibaldi ha il suo francobollo commemorativo personale. E fin qui niente da eccepire. Ce l'hanno anche santa Caterina, Carlo Goldoni, Pietro Mennea, Federico Fellini, Emilio Salgari, Primo Levi, Ennio Flaiano, Alessandro Manzoni, Michelangelo, Massimo Troisi, i Puffi, Enrico Caruso, Alberto Sordi, e, naturalmente, Leonardo da Vinci. Insieme con loro un vasto manipolo di santi, poeti e navigatori eccellenti.

Io non ce l'avrò. La filatelia m'ignorerà bellamente dopo la mia morte. Pazienza. Da bambino collezionavo francobolli usati, staccandoli con il vapore dalle lettere che intercettavo nella guardiola di nonno. Speravo di fare il grande colpo, trovando un pezzo raro d'inestimabile valore. Ma il Bolaffi mi deludeva sempre: nessun bollo della mia raccolta valeva piú di cento lire. Mi consolavo sognando un giorno di vedere la mia faccia immortalata tra i dentini con sotto scritto «Lire 60». Niente, non ce l'ho fatta. E non avrò nemmeno la soddisfazione di avere una strada, anche periferica, intestata alla mia memoria. Nel marmo scolpito: «Lucio Battistini – 1973-2013 – Pallanuotista». Non suona male. Almeno una rotatoria potrebbero concedermela, un piazzale periferico sul retro di un palazzone, uno di quelli sterrati dove andare a fare i testa coda con gli amici.

Invece niente.

Non ho scritto una canzone famosa, lo so.
Non ho scoperto un vaccino.
Non ho compiuto miracoli.
Non ho vinto le Olimpiadi.
Non ho girato un capolavoro del cinema.
Non ho progettato la cupola di una basilica.
Non ho scritto *I promessi sposi*.
Non ho un nemico che si chiama Gargamella.

Non ho nessun merito per essere ricordato ufficialmente. Per giustificare una lastra di marmo su un palazzo. Una lastra davanti alla quale qualcuno passi e dica: «Fammi vedere un po' su Wikipedia chi era 'sto Battistini!»

Eppure ho una moglie e due figli che amo, degli amici meravigliosi, una squadra di ragazzini che darebbero la vita per me. Ho fatto degli errori, altri ancora ne farò, ma ho partecipato anch'io alla festa. C'ero anch'io. In un angolo magari, non ero il festeggiato ma c'ero. L'unico rimpianto è aver dovuto scoprire di morire per cominciare a vivere. C'era una vecchia canzone di Petrolini, che ho conosciuto nell'irresistibile versione di Gigi Proietti, che ritornellava cosí: «Son contento di morire, ma mi dispiace. Mi dispiace di morire, ma son contento». Divertente e vero.

Son contento di morire, ma mi dispiace.
Mi dispiace di morire, ma son contento.
Da oggi sarà il mio motto.

–57

L'emozione piú grande della mia vita è stata quando ho preso in braccio Lorenzo per la prima volta. Aveva cinque minuti, il tempo di tagliare il cordone, sciacquarlo e farlo un po' abbracciare a Paola. Poi mia moglie me l'ha passato e l'adrenalina ha allagato il mio sistema linfatico.

Paola e io gli abbiamo insegnato a leggere grazie a Topolino quando aveva tre anni e mezzo, a scrivere quando ne aveva quattro, a progettare case con i Lego a quattro e mezzo, ad andare in bicicletta senza rotelle a cinque, a cucinare un piatto di pasta pomodoro e basilico a otto. Il mio unico rammarico, come già sapete, è non essere riuscito a insegnargli a nuotare, né tantomeno ad appassionarlo alla pallanuoto. Provo per lui un sentimento misto di tenerezza, invidia e protezione totale.

Stamattina lo osservavo tentare di riparare la lavastoviglie che perdeva acqua. Una visita accurata di cinque minuti, poi si volta verso di me.

– Papà, è solo un problema alla guarnizione. Modello B60, dovresti trovarla anche dal ferramenta qua dietro che ha tutti i ricambi. Se la compri subito la sistemo in dieci minuti.

Ubbidisco senza fiatare ed esco a procurarmi il fondamentale anello di gomma. Strada facendo mi affollano la testa tutte le cose che mi mancheranno del mio piccolo inventore preferito.

Quando dice «non sono stato io» ma ha uno sbaffo di cioccolata sul viso.

Il suo modo di guardarti sornione con l'aria di chi la sa piú lunga di te.

Il suo sonno pesante che per svegliarlo lo devi scuotere.

I libri di narrativa che sottolinea in rosso e blu come fossero testi universitari.

La passione sconfinata per il pistacchio.

La collezione di foto di persone brutte che scatta di nascosto a scuola e per strada.

Quando prova ad accendere il camino con un fumetto della mia collezione di Diabolik.

Le letterine a Babbo Natale sempre molto dettagliate.

L'entusiasmo quando andiamo da soli al cinema a vedere film di supereroi.

Il suo odio dichiarato per la scuola.

Quando cerca di addomesticare il nostro criceto.

Il pigiama di Spiderman due taglie di meno.

L'inglese migliore del mio.

Quando mi costringe a rivedere *Harry Potter* per la centesima volta.

La confusione creativa della sua cameretta.

Quando si mette a leggere dentro l'armadio con una torcia per non essere disturbato.

Quando allaga casa facendo esperimenti idraulici non ben identificati.

Quando accarezzava sua sorella nella culla.

I temi in cui scrive che «papà è un atleta fallito» oppure che vuole «inventare una macchina che fa i compiti automaticamente».

Quando si prova di nascosto i miei vestiti.

Il suo modo ossessivo di lamentarsi quando non ottiene quello che vuole.

Quando sta zitto per tre giorni per tenerci il muso dopo una punizione.

Quando gioco a tennis con Umberto e lui fa il raccattapalle.

Può mancarti qualcosa che ancora c'è? Sono assalito da un illogico senso di vuoto preventivo. Torno a casa con la guarnizione e osservo il piccolo idraulico che ho generato sistemare la lavastoviglie. Non voglio perdere piú nemmeno un istante della sua vita. Ne ho persi già troppi.

-56

Oggi abbiamo pareggiato. Adesso manca solo l'ultima partita del campionato regolare. È ancora accesa la possibilità di disputare gli spareggi per la promozione. Come allenatore non sono affatto male. Come malato invece sono davvero pessimo. Non riesco proprio a fare il malato. Paola mi rimprovera ogni giorno e io mi lascio rimproverare. È un segnale di attenzione. Non dimentico mai che il mio obiettivo principale è farmi perdonare da lei. Ma non voglio che avvenga a causa della mia malattia.

Capisco solo ora che è come se fossimo tornati indietro nel tempo di dieci anni. Devo di nuovo conquistarla. È una parola.

-55

Il negozio di Chiacchiere è diventato il mio rifugio, come la casa sull'albero di Qui, Quo e Qua. Ci torno ogni volta che posso. Oggi ho portato con me anche Corrado e Umberto. Hanno cosí conosciuto Massimiliano, il gestore, e Giannandrea, il depresso. Il mio amico pilota ha tanto tempo libero quando non lavora, il veterinario invece so che si sgancia piú spesso dallo studio proprio per stare con me. Lo apprezzo molto.

Il pomeriggio prende una svolta imprevedibile quando Massimiliano tira fuori da uno sgabuzzino un Subbuteo. Solo la parola sono certo che provoca nei lettori over 40 maschi un brivido di eccitazione. Nelle femmine di ogni età un moto di commiserazione per la manifesta inferiorità di quello che dovrebbe essere il sesso forte.

Al Subbuteo un quarantenne italiano medio non può resistere.

Stendiamo il panno a terra, facciamo la lista degli incontri, in cinque non è facile, bisogna fare proprio un girone all'italiana con tanto di classifica e differenza reti. Tre ore indimenticabili, coronate da una mia vittoria su rigore nella partita decisiva contro Giannandrea che si è rivelato un mago della schicchera.

Piú passano i giorni piú capisco che i pochi soldi che

ho da parte non mi servono piú nella vita, saranno utili soltanto ad assicurare un futuro piú tranquillo a Paola e i bambini. Tanto io sono felice solo quando gioco. E giocare, fortunatamente, è gratis.

-54

Eva.

Tutti i miei amici pensano che abbia chiamato cosí la mia secondogenita per omaggiare la prima donna di tutti i tempi, compagna di Adamo e mamma, tra gli altri, anche degli affettuosi fratelli Caino e Abele.

Falso.

L'ho chiamata Eva come Eva Kant, la bella compagna di Diabolik.

Sono innamorato di lei da sempre. Credo di aver provato le prime pulsioni adolescenziali proprio per la seducente e bionda ladra di Clerville.

Osservo la mia piccola Eva che gioca in soggiorno. Costruisce un appartamento con i Lego di Lorenzo, con tanto di architettura interna, una professionista. Poi dipinge con lo smalto delle lastre argentate sul tetto.

– Sono pannelli solari, – mi spiega. – È una casa ecologica.

Sorrido.

Resto a osservarla mentre completa la sua abitazione equosolidale.

Sono tantissime le cose che mi mancheranno di lei.

Le sue domande, sempre precise e difficilissime.

Quando, lo sapete già, saluta dicendo «Miao» invece che «Ciao».

Il suo odore che somiglia cosí tanto a quello della mamma.

Il naso all'insú che non somiglia per fortuna al mio.

La sua parlantina inarrestabile da speaker radiofonico.

La speciale insalatina biologica che coltiva in terrazza e che ci costringe a mangiare ogni tanto.

Quando litiga con suo fratello perché non fa la raccolta differenziata.

Le volte che mi costringe a comprare delle coperte per donarle a un canile.

Il suo innato senso della giustizia.

L'agenda della mia banca sulla quale segna i suoi impegni giornalieri.

Il suo modo bizzarro di arrotolare gli spaghetti in senso antiorario.

Quando mi chiama «papà» con la sua voce un po' nasale.

Il suo vocabolario forbito.

La sua bambola preferita, tale Milla, ormai depressa e malinconica.

Il suo interesse insolito per il telegiornale.

Quando gioca a terra con i nostri personali Aristogatti.

La sua passione per la cera che troviamo colata nei posti piú impensati.

Il sorriso con le fossette col quale mi accoglie ogni volta che mi vede.

Eva.

La mia piccola donna.

Un giorno mi ha fatto questa domanda che mi ha messo Ko: «Papà, ma perché non fanno le scatolette per i gatti al gusto di topo?»

Già, perché non le fanno? In effetti è assurdo.

Non ho saputo dare una risposta sensata.

Eva.

Vorrei rispondere ad altre mille sue domande impertinenti e curiose. E lo farò. Fino a quando sarò acceso.

-53

Estate 1978. Chissà perché oggi i miei neuroni sono tornati a un luglio lontano, quando i miei nonni erano già diventati i miei genitori, io ero un bambino obeso e felice, John Lennon era vivo e l'ozono non era ancora bucato.

Facevamo le vacanze a Ladispoli. Per chi non la conosce, Ladispoli non è Saint-Tropez. È famosa per la Sagra del carciofo romanesco ed è gemellata con la città spagnola Benicarló per via della comune propensione alla coltivazione del simpatico ortaggio (si chiama affinità elettiva gastronomica). La caratteristica delle sue spiagge è la sabbia che ha un innaturale colore nero pece, a causa dell'alto contenuto di ferro.

Uno dei primi ricordi erotici che ho è Stella.

Cinque anni come me.

Lentiggini.

Capelli rossi.

Un sorriso senza un incisivo che incanta.

Una dea.

Il mio primo amore.

Forse la amo ancora oggi.

Ricordo come fosse adesso quella mattina tragica.

Stella giocava sul bagnasciuga con un paio di amichetti tra cui il sottoscritto. Il castello di sabbia cresceva un po' sbilenco ma doveva resistere solo un paio d'ore, fino all'alta marea. Mamma Franca e papà Ugo, i genitori di

Stella, due impiegati ministeriali, erano sotto l'ombrellone a pochi passi. Lui leggeva «La Gazzetta dello Sport», lei un romanzo di Ellery Queen. All'ombrellone a fianco bivaccano i miei nonni. Nonno dormicchiava sul lettino, nonna faceva le parole crociate.

Erano quasi le undici quando scattò l'ora del bagno: la signora Franca era fissata con le tre ore canoniche di digestione della colazione, prima del tuffo. Afferrò la ciambella di Stella e voltò lo sguardo verso la figlia.

«Stella!»

Ma non la vide. La cercò con lo sguardo. Niente. Chiamò il marito e i due la cercarono in giro preoccupati, chiamandola a gran voce. Gli amichetti, me compreso, l'avevano vista alzarsi dal castello, ma non sapevano altro. Nessuno l'aveva piú vista da un paio di minuti.

Il panico s'impossessò dei due genitori.

La cercammo in tutta la spiaggia. La facemmo chiamare anche dall'altoparlante dello stabilimento.

«La bambina Stella Martani è attesa dai genitori al bar dello stabilimento!»

Niente.

Stella era sparita.

Qualcuno diceva che l'aveva vista entrare in acqua.

Altri l'avevano vista uscire dallo stabilimento.

Alcuni parlavano di un misterioso straniero che le rivolgeva la parola.

Mitomani vittime d'insolazione.

L'unica cosa vera era che il mio unico, grande amore della vita si era dissolto nel nulla.

Un'ora dopo i genitori andarono a denunciare la scomparsa alla polizia. Ma ogni ricerca fu vana. Stella era sparita in spiaggia tra le 10.58 e le 11.00. Un caso degno di *X-Files*.

Oggi Stella avrebbe quarant'anni. Come me. Anzi, non «avrebbe», magari «ha» quarant'anni. Ugo e Franca, ora modesti pensionati, non hanno piú avuto notizie di lei da allora. Mi racconta il vecchio bagnino storico di Ladispoli che i due disperatamente, ossessivamente (lui aggiunge «stupidamente» perché è un insensibile), tornano ogni giorno sulla stessa spiaggia, oggi quasi tutta erosa dall'avanzare inarrestabile del mare. Si siedono lí su due sdraio che si portano da casa. Fissano il mare e aspettano. Ogni volta che voltano lo sguardo verso riva si illudono di vedere la loro piccola che cammina sul bagnasciuga, gli corre incontro e fa uno di quei sorrisi sdentati che li faceva sciogliere.

«Mamma, papà, sono tornata! Facciamo il bagno? Sono passate tre ore?»

Sognano di fare quel tuffo, tutti quanti insieme. Darebbero qualsiasi cosa perché Dio si distraesse e facesse tornare indietro il tempo a quell'estate del '78. Ma Dio non si distrae mai, lo sanno tutti.

Quando arriva il tramonto, Ugo e Franca chiudono le sedie a sdraio e tornano a casa, mano nella mano.

Oggi sono andato in spiaggia e li ho osservati da lontano, di nascosto. Mi sono passati vicino andando via. Non possono ricordarsi di me. Avevo cinque anni. Ugo mi ha guardato come fossi trasparente. Franca invece si è soffermata un attimo di troppo incrociando il mio sguardo. Mi ha riconosciuto, lo so. Le donne hanno un sesto senso. O forse sono soltanto piú intelligenti. Ma non ho avuto il coraggio di fermarli. In fondo non avrei saputo cosa dirgli.

Mi sono arrotolato i pantaloni e sono andato sul bagnasciuga. Il sole era già precipitato oltre l'orizzonte. Avevo solo un quarto d'ora di tempo per fare quel castello di sabbia che non ho finito tanto tempo fa. La mia abilità di architetto e realizzatore di edifici in sabbia è intatta. Ho quasi finito quando un'onda anomala me lo spazza via e lo appiattisce con indifferente cattiveria.

È destino che io lasci le cose a metà. Anche i castelli.

– 52

Serata con Umberto e Corrado a San Lorenzo. All'ultimo momento si è accodato anche Oscar. Da quando è fidanzato, sembra uno di noi, anche se ha trent'anni e trenta chili di piú. Stasera ha approfittato della libera uscita perché Martina sostituisce la nipote in una visita alla Roma by night.

Abbiamo prenotato un tavolo in un ristorante romantico e finto biologico. La serata calda ci permette di sedere all'aperto, circondati da studenti. Tra un pinzimonio e una lasagna verde, Oscar ci ha esposto la sua ultima idea per migliorare la qualità della vita in Italia. Il suo ragionamento inizia dal criterio applicato per le patenti di guida, e cioè il sistema del rinnovo ogni dieci anni. L'acuto pasticciere propone il rinnovo per qualunque cosa, per una garanzia di qualità da fornire al cliente o al consumatore. Gli esempi che fa sono molto logici.

– Vi fareste curare ad esempio da un medico che si è laureato nel 1962? O riparare la macchina da un meccanico che ha imparato sulle Fiat 1100? O difendere da un avvocato che ha fatto l'esame a metà del secolo scorso?

La risposta è certamente no, eppure tutti e tre dobbiamo convenire che lo facciamo di continuo.

Oscar rincara la dose: – L'esperienza, ragazzi, non basta. La medicina, la scienza, l'arte e la società stessa sono andate molto avanti. E quindi rinnovo e corsi di aggiornamento obbligatori per tutti ogni dieci anni, pena la chiusura dell'attività.

– In effetti, – precisa Corrado, – noi piloti lo facciamo.

– E vorrei vedere! – sbotta Oscar, poi si rivolge a Umberto. – E voi veterinari?

– Noi… cioè abbiamo dei corsi di aggiornamento, ma un vero esame no.

– Vedi? Io applicherei la regola a tutto, pure agli esami di maturità. Ogni dieci anni si rifà l'esame per vedere se abbiamo dimenticato tutto o se ancora siamo «maturi».

Ci penso. In effetti, ogni anno, quando vedo le prove della maturità, che si svolgeranno nelle prossime settimane, capisco che non sarei mai in grado di passare di nuovo l'esame e di affrontare una versione di latino o un compito di matematica. Oggi un logaritmo per me è solo una buffa parola evocativa e la tavola degli elementi è un lontano ricordo di un tabellone simile a una tombola.

Oscar si lancia in una prova empirica della sua teoria. Si alza e si rivolge a tutti i clienti del ristorante ad alta voce.

– Alzi la mano chi si ricorda perché è scoppiata la Prima guerra mondiale?

Alza la mano solo un tredicenne fresco di studi.

– Per l'assassinio dell'arciduca Francesco Ferdinando e della moglie Sofia. O almeno questa era la scusa ufficiale.

– E cos'è una derivata? E il futuro anteriore?

La serata finisce in una specie di *Chi vuol essere milionario?* collettivo, animato da un sano agonismo nozionistico. A un certo punto siamo l'attrazione dell'intero locale. Torniamo a casa alle due di notte, come quindicenni fancazzisti, domandandoci ancora chi erano i ragazzi di via Panisperna e qual è la capitale dell'Uzbekistan.

-51

Madonna, la mia naturopata, mi fissa con aria indagatrice.

Mi sembra di essere in un confessionale.

– È tanto che non ci vediamo...

– Lo so, – rispondo già con la coda tra le gambe.

– Come va la dieta?

– Insomma... ho fatto qualche trasgressione, ma ho perso già cinque chili.

– Le trasgressioni aiutano a non mollare. Io consiglio sempre ai miei assistiti un giorno di trasgressione al mese.

Le confesso che i giorni nel mio caso sono stati di piú, molti di piú, e che un paio di volte sono anche tornato a mangiare delle ciambelle da mio suocero.

La dottoressa Zanella mi domanda cosa sia venuto a fare da lei. Provo a spiegarle che l'andamento galoppante della malattia non mi ha aiutato psicologicamente a tenere duro, ma comunque i suoi consigli alimentari mi hanno fatto bene, mi sento piú tonico e dormo un po' di piú. Anche se i marker purtroppo continuano a crescere.

– Non è facile diventare vegano a quarant'anni, – concludo.

– Questo è vero, – ammette. Poi m'invita a sforzarmi ancora di seguire una dieta perlopiú a base di frutta.

– I fruttariani sono molto longevi. E non è una coincidenza.

La parola fruttariani mi fa sorridere.

Le spiego che, in realtà, sono venuto per un altro motivo che non mi riguarda direttamente.

– Ho due bambini, sei e nove anni. Voglio che lei mi indichi una dieta adatta alla loro crescita. Un regime alimentare che li aiuti a non commettere i miei stessi sbagli e soprattutto a vivere piú a lungo di me. Hanno il mio Dna imperfetto purtroppo.

La dottoressa mi sorride. Sotto quella scorza algida da signorina Rottenmaier batte un cuore.

Passiamo le due ore successive a chiacchierare di diete. Io prendo appunti. Lorenzo ed Eva sono la mia vita. E non voglio che gli succeda mai quello che sta accadendo a me. Mai.

-50

Metà strada.

Bisogna festeggiare.

Dopo cena, convinco Paola e i bambini a uscire. Invito anche Oscar e Martina, ormai meravigliosa coppia fissa. Devo far conoscere a mia moglie uno dei piaceri della vita.

Una parola semplice, estiva e appetitosa.

Cremolato.

-49

Domenica mattina.

Sono a pancia sotto con la faccia affondata nel cuscino.

Rintocchi di campane.

La chiesa di San Lorenzo fuori le mura che è a cento metri da casa richiama i fedeli. Sono dieci anni che non vado a messa. Dal giorno del mio matrimonio. Ho scelto di sposarmi in chiesa per Paola. Dopo la cresima non ho piú frequentato la parrocchia, né pregato. Sono agnostico. Come ho già detto. E assonnato.

Apro un occhio, senza muovermi. Paola, al mio fianco, sente il fruscio della palpebra.

– Hai tossito tutta la notte, – mi rivela senza voltarsi.

– Scusa, se vuoi stasera mi sistemo sul divano.

– No, però ti prego segui quello che ti hanno detto i medici, ricomincia a fare un po' di sport... ossigena i polmoni, costringili a respirare.

– Non riesco a nuotare bene, lo sai. Se muovo le braccia mi fa male.

– Non esiste solo il nuoto. Prendi la bicicletta che c'è in garage e fai un giro.

Se c'è una cosa che odio è andare in bici.

La bici a Roma, tutta fatta di saliscendi, è un mezzo inutile. E molto pericoloso. Come sport invece non ha proprio senso: non ci sono goal o canestri da segnare, che noia. Pensate alle corse in bici, per quattro o cinque ore, tutti a chiacchierare in gruppo come cicloturisti.

«Come sta tua moglie?»

«Tua sorella ha partorito?»

«Hai riparato quella perdita in bagno?»

«Lo vendi poi il tuo Suv?»

Poi, a un paio di chilometri dall'arrivo, svegliano il velocista della squadra, che si è appisolato in mezzo al gruppo, e gli dicono che tocca a lui. Se la tappa è in salita svegliano lo scalatore – che è la versione montanara del velocista, di solito mingherlino, antipatico e tignoso – e lo lanciano all'attacco. Gli altri nel frattempo continuano a chiacchierare o a fare le parole crociate.

Che sport è?

Per me lo sport non è sport se non c'è di mezzo una palla di qualsiasi dimensione. Fatto sta che apro la saracinesca del garage. Dentro c'è la mia vecchia bici Bianchi. Avrà vent'anni. È appesa al muro di fondo e saranno quattro o cinque anni che non la uso.

Mi sorge subito spontanea una fondamentale domanda: chi ha inventato la bicicletta?

L'origine è controversa, molti prototipi di veicoli a due ruote sono stati realizzati in Europa tra la fine del Settecento e i primi dell'Ottocento. La prima bicicletta, secondo le ricerche piú accreditate, è da attribuirsi al barone Karl von Drais, un impiegato statale del Gran Ducato di Baden in Germania, che inventò la *Laufmaschine* («macchina da corsa»), a tutti gli effetti un velocipede, nel 1817. Il piú importante miglioramento in questo progetto rispetto ai vecchi modelli era l'aggiunta dello sterzo. Si racconta che l'interesse del barone nel trovare un'alternativa all'uso del cavallo fosse dovuto alle frequenti morti degli equini causate dall'insufficienza dei raccolti del 1816 (il cosiddetto «anno senza estate» a seguito dell'eruzione vulcanica del Tambora sull'isola Sumbawa – nell'attuale Indonesia – avvenuta tra il 5 e il 15 aprile del 1815, che ha coperto il cielo di tutto il mondo di foschia nera). Tutto molto affascinante. Ma chi ha inventato davvero la bicicletta?

Facile.

Voglio essere preciso però stavolta.

Nel foglio 133 del Codice Atlantico di Leonardo da Vinci spicca il disegno di un veicolo a due ruote nel quale è difficile non riconoscere una moderna bicicletta.

Ancora lui? Ebbene sí, il toscano multitasking per eccellenza ha inventato anche la Graziella.

Torno al compito ingrato di recuperare il mio personale velocipede, dal quale mi separano anni di ciarpame. Vedo due bauli pieni di vestiti dei miei nonni, una collezione ammuffita di «Quattroruote», alcuni scatoloni di miei libri scolastici abbandonati e dimenticati, uno pneumatico sgonfio (forse della mia vecchia 500), una poltrona e i suoi affezionati acari, una scatola piena di telecomandi di chissà quali apparecchi, i vecchi piatti per i 33 giri che usavo quando volevo fare il disc jockey, un attaccapanni brutto (non c'è aggettivo migliore), due lampadari di cristallo a gocce impolverati. Davanti alla bici ci sono gli avanzi della mia vita, una specie di cimitero chiamato garage per gli oggetti inutili che non ho avuto mai il coraggio di buttare. Prendo una decisione improvvisa. Li sposto per raggiungere in modo piú agevole la bici. Li sposto ognuno nel cassonetto apposito: i «Quattroruote» e i libri nella carta, i lampadari nel vetro, i telecomandi e lo pneumatico nel misto. Per il resto chiamo il servizio ad hoc della nettezza urbana. Svuoterò tutto. Voglio il garage vuoto. I garage pieni sono inutili. Come il ciclismo.

Recupero finalmente la Bianchi. È ancora in gran forma.

Basta un po' di olio alla catena, una lucidata, una gonfiata alle ruote ed è pronta a portarmi in giro. Scelgo un percorso pianeggiante e privo di sanpietrini. L'Eur è perfetto. Andrò verso il mare, lungo la Cristoforo Colombo. Mi infilo un iPod nelle orecchie. Seleziono accuratamente i brani. Dance anni Settanta. Sfreccio via sulle note nostalgiche di Donna Summer.

Mi abbandono al ritmo della pedalata, monotono come i miei pensieri. Passo davanti a una chiesetta dove quattro giovani becchini infornano in una Mercedes una cassa di mogano. Intorno una ventina di persone anziane e sparute lacrime. Non c'è cosa piú triste al mondo di un funerale con pochi partecipanti. È come il concerto di una vecchia star della musica, affollato solo da nostalgici fan. Per evitare questa malinconica eventualità non c'è che una soluzione: il funerale prematuro. Solo posti in piedi nei funerali anticipati. Magra consolazione.

Non ho mai pensato al mio funerale. Nessuno pensa mai al suo funerale. Eppure è la recita finale non replicabile di ognuno di noi, che interpretiamo magistralmente nei panni del protagonista. Dunque vale la pena dedicarci cinque minuti, almeno per non fare brutta figura.

Intanto bisogna scegliere il tipo di cerimonia.

Primo tipo o all'italiana: funerale in chiesa classico con sacerdote annoiato, lacrime e parole commosse degli amici piú cari, poi tutti al cimitero per la tumulazione (se non c'è overbooking nel camposanto prescelto) e infine tutti a casa dei parenti piú stretti del caro estinto a piangere fino a notte fonda, mangiando piatti freddi da rosticceria.

Secondo tipo o all'americana: sepoltura laica in un bel cimitero con prato da campo da golf, musica e poesie, poi tutti al *funeral party* in casa del caro estinto con ricco buffet e una band che intona le sue canzoni preferite. La vedova di solito si scatena anche in un rock'n'roll acrobatico con uno zio ballerino.

Vi sembrerò blasfemo, ma io preferisco di gran lunga il secondo.

Il mio funerale sarà una grande festa. Peccato che parteciperò da sdraiato.

-48

Compleanno di Lorenzo. Appuntamento con tutti i suoi amichetti in una ludoteca di quartiere attrezzata per allietare le festicciole under 10. Unici adulti ammessi io e Paola, in compagnia di qualche mamma troppo apprensiva. È un inferno di urla e schiamazzi, a stento coordinati dai due gestori del locale vestiti da pagliacci e oggetto di scherzi di ogni tipo. I due ragazzi ce la mettono tutta per conquistare la fiducia e la simpatia dei bambini ma senza ottenere alcun risultato.

Io me ne sto un po' in disparte, smangiucchiando popcorn e salatini. Ho proposto dei giochi ma mi sono stati bocciati tutti con disprezzo. Capisco che dai novenni sono considerato solo un povero e patetico anziano.

Fisso Lorenzo che si aggira scalmanato per la sala, capitanando il gruppo di amichetti. Gli ho regalato una confezione gigante di colori per pitturare con le dita e il sorriso che mi ha scoccato in cambio mi ha fatto guarire per un secondo. Capisco solo adesso che c'è una cosa importante che non potrò fare in futuro ma devo assolutamente organizzare.

– Cosa? – mi domanda Umberto.

– I regali. Devo comprare i regali per Lorenzo ed Eva per i prossimi anni. Non posso lasciarli senza regali di compleanno da parte del loro papà.

– Ma come...?

Non gli do tempo di reagire.

– Facile. Io li scelgo, tu li compri e li consegni.

– Ah!

– Non dirmi di no.

– Ho detto «Ah!»

– Ti faccio un elenco preciso, anno per anno. Poi, se vedi che qualcosa non va o è passato di moda nel frattempo, puoi anche cambiare. Arriviamo almeno fino a diciotto anni.

– Posso dire il mio parere?

Annuisco e attendo il giudizio del mio amico. Intorno a noi il vociare del baretto sembra attenuarsi come se tutti fossero in attesa della risposta.

– Mi sembra una bellissima idea, – fa Umberto.

Gli sorrido, rilassato. Capisco di essere stato un po' arrembante, ma non ho piú molto tempo e ogni tanto l'agitazione s'impadronisce di me.

– Grazie, – gli rispondo. Poi appoggio la mano sulla sua spalla. Oggi lo stomaco mi fa piú male del solito. Sono tornato dall'oncologo e abbiamo commentato insieme le ultime analisi. I marker sono saliti ancora. Il mio organismo, malgrado abbia migliorato regime alimentare e abitudini, non riesce a farcela, come un motore troppo sforzato negli anni. Da oggi i dolori saranno una presenza costante e dovrò combatterli con analgesici e tanto coraggio. Sono pronto.

-47

Ho ultimato la lista dei regali per i compleanni futuri dei miei due cuccioli. Ci ho messo una notte intera a compilarla. A colazione, al nostro baretto, verifico che Umberto capisca tutto. L'ho scritta a mano con grafia emozionata.

– Ho diviso i regali per anno, – gli spiego.

Afferra il foglio e legge ad alta voce.

LORENZO

10. Una cassetta degli attrezzi professionale e completa.

11. La mia chitarra acustica. Metti delle corde nuove.

12. Un tavolo da lavoro da sistemare in garage.

13. Una mountain bike.

14. Tre jolly NIENTE RIMPROVERO per un brutto voto. Da giocare entro l'anno scolastico.

15. Tre jolly ASSENZA GIUSTIFICATA per i giorni in cui non vuole andare a scuola, cosí non dovrà far finta di avere la febbre come facevo io. Validi fino alla fine del liceo.

16. Un week-end a casa senza Paola ed Eva con permesso di invitare gli amici. Apprezzerà. Dagli una scatola di preservativi.

17. La mia collezione di Diabolik. Autorizzalo a rivenderla su eBay. Prima però fagliene leggere almeno uno. Magari gli piace.

18. Un'utilitaria usata ma sicura. Meglio con carrozzeria già incidentata, cosí non soffrirà come ho sofferto io quando ho ammaccato la macchina di nonno sul cancello del garage.

Nota: impedisci a Paola di comprargli il motorino a quattordici anni. E convincila ad accettare i doni «non convenzionali».

Umberto è stupito.

– Avrei voluto dei regali cosí da mio padre, – mi rivela.

– Cosa ti regalava di solito?

– 50 000 lire.

Suo padre, morto da un paio d'anni dopo una lunghissima malattia, era un uomo anaffettivo come forse solo Adolf Hitler. Dopo dieci anni che frequentavo casa sua, non sapeva ancora il mio nome. Per lui ero «quello lí, il figlio del portinaio».

Il mio amico scaccia il doloroso ricordo del padre e legge la seconda lista di regali:

EVA

7. Un grande vaso con una pianta sempreverde da seminare e coltivare nel giardinetto della casa di nonno.

8. Una gelatiera. E tutta la frutta biologica che vuole.

9. Un fine settimana allo Zoomarine a nuotare coi delfini.

10. Un piccolo orto verticale da sistemare in balcone.

11. Un cane a sua scelta adottato da un canile. Se Lupo è già morto, vallo a prendere subito dopo la sua scomparsa. E qui inventa una cosa diversa.

12. Un paio di vestiti da femmina. Falle smettere progressivamente le salopette da operaio.

13. Portala al negozio di Chiacchiere se esiste ancora. Dieci chiacchierate prepagate con Massimiliano. Ne avrà bisogno. Tredici è un'età complicata. Spiegare a Paola.

14. Un romanzo commissionato a Roberto in cui la protagonista si chiama Eva ed è un'ecologista d'assalto di Greenpeace. Nessuno ha un libro personale.

15. Tre jolly ASSENZA GIUSTIFICATA per i giorni che organizzerà manifestazioni politiche. So che lo farà. Validi fino alla fine del liceo.

16. Anche a lei un week-end a casa con amiche, senza mamma e fratello tra i piedi. Ricordati i preservativi per tutte.

17. Un jolly per un fine settimana *all inclusive*, in campeggio col suo fidanzato del momento.

18. Una Smart usata. Le donne, che sono piú sveglie in tutto, misteriosamente, non sanno posteggiare.

Finisce di leggere e solleva gli occhi su di me.
– Non ho mai visto una lista di regali cosí… cosí strana.
Non gli do il tempo di reagire.
– Un'ultima cosa… – aggiungo, – quando avranno tredici, quattordici anni… parlaci tu, con entrambi, rispetto al sesso, quelle cose lí.
– Io?
– Meglio tu che Corrado, no?
– Questo è sicuro. Ma non so se…
– E poi convinci Paola a mandarli negli Stati Uniti a fare una vacanza-studio per migliorare l'inglese.
– Va bene. Ci provo. Sai che lei non è che si fa tanto condizionare.
– A te dà retta. Farò un bonifico sul tuo conto per le spese che dovrai sostenere. Un paio di regali li ho già acquistati perché sono eterni, ad esempio la cassetta degli attrezzi, ho messo l'asterisco nella lista. Gli altri devi sceglierli tu al momento, tipo la pianta o la bici. Se spendi di piú…
– Se spendo di piú non ti preoccupare… – m'interrompe.
Ho finito le parole per ringraziarlo. Sto per abbracciarlo quando aggiunge divertito: – E per Natale non gli fai niente?
Mi strappa un sorriso.
– Per Natale ci pensa Babbo Natale, no? Che devo fare tutto io?
Ora lo posso abbracciare.

-46

L'Armata Brancaleone oggi si gioca l'accesso ai playoff. Se vinciamo con almeno cinque goal di scarto contro i secondi in classifica, i Flaminia's Warriors, già rilassati e ammessi alla fase finale, ci qualifichiamo come decimi. L'ultimo posto utile.

Come vi ho già detto, solo Giacomo, il mio taciturno allenatore in seconda, conosce la mia situazione di salute. Quando gliel'ho comunicato, quasi due mesi fa, non ha commentato. Si è lanciato in un abbraccio di cinque minuti traboccante di affetto. Ho apprezzato molto.

Alla squadra ho deciso di continuare a non dire nulla. Non voglio distrazioni. È la prima volta, nella nostra breve storia, che abbiamo la possibilità di giocarci l'accesso alla serie superiore.

La partita è in trasferta, in un'orrenda piscina in via Flaminia, con gli spogliatoi scrostati e le mattonelle abbandonate a sé stesse da un quarto di secolo. Sugli spalti una cinquantina di minacciosi genitori dei nostri avversari. Noi abbiamo sei tifosi al seguito, tra cui Corrado al quale non piace la pallanuoto ed è qui perché dopo andiamo a bere una birra insieme. C'è anche il padre di Saponetta, il nostro inaffidabile portiere, che non viene mai perché è separato dalla moglie e vive sul lago di Como. Spero che il figlio gli risparmi il solito indecoroso spettacolo di papere creative sulla linea di porta.

Negli spogliatoi cerco di motivare la squadra a dovere. Mi dedico soprattutto al recupero psicologico del nostro centroboa strabico, Martino, reo di aver sbagliato due rigori nell'ultima partita. I rigori a pallanuoto sono difficili da fallire, ci vuole grande impegno e un pizzico di sfortuna per riuscirci. Basta schiacciare con violenza la palla sull'acqua e il goal è quasi assicurato. Il portiere non ha il tempo di reazione sufficiente per opporsi a un tiro effettuato da cinque metri. Eppure Martino, martedí scorso, ne ha spedito uno sulla traversa e un altro direttamente in tribuna. Abbiamo pareggiato 8 a 8, se avessimo vinto oggi non saremmo costretti a questa necessaria e improbabile goleada.

Fischio d'inizio.

I genitori avversari fanno un tifo assordante, urlano e si accompagnano con fischietti e trombette. Sembra la finale dei Mondiali al Maracanà.

Andiamo subito sotto di tre goal nel primo periodo di gioco. Otto minuti in cui non facciamo un tiro in porta degno di nota. Non ce la faremo mai.

Nel secondo periodo vinciamo 2 a 1 con una buona reazione. Siamo 4 a 2 per loro nel calcolo globale.

Carico la squadra a insulti. Un vecchio trucco che funziona quasi sempre.

Il terzo periodo i Warriors sono un po' stanchi e appagati. Ne approfittiamo. Martino segna una tripletta e io leggo la felicità negli occhi strabici del mio attaccante preferito. Facciamo quattro goal e ne subiamo uno. Siamo 6 a 5 per noi. Non basta. Dobbiamo fare altri quattro goal e non subirne nessuno. Difficile, visto che Saponetta, come il portiere di un albergo, dà il benvenuto a ogni pallone che arriva vicino alla porta e lo lascia passare.

Chiedo ai ragazzi di fare un ultimo sforzo. C'è in ballo tutta la stagione in questi ultimi otto minuti. Ci serve segnare un goal ogni due minuti. A pallanuoto è possibile.

Io, come sapete, non credo in Dio, non credo ai miracoli e non credo che ce la faremo.

Ma vengo smentito. Dopo sette minuti siamo 4 a 0 per noi. Totale 10 a 5. Risultato perfetto per qualificarci. A trenta secondi dalla fine il dramma. Un attaccante dei Warriors parte in contropiede. Uno dei miei ragazzi, non faccio nomi per non colpevolizzarlo troppo, lo aggancia da dietro per bloccarlo quando è a pochi passi dalla porta. Fallo grave. Giocatore nostro espulso e rigore netto.

Sul dischetto, che in acqua non c'è ma è come se ci fosse, si porta tale Ivan Gualazzi, un cecchino che segna da qualsiasi posizione. In campionato è il terzo marcatore. Una furia acquatica.

Di fronte a lui gli occhi smarriti di Saponetta. La partita e la qualificazione sono nelle sue mani scivolose.

Suo padre dalla tribuna lo incita col nome vero: – Forza Alessio!!!

Saponetta si sistema sulla linea di porta e aspetta la fucilazione.

Io mi volto. Non voglio guardare. Il mio vice filma tutto come al solito. I suoi video ci servono per studiare gli errori e preparare le partite successive. Ma se Saponetta non para, non ci sarà nessuna partita successiva. Di fatto, ci penso solo adesso, questa potrebbe essere la fine della mia non brillantissima carriera da allenatore.

Mi rigiro. Decido di sfidare il destino e guardare il rigore piú importante della mia vita. Sono stato un portiere e so cosa si prova quando la palla entra. Un senso di umiliazione infinito.

Gualazzi ha la palla in mano. È mancino e cattivo.

Saponetta agita i piedi cercando di restare a galla davanti alla sua porta.

Il padre di Saponetta è in piedi, silenzioso.

Suo figlio gli lancia uno sguardo.

I tifosi dei nostri avversari sono silenziosi come se questo rigore ribaltasse il risultato già a nostro favore. Sanno che per noi subire questo goal equivale alla sconfitta.

L'arbitro sta per fischiare.

Ve l'ho detto: a pallanuoto è quasi impossibile sbagliare il rigore.

Gualazzi spara un tiro da manuale: palla schiacciata in acqua, incrociata e indirizzata con precisione degna di Guglielmo Tell all'incrocio dei pali. Nulla da eccepire, un rigore battuto in modo impeccabile.

Ma l'infallibile attaccante non sa che il prode Alessio, soprannominato Saponetta, ha scelto proprio quel rigore per effettuare la parata piú bella della sua carriera. Come un falco predatore vola sulla sua sinistra e intercetta il pallone che sta per entrare in porta. Un balzo fuori dall'acqua quasi sovrumano, come se una misteriosa molla lo avesse fatto schizzare fuori al momento giusto. La palla è deviata fuori e l'arbitro fischia la fine delle ostilità. Abbiamo vinto 10 a 5. Saponetta ha una gioiosa crisi isterica come Marco Tardelli durante la finale di Spagna '82. Nuota in su e giú per la piscina, urlando frasi incomprensibili. Tutti lo abbracciano e inneggiano a lui. Suo padre in tribuna fa gestacci ai tifosi avversari, rischiando il linciaggio. Anche Corrado, che non sa nemmeno le regole, urla e scandisce: – Sa-po-ne-tta! Sa-po-ne-tta!

Siamo qualificati.

Ancora non ci credo.

Perdo la testa e mi tuffo in acqua vestito. Cosí facendo annego il telefonino e il portafoglio. Non importa.

Siamo qualificati.

Il mio vice riprende tutto l'indecoroso spettacolo, da bordo piscina, con la sua videocamera. Festeggiamo in acqua finché un custode della piscina non ci avverte che cinque minuti dopo cominciano i corsi di nuoto e devono ancora smontare le porte.

I nostri cori osceni continuano negli spogliatoi.

Sono felice.

Felice come quando scoprii di non essere stato rimandato in seconda liceo. La sensazione è proprio quella. Me la ricordo benissimo. Felicità pura, quasi solida, non contaminata da nessun ragionamento.

Felicità extravergine.

Torno a casa e comunico la notizia a Paola e ai bambini che non sono venuti perché impegnati nelle ultime faticose settimane di scuola, affollate d'interrogazioni e, nel caso di Lorenzo, di prove per lo spettacolo di fine anno. Non colgono l'importanza storica della nostra qualificazione. Mia moglie mi osserva come fossi un cretino che esulta per un goal segnato nel cortile di casa. Riesce solo a mormorare un tiepido «bravi».

L'adrenalina mi tiene sveglio fino alle due di notte.

Mancano quarantasei giorni alla mia morte, ma oggi sono immensamente felice.

-45

Sono andato con tutta la squadra a festeggiare la qualificazione in un ristorante di pesce a Fregene. Non ho scelto io il posto, il proprietario è il papà di Martino, il nostro goleador, e sono mesi che insisteva per ospitarci tutti. Amo il pesce, crudo e cotto, la mia naturopata pop star mi odierà per questo, ma davvero non sopporto l'usanza barbara che c'è in alcuni locali, tra cui questo, di farti scegliere personalmente l'aragosta da bollire viva. Mi rifiuto di partecipare alla mattanza e ordino uno spaghettino al pomodoro e basilico. I miei giocatori invece si alternano intorno alla grande vasca dei crostacei, condannandoli a morte, uno dopo l'altro, dimenticandosi della comune passione per l'acqua.

Quando restano solo due aragoste e Saponetta deve ancora scegliere, immagino i pensieri dell'aragosta di sinistra, quella piú piccolina, che finora nessuno ha voluto nel piatto.

«Siamo rimaste in due. *Mors tua vita mea.* Un giovane esemplare di umano ci fissa e non sceglie. Quando nasci aragosta, sai già che la tua sarà un'esistenza difficile. Che non possiederai mai un attico, un telefonino, un iPad, un decoder, un Suv e tutti quegli oggetti che si dice che diano la felicità. Quando nasci col carapace appiccicato addosso non puoi fare altro che startene sul fondo del mare a camminare avanti e indietro, stando attenta a non calpestare qualche sogliola insabbiata. Le mie giornate passavano cosí, salutavo i branchi di allegre sardine di passaggio, chiacchieravo con qualche simpatico polpo oppure ascoltavo le meravigliose barzellette dei pesci pagliaccio. Una vita normale, un po' monotona ma trascorsa all'acqua aperta. Non mi potevo lamentare di certo. Poi arrivò l'ombra minacciosa di un peschereccio. Fui tirata su in una grande rete insieme a decine di amici e conoscenti. E mi ritrovai nel giro di poche ore nella vasca di questo mediocre ristorante di Fregene, ignorato dalle guide gastronomiche. Conoscevo già la mia bollente fine. Leggende sull'usanza assassina degli umani mi furono raccontate da mamma. Ma pensavo appunto che fossero solo leggende. Invece siamo rimaste in due. Ho buone possibilità di farcela. Invece niente. Il ragazzino solleva il braccio e indica proprio me. Saluto la mia compagna di avventura che mi sopravvive (per poco, temo) e stramaledico il mio assassino che ride come uno scemo coi compagni mentre la mano guantata dell'oste mi estrae dall'acqua. Mi avvio con dignità verso il mio ultimo viaggio. Dalla vasca alla cucina, una quindicina di metri. Ricordo tutte le facce e le voci del ristorante. Due giapponesi che credono di essere in Costa Azzurra, quattro ragazzi francesi che cercano un campeggio, due anziani coniugi tedeschi, la squadra di ragazzini vocianti accompagnata da un allenatore obeso.

«Poi il tuffo, non sono mai stata brava nei tuffi. L'acqua è calda. Molto calda. Troppo calda. Un cortocircuito e la luce si spegne per sempre».

In questo periodo mi sento un po' aragosta. Ma con molta meno dignità. Abbandono la cena e i suoi cori da osteria per qualche minuto ed esco in spiaggia. È buio. Non c'è nessuno. Posso piangere in pace.

-44

La cosa principale che proprio non dovrebbe fare un morituro è uscire con un depresso cronico. E invece eccomi qua, in una squallida pizzeria con Giannandrea. Ormai l'ho preso in simpatia e non ho potuto rifiutare un suo invito a cena. Ha voglia di raccontarmi i dettagli della sua sfortunata storia d'amore. Vi ho già accennato che sua moglie è fuggita con un benzinaio di Udine, ma scopro che questa è solo la versione ufficiale. Quella vera avrebbe gettato in depressione chiunque.

– Marta e io lavoravamo insieme in sartoria, un laboratorio di riparazioni ereditato da mio padre. Due figli sui diciott'anni, orari fissi, una vita normale per non dire triste. Avevamo quattro dipendenti, non eravamo certo ricchi ma non ce la passavamo male. Un giorno leggo per caso alcune mail di Marta e scopro una sua vecchia conversazione in chat con la cugina in cui commenta il fatto che entrambi i nostri figli non sono figli miei, ma di due uomini diversi.

Non so che dire. Non lo interrompo.

– Allora le chiedo spiegazioni e lei confessa quasi subito, come fosse una liberazione. Il padre di mia figlia grande è quel Giuda di mio fratello piccolo, ho allevato mia nipote insomma, il secondo invece è di un lavorante austriaco che è stato con noi per una stagione.

– Hai fatto un test del Dna?

– Subito. Non sono miei.
– E che hai fatto?
– Ho tentato di ucciderla, – risponde con serafica tranquillità.
– Mica l'avrai picchiata?
– No no, le ho proprio dato una coltellata. Un graffio alla pancia, l'ho quasi mancata. Non mi ha denunciato.
Segue un silenzio imbarazzato.
– Ma è passato tanto tempo. Abbiamo chiuso la sartoria e tre mesi fa ho ottenuto il divorzio.
– E stai meglio?
– No.
– Infatti mi sembrava.
– Sogno ogni notte di uccidere mio fratello e dichiarare guerra all'Austria.
– Prova a non pensarci piú.
Ascolto la mia frase che rimbomba di banalità. Vorrei vedere voi a cercare di non ridere quando uno ti racconta di aver scoperto di non essere il padre dei suoi figli e che uno è di suo fratello! Anche la piú brutta delle soap opera avrebbe scartato una trama cosí comica involontaria.
Giannandrea non risponde. Si è spento. Fissa il vuoto. Per la prima volta intuisco la sua profonda tristezza e, allo stesso tempo, la sua pericolosità.
La cena finisce tra commenti sulla scarsa qualità della pizza margherita che mangiamo e l'inutilità delle zanzare nell'ecosistema.
Mi offro di riaccompagnare Giannandrea a casa.
– Dove abiti?
– In un bed and breakfast qua dietro.
Quello che lui chiama ottimisticamente bed and breakfast è una bettola dietro la stazione con il bagno in corridoio. Capisco che alloggia lí, non per una questione di

denaro, visto che a Roma ha trovato subito lavoro come sarto in una casa di moda, ma perché ama crogiolarsi nella sua depressione, anzi alimentarla. Un meccanismo psicologico perverso che conosco molto bene. Mi riprometto di chiamarlo piú spesso. Sarà assurdo ma è molto piú depresso di me.

-43

Quando Oscar ci invita a cena, è sempre una festa per noi quattro. I suoi primi sono una delizia per il palato, i suoi secondi di pesce da competizione e i suoi dolci, ovviamente, da professionista. Da quando è vedovo, purtroppo non accade spesso e questa è la prima volta che ci ospita da «fidanzato». Ad aprirci la porta è proprio Miss Marple che continua a indossare dei vestitoni a fiori che sarebbero brutti anche come tovaglie estive.

– Oscar è in cucina. Sta infornando il branzino al sale.

Ci fa accomodare in soggiorno e ci sistemiamo già intorno al tavolo. Quando mio suocero crea, non vuole essere disturbato, è come un attore in camerino pronto a esibirsi solo all'apertura del sipario. Sentiamo soltanto il suo vocione dalla cucina.

– Volete tutti un po' di peperoncino sulla pasta?

Arriva un coro di approvazione generale. Anche i bambini sono stati abituati dal nonno ai sapori forti.

– Mangiate gli antipasti intanto!

Ci tuffiamo famelici su un trionfo di mozzarelle, circondate da una magica caponata di melanzane della quale solo Oscar detiene la ricetta segreta. Mentre Paola chiacchiera con Martina di com'è peggiorata la scuola italiana negli ultimi decenni, mi guardo attorno. Il soggiorno è cambiato. I mobili sono stati spostati in una maniera piú razionale. C'è anche piú ordine. Addirittura due vasi di fiori campeggiano sul davanzale. Non ci vuole Miss Marple per dedurre che Martina sta vivendo qui. La mia investigazione è interrotta dall'arrivo del primo: una teglia di pasta al forno alla pugliese, cioè con ragú di carne e prosciutto. Avrete intuito che ho abbandonato definitivamente la dieta salutare, mi è rimasto poco tempo e ho voglia di abbuffarmi.

– Signore e signori, ecco la specialità della casa!

Oscar indossa una parannanza che ne esalta la rotondità. Da quando è fidanzato è molto piú educato e forbito nel linguaggio. Uno spasso per me che ben conosco la sua greve romanità nascosta. Mentre serve la pasta fa un annuncio che conferma quello che già sospettavo.

– Famiglia, volevo annunciarvi che da qualche giorno Martina si è trasferita qui da me e ha disdetto l'affitto di casa sua a Prati.

Urla di giubilo e applausi, un po' per la pasta, un po' per la notizia. Martina è emozionata di questa investitura ufficiale, ma riesce a scherzarci su.

– Gli ho detto che è in prova. I maschi bisogna tenerli sempre sulla corda.

– Fai bene, nonna, – a parlare è Eva. La sua spontaneità nell'usare il termine «nonna» imbarazza tutti per un breve istante. Poi è Miss Marple che trova una brillante soluzione.

– Preferirei che mi chiamassi Martina. Come due amiche.

A Eva la proposta sembra ragionevole.

– Come vuoi, Martina. Tu sai cucinare?

– Sí, ma Oscar è piú bravo.

– Posso confermarlo, senza falsa modestia, – dichiara Oscar. – Ma ha tanti altri pregi.

– Tipo? – la curiosità indiscreta è di Lorenzo.

Spero che Oscar tralasci le prestazioni sessuali dell'arzilla vecchietta e racconti altre doti della sua nuova compagna.

– Per esempio è la piú brava del mondo a giocare a nascondino.

– Davvero? – Eva è già entusiasta.

– Ho vinto le Olimpiadi di nascondino, – precisa Martina.

– Non esistono le Olimpiadi di nascondino, – ribatte Lorenzo.

– Sí che esistono, – arringa Oscar. – Sono state introdotte la prima volta nel 1904, il primo vincitore fu un inglese, un certo James Ascott.

Lo ascolto, senza interrompere, inventare fandonie solo per far divertire i miei piccoli, spalleggiato da Miss Marple che si rivela degna complice. Amo mio suocero. Sono tante le cose che mi mancheranno anche di lui.

L'aria da sbruffone romano che la sa piú lunga di te.

L'ombra gigantesca sulla parete della pasticceria.

Le pacche sulle spalle che mi sbilanciano sempre un po'.

La voce cosí amplificata.

Quando filosofeggia con i suoi clienti.

La passione segreta per Britney Spears.

Quando accarezza ogni cane per strada.

Le sue scarpe numero 46.

Quando mi osserva in silenzio e ha già capito tutto.

Le volte che mi utilizza come cavia per un dolce nuovo.

Quando ricicla un regalo a Natale senza ricordarsi che gliel'hai fatto tu qualche anno prima.

La capacità di addormentarsi ovunque.

E, naturalmente, le sue ciambelle fritte.

Mi mancherà davvero.

Realizzo solo adesso che continuo a usare impropriamente la frase «mi mancherà». Sono io che me ne vado, io che mancherò casomai. Respingo al mittente una lacrima. Non stasera. Tra gli effetti collaterali di questa disavventura il piú buffo è che sono diventato un piagnone.

Corrado ha una simpatica abitudine che fino a oggi avevo trovato molto divertente: regalare agli amici, per il loro compleanno, una cornice con una pagina taroccata del «Messaggero» con incluso il necrologio del festeggiato e un articolo di commemorazione. Naturalmente nel suo gruppo di amici non c'è nessun vip che avrebbe davvero diritto a un articolo funebre. I suoi affettuosi ed esilaranti necrologi sono dedicati a impiegati, postini, giornalai, pizzettari, farmaciste, donne delle pulizie e tranvieri. Insomma tutto il suo gruppo storico di amici e conoscenti è stato omaggiato, spesso piú volte, da questa iniziativa. Anch'io.

Ritrovo il mio vecchio necrologio in un cassetto e lo leggo.

Qualche anno fa, quando me lo regalò per il compleanno, risi per tutta la sera. Oggi, come è evidente, non mi fa ridere affatto. Ma non mi trattengo e leggo l'articolo «coccodrillo» che mi riguarda.

Il titolo è: *Lucio Battistini, una vita per lo sport.*

(Dal nostro inviato Corrado Di Pasquale)

Da poche ore la squadra di pallanuoto del paradiso ha un nuovo allenatore: Lucio Battistini. Dopo l'esonero a metà stagione di Gesú, colpevole di aver barato facendo camminare la sua squadra sulle acque, il nuovo mister Battistini riuscirà forse a dare una svolta al malmesso team paradisiaco. Nella sua luminosa carriera da giocatore ricordiamo tutti le novantotto giornate passate in panchina consecutivamente (record nazionale) e i quattro goal subiti nel giro di tre minuti alla sua ultima apparizione nella massima serie. Negli anni seguenti, Battistini ha lasciato il professionismo e ha portato avanti con successo l'attività di personal trainer riuscendo a far perdere ben sette chili alla signora Dora Loriani di Roma e quattro chili e mezzo al commendator Casalotti, entrambi frequentanti la palestra in cui lavorava part-time. Risultati clamorosi che l'avevano condotto meritatamente alla guida della neonata squadra di pallanuoto del liceo Machiavelli. Durante la prima stagione i risultati hanno arriso subito al mister e, all'ultima giornata, la compagine romana ha potuto festeggiare il penultimo posto in classifica con una grande serata di musica al Circo Massimo.

Ci mancheranno la sua allegria, il suo arrosto perennemente bruciato, la sua spericolata incapacità nella guida delle motociclette, il suo punto vita esuberante, il suo senso dell'umorismo cosí ermetico. Stamattina ai funerali ben ventitre persone si sono unite intorno alla bella moglie Paola, già corteggiatissima, e ai due figli. Il sacerdote, durante il funerale, ha sbagliato il suo nome tre volte, chiamandolo una volta Luca, un'altra Luciano e infine, mirabilmente, Ferdinando. Dopo l'omelia funebre è scattato un applauso spontaneo della squadra di pallanuoto, entusiasta di poter finalmente essere affidata a un allenatore vero. Per questo e per mille altri motivi oggi, al mondo, siamo tutti un po' sollevati. Addio Ferdinando. Pardon, Lucio.

Nonostante la demenzialità che pervade il finto articolo (basato purtroppo su dati oggettivi), devo ammettere che leggere la propria vita riassunta e commentata post mortem su un quotidiano è un evento terapeutico. Ti costringe a fare i conti con te stesso e a tirare le somme sui successi pubblici e privati, o sulle molte sconfitte.

Corrado è implacabile, riesce a schematizzare le vite degli altri in maniera cosí lucida e cinica da essere irresistibilmente comica per i lettori, ma drammatica per l'interessato. Ho letto e riletto il mio coccodrillo. Purtroppo il mio amico ci ha preso in pieno, cazzeggia ma non mente.

Forse devo fare qualcosa per migliorare il mio imminente, e molto piú reale, necrologio. Anzi togliamo il forse.

-41

> L'alunno è stato sorpreso a rovistare all'interno del laboratorio di biologia, dove si era già impadronito di un litro di glicerina, un flacone di acido nitrico concentrato e due di acido solforico che erano tenuti in un apposito armadietto chiuso a chiave e forzato dall'alunno stesso.

Sotto c'è l'inoppugnabile sentenza: due giorni di sospensione dalle lezioni.

Leggo la nota sul registro di classe e non mi stupisco. Prima o poi doveva accadere che Lorenzo venisse sospeso. Alle elementari è una rarità, ma sapevo che ce la poteva fare. La sua maestra mi ha chiamato subito sul telefonino e io sono corso subito a scuola. Vantaggi di essere un morituro nullafacente. Sono a colloquio con lei in aula, mentre l'imputato ci attende in corridoio.

– Suo figlio ha fatto una cosa gravissima, signor Battistini. Ha rubato degli oggetti appartenenti alla scuola.

– Gravissima mi sembra esagerato. Lei non ha mai rubato un libro in biblioteca o un vestito da una bancarella?

– No, – ribatte severa.

– Dalla lista degli oggetti mi pare che avesse in mente qualche suo esperimento.

– È proprio dei suoi esperimenti che ho paura. L'anno scorso ha invaso le aule di larve d'insetti.

– Stava sperimentando la riproduzione in ambiente umido, in questo caso la vasca nel giardino della scuola.

– E le sembra normale? Cosa voleva fare questa volta? Incendiare la scuola?

– Mi dia qualche istante. Rispondo a un messaggio di lavoro.

Estraggo l'iPhone. Ho mentito. Google: glicerina, acido nitrico e acido solforico. Risultato: nitroglicerina. Sono i componenti del pericoloso composto. Il piccolo chimico che ho generato stava cercando di produrre della nitroglicerina e non ho dubbi che ci sarebbe riuscito. La scuola non sarebbe andata a fuoco. Sarebbe esplosa.

Minimizzo con la maestra che, evidentemente, non ha fatto questa indagine specifica e prometto di punire il mio erede con grande severità.

Quando esco in corridoio, lo trovo seduto su una panca con le orecchie e gli occhi bassi come chi sa di averla fatta grossa. Mi segue in silenzio fino alla macchina. Mentre guido affronto l'argomento.

– Cosa volevi fare esplodere?

È stupefatto che io abbia fiutato le sue intenzioni. È chiaro che mi sottovaluta.

– Non volevo distruggere niente, solo creare dei fuochi d'artificio per la recita di fine anno.

– Sarebbero venuti un po', come dire... eccessivi?

– Non avrei messo tanta nitroglicerina.

Mi faccio promettere che mai e poi mai proverà di nuovo esperimenti esplosivi, incendiari o pericolosi in genere.

– Dedicati a invenzioni piú innocue, per favore. Come faceva Leonardo da Vinci.

– Non è vero. Anche Leonardo inventava cose pericolose.

In effetti ha ragione. Speravo non lo sapesse. Stavolta sono io che l'ho sottovalutato.

– Ha inventato il carro armato! – esclama con aria di chi ti ha messo con le spalle al muro. – Piú pericolosa di cosí.

Ha ragione, ho sbagliato esempio. Comunque lo invito a non riprovarci piú. Poi affronto l'argomento dei due giorni di sospensione. L'unica cosa che lo spaventa è la reazione di mamma. E ha ragione. Per un attimo ipotizzo di non dirglielo e spedire il Gianburrasca che ho generato per due giorni ospite di Oscar e Martina, ma la bugia sarebbe svelata già al prossimo incontro coi genitori. Decido di affrontare la questione di petto.

– Glielo dico io, – affermo con aria da avvocato difensore.

Le urla di Paola si sono sentite fino al raccordo anulare.

– Nitroglicerina? Tuo figlio stava fabbricando della nitroglicerina a ricreazione?

Quando dice «tuo figlio» è incazzata veramente.

Le spiego che il composto è difficile da ottenere senza apparecchiature specifiche, minimizzo il tutto come una bambinata che per fortuna non ha avuto conseguenze. Risultato? Quello che prende il cazziatone sono io. Vengo definito nell'ordine: un cattivo esempio, un padre irresponsabile, un diseducatore e un sobillatore di figli contro di lei. Quando ci si arrabbia si dicono anche cose che non si pensano. Spero. Provo a fare io il gatto e stavolta ottengo il risultato sperato: Paola spegne il suo impeto. Due minuti dopo archiviamo la giornata con un sorriso. Il titolo è: il giorno che nostro figlio ha provato a fabbricare nitroglicerina.

-40

Una cosa che non sapete. Di solito non ne parlo. Mio figlio Lorenzo e io siamo uguali. Anch'io sono stato un ragazzino terribile. Fin dalle elementari, la maestra (una certa Miranda De Pascalis, intronata come pochi al mondo, capace di spiegarti le tabelline per tre giorni di fila, non ricordandosi di averlo già fatto) chiamava i miei nonni per lamentarsi della mia condotta. Ma non era solo colpa mia. Avevo una cattiva compagnia che mi conduceva sulla perduta strada, il mio Lucignolo personale. Si chiamava Attilio Brancato, per tutti Branca, non è mai stato in classe con me ma frequentava la classe accanto, dalle elementari al liceo. Una persecuzione. Una leggenda nelle scuole di Roma, un teppista come se ne vedono pochi, capace di forzare macchinette automatiche delle merendine, falsificare i registri di classe e sabotare auto di professori.

Spaccano un vetro con una pallonata?

È stato Brancato.

Chiudono in bagno la professoressa di matematica?

È stato Brancato.

Rubano una bicicletta in cortile?

È stato Brancato.

Brancato, sempre colpa di Brancato.

Ogni volta che succedeva un casino c'era di mezzo Brancato. E io, che lo frequentavo per ammirazione, finivo per andarci di mezzo.

Spesso ero accusato di complicità nelle sue malefatte, ma ogni volta spiegavo pazientemente a nonno che era il perfido Brancato che mi aveva preso di mira e cercava di far cadere la colpa su di me.

Nonno lo odiava. Una volta aveva anche deciso di farmi cambiare scuola per allontanarmi da lui.

Per fortuna Brancato, finito il liceo, è scomparso. Nessuno ne ha saputo piú nulla. Ero libero.

Tanti anni dopo, il giorno che nonno se n'è andato, non ce l'ho fatta piú a tenermi dentro il mio segreto piú segreto.

Nonno era sdraiato, in pigiama, sembrava assente, ma sapevo che mi sentiva. Mi avvicino al letto e gli sussurro, senza bisogno di alcuna premessa: «Nonno, Brancato non è mai esistito».

Silenzio.

«L'ho inventato. Era il mio capro espiatorio. Un alibi perfetto per tutte le occasioni. Un personaggio di fantasia».

Silenzio.

«Scusami se non te l'ho mai detto. Brancato ero io».

Ripenso a quante punizioni, e forse quante botte, ho evitato per merito di Brancato. Poi guardo nonno che ha gli occhi aperti e fissa il soffitto.

All'improvviso sorride. Anzi ride. Gli viene da ridere. Una cosa piuttosto insolita per un moribondo.

Si volta verso di me con i lucciconi agli occhi e mi rivela: «Lucio mio, l'ho sempre saputo».

Sorrido anch'io.

«I figli, – aggiunge, – e tu per me sei un figlio, a volte è meglio che ti sottovalutino. Vivono piú felici».

Mi stringe la mano. Forte. Poi sento la sua energia che scivola via, come un tubo da giardino che si svuota.

Sono state le ultime parole che mi ha detto.

Mi ero ripromesso di non pensare alla morte.

Non ce la faccio.

– 39

La cosa peggiore che può succedere nella vita è svenire per strada, quando esci a comprare il giornale con dieci euro in tasca e nessun documento. Erano mesi che non avevo un collasso, da quel pomeriggio in piscina. Quello che è successo me l'hanno raccontato dopo. Un passante mi ha visto cadere come un sacco vuoto sul marciapiede. Ho battuto un braccio e la testa, provocandomi un taglio sul sopracciglio e una grossa escoriazione sul gomito. Mi hanno portato in ambulanza al policlinico, dove mi sono risvegliato qualche ora dopo, quando già la mia famiglia era in allarme. Paola, dopo due ore di assenza, aveva chiamato tutti gli ospedali e mi aveva rintracciato lí. Il medico spiega a mia moglie – me l'ha raccontato lei quando l'hanno fatta entrare – che mi hanno sottoposto a una Tac e che la botta alla testa non ha provocato un trauma cerebrale. Poi il dottore ha abbassato la voce e ha annunciato di avere una brutta notizia da darle. Il coscienzioso tecnico aveva fatto una Tac fino al torace.

– Sospetto che suo marito abbia un tumore diffuso ai polmoni. Ripeto, sospetto, non sono un oncologo. Ritenevo giusto avvertirla.

La reazione noncurante di Paola stupisce il medico.

– Grazie, ha fatto bene. Il gomito ha fratture?

– No.

Quando Paola mi recita il dialogo facendo anche la voce acuta del medico, mi spancio dal ridere e subito provo un fortissimo dolore al fegato e dintorni. Sta diventando pesante il decorso clinico. Non posso piú ridere.

Affermava Nicolas de Chamfort, uno scrittore francese, che «la piú perduta delle giornate è quella in cui non si è riso».

È drammaticamente vero.

I medici mi trattengono una notte in osservazione. È la prima volta che dormo in ospedale. Paola resta con me finché non la caccia via in malo modo un'infermiera baffuta. Resto in camera insieme a un anziano che ha una gamba in trazione e fa un doloroso respiro ogni dieci secondi, un bambino che ha sbattuto la testa saltando da un muretto e un ventenne che si è procurato fratture multiple in un incidente stradale. Sono in buona compagnia. E mi sento quasi sano in confronto a loro. Domani uscirò da qui con le mie gambe e andrò a fare jogging. Mi addormento molto tardi, cullato dai lamenti del vecchietto. E sogno di tornare indietro nel tempo, al momento in cui ho baciato la signora Moroni. Oggi sono certo che saprei resistere.

– 38

Quante sono i giorni che ricordate bene della vostra vita? Quelli speciali che potreste raccontare anche a tanti anni di distanza. E quanti sono invece quelli normali in cui non accade niente degno di nota e che scivolano via anonimi?

I secondi sono molti di piú. Mi accorgo che ricordo soltanto un centinaio di giornate memorabili, a fronte di oltre 14 000 invisibili. Esco dall'ospedale con un pensiero fisso. Voglio che oggi sia un giorno da mettere al fianco dei tre che vi ho raccontato all'inizio di questa storia. Se ieri fossi morto, in anticipo di quaranta giorni, con la testa spaccata sul marciapiede, non me lo sarei perdonato. È stato un campanello d'allarme sovrannaturale: «Ehi Lucio, tu credi di dominare il tuo destino e di avere ancora quaranta giorni di vita, ma non è detto che sarà cosí».

La domanda è: cosa rende un giorno speciale? È possibile organizzare a tavolino ventiquattr'ore talmente originali da guadagnarsi di diritto un posto nell'hit-parade dei momenti magici della tua vita?

La risposta è no.

Analizzando i giorni speciali della mia vita mi accorgo che ciò che li ha resi diversi è, quasi sempre, un evento inaspettato o comunque non programmabile: la caduta di un dentino di Lorenzo, il primo bacio con Paola, l'abbraccio di mia nonna quando sono partito per il mio primo campeggio con gli scout, quella volta che ho preso un voto buono in un compito in classe di matematica copiato, quella notte che abbiamo dormito in macchina a Firenze con Corrado e Umberto e la mattina dopo ci siamo svegliati dentro un mercato, la festa a sorpresa che mi ha fatto Paola per i miei trentacinque anni. Piccole cose che sono il succo concentrato della mia vita. Decido di non organizzare niente per oggi e di lasciarmi sorprendere. Chiamo Massimiliano e gli racconto della serata con Giannandrea. Mi rivela che sapeva già tutto. Anche lui crede che il nostro depresso preferito abbia bisogno di aiuto. A questo proposito ha avuto un'idea: vuole proporgli di aiutarlo in negozio, nel tempo libero dal suo lavoro di sarto.

– Se trovi due amici con cui chiacchierare è meglio, no?

Mi sembra un'ottima idea per regalare un po' di socialità a Giannandrea.

Riattacco e la giornata prosegue anonima fino alle diciannove. Poi rientro a casa dalla piscina, apro la porta e vedo Eva che fa i compiti seduta al tavolo del soggiorno con i piedi sollevati dal pavimento. Si volta e spalanca, al rallentatore, i suoi occhi azzurri su di me. Mi sorride.

– Miao, papà!

Una gioia istantanea spazza via tutti i miei acciacchi.

Oggi è un giorno speciale.

-37

Quando si spalanca la porta a vetri del negozio di Chiacchiere e mi accoglie Giannandrea, mi sfugge un sorriso.

– Massimiliano torna subito, – mi dice – accomodati.

Mi racconta che lavora lí da stamattina. Massimiliano gli ha offerto la metà degli incassi, escluse le spese vive. Un'offerta molto generosa che il pluricornuto sarto non ha potuto rifiutare. In fondo ormai veniva in negozio ogni giorno e a Massimiliano, visto il successo dell'attività, serviva un aiuto per permettergli di avere qualche minuto libero ogni tanto.

– Sono contento che lavori qui, – gli faccio.

– Non è proprio un lavoro, do una mano a un amico quando ho tempo. Credo di essere portato per dare buoni consigli alle persone.

Non obietto.

– Ci beviamo un tè? – propongo.

Dieci minuti dopo eccoci lí in poltrona, come due arzille signore del New England a sorseggiare un tè Pu'er che sa vagamente di terra bagnata. Stavolta tocca a me confidarmi. Gli racconto che sono ormai a due terzi del mio viaggio finale e che sono abbastanza soddisfatto dell'andamento. Ho avuto momenti d'incontrollabile felicità, alternati ad altri di profonda malinconia. Una montagna russa dei sentimenti.

– Non c'è piú nessuna speranza?

– No, purtroppo, – gli rispondo con serenità, – tutti gli esami sono concordi nel valutare il mio decadimento fisico in discesa vertiginosa.

Mi stupisco di come riesco a parlare con distacco della mia malattia. Due mesi fa non ci sarei riuscito senza emozionarmi, ora è diventata quasi routine. Non mi sono rassegnato, ma mi sono abituato. È una caratteristica degli uomini: ci si abitua a tutto.

– Giochiamo a Subbuteo? – propongo. – Ti devo una rivincita.

Accetta la sfida con gioia. Io prendo l'Italia e lui sistema sul panno verde i verdeoro del Brasile. Un classico duello del calcio moderno.

Qualche schicchera dopo sono già in vantaggio 2 a 0. Anche questa volta il buon Giannandrea si dimostra un giocatore attento e molto tecnico, ma io, scusate la vanità, sono un fuoriclasse di livello mondiale. Ho perso solo due partite nella mia carriera di schiccheratore. Una con Ernesto Morelli, un delinquente che frequentava la quinta nella sezione accanto alla mia al liceo, l'altra con Corrado ma fu una sfida viziata da una serie di colpi di fortuna del mio amico tali da inficiare il risultato. Oggi vinco senza strafare 5 a 2. Nel momento della stretta di mano finale, rientra Massimiliano.

– Non mi vorrai mica rubare il lavoro! – fa a Giannandrea con un sorriso, poi aggiunge: – Chi ha vinto?

– Lui, – risponde il depresso. – Non capisco perché non lo abbia fatto di mestiere.

Non facciamo in tempo a finire di commentare la partita che arriva una nuova cliente, una bella manager sulla quarantina con scritta sulla fronte la parola «stress». Vede tre maschi intorno a un Subbuteo e si spaventa.

– Scusate, sono entrata incuriosita dal nome. Che vendete?

– Chiacchiere, signora. C'è scritto. Vuole un tè? Una tisana?

È perplessa ma non ha la forza di uscire.

– Sí, grazie.

Scattiamo all'opera. Io sciacquo le tazze, Giannandrea mette altra acqua nel bollitore e Massimiliano fa accomodare la signora e la intrattiene amabilmente come solo lui sa fare.

L'ho detto e lo ripeto. Se avessi un'aspettativa di vita piú lunga, proverei ad aprire una catena di negozi di Chiacchiere. E forse salverei il mondo.

Mentre la nuova venuta rivela a Massimiliano di aver appena perso un appalto importante, le sorrido e le chiedo con fare da perfetto maggiordomo inglese: – Latte o limone, signora?

– Latte, – mi risponde già sollevata. – Niente zucchero, grazie.

Lancio un'occhiata a Massimiliano e Giannandrea: siamo una squadra di recupero molto efficiente.

- 36

Sul telefonino ho messo una suoneria diversa per tutti, cosí dalla musichetta so già con chi sto per parlare. Umberto ha gli squilli di tromba di Indiana Jones, il suo film preferito.

– Vieni a Fregene stasera? Andiamo tutti!

– Tutti chi?

– I tre moschettieri!

Già temo il trappolone: discoteca zanzarata sulla spiaggia con consumazione obbligatoria, anzi no peggio, spettacolo di qualche comico romano con collage di pezzi riciclati.

– Dove andiamo? Voglio tutti i dettagli, non omettere nulla. Non mi fido.

– Fregene, te l'ho detto!

– Sí, ma a fare cosa?

– Andiamo a vedere il tramonto sul mare!

Mi spiega che è una nuova moda un po' new age, il saluto al sole. Sabato scorso gliel'ha fatta conoscere una giornalaia vegana al loro primo e unico appuntamento. Mi racconta che erano piú di mille a salutare la stella quotidiana in spiaggia. Pazzesco.

Mi lascio convincere e, alle venti, parcheggio vicino al lungomare e raggiungo Corrado e Umberto al cancello della spiaggia libera. Siamo davvero piú di mille sul bagnasciuga e invece che il ponentino tira un maestrale da congelamento fuori stagione.

– A che ora inizia? – già serpeggia attesa tra il pubblico. Parte qualche applauso fricchettone. Qualcuno si organizza a terra con delle coperte. Altri hanno tavolini da picnic, tende e chitarre. Una piccola Woodstock sul litorale romano. Nell'aria immortali canzoni di Bob Dylan da campo scout. Un temerario azzarda pure una Joan Baez d'annata.

Noi moschettieri ci siamo sistemati un po' in disparte, seduti in tre su un asciugamano. Ci siamo tolti le scarpe e Umberto ha anche una bandana in testa, non so ancora se emozionarmi o sentirmi stupido tra gli stupidi.

A un certo punto cala un religioso silenzio.

Il protagonista comincia il suo show.

C'è chi si bacia con passione, chi mangia panini con la frittata, chi si promette amore eterno, chi guarda inebetito l'orizzonte incendiato, chi s'immerge in acqua vestito e schiamazza, chi chatta su Skype con la fidanzata lontana, chi approfitta della distrazione di tutti per rubare una borsa, chi scatta foto ricordo dell'irripetibile momento. Lo so, nasceranno collezionisti di tramonti: ce l'hai quello di Santa Marinella del 20 agosto? No, mi manca! Però c'ho quello delle Maldive di Capodanno che ne vale tre. Come le figurine.

Se la moda dilaga non ci sarà piú bisogno della Tour Eiffel, del Colosseo o delle Piramidi per attirare turisti. Sarà sufficiente il piú famoso evento naturale quotidiano. In fondo se un film qualsiasi vale sette euro o piú, quanto vale un tramonto, pezzo unico, non duplicabile, non scaricabile via Internet? Peraltro è un evento costoso eh, tra il mare, la spiaggia, il sole e tutto il resto, vuoi mettere che effetto speciale? Altro che Hollywood.

Alla fine dello spettacolo, quando il sole esce di scena (finale un po' scontato ma efficace), piango. Anche Corrado addirittura si commuove, poi, approfittando dell'oscurità, s'infratta con una shampista depressa di Maccarese.

Mentre tutti sfollano, come al cinema durante gli inutili titoli di coda, Umberto e io restiamo a fissare il mare. Stiamo bene anche in silenzio noi due. Certe sere lo vado a prendere, andiamo al cinema o a teatro e torniamo a casa, senza quasi dire una parola. Solo i grandi amici e i grandi amori sopportano bene il silenzio.

A romperlo è Umberto.

– Partiamo.

– Non ho capito.

– Partiamo.

– Chi?

– Io, te e Corrado. Chiudo lo studio una settimana, Corrado si fa liberare da un turno. E partiamo. Come una volta.

– Ma non posso…

– Perché? I bambini hanno ancora dieci giorni di scuola, Paola idem. Cosa stai a fare qua a girovagare per Roma da solo tutte le mattine? È cosí che vuoi passare i tuoi ultimi giorni?

La domanda è diretta e la risposta è ovvia: no.

– Una settimana solo noi tre in giro per l'Europa, – continua. – Ci divertiamo e ti fa bene all'umore.

– E dove andiamo?

La sua sicurezza mi stupisce: – Rifacciamo l'interrail. Una versione ridotta.

Resto a fissarlo imbambolato.

Interrail.

Una parola composta che evoca subito odore penetrante di rotaie arrostite al sole, avventure monosera con ragazzine scandinave lentigginose e chiamate a casa dai telefoni pubblici. È quasi sinonimo di diciott'anni.

– A quarant'anni ci mettiamo a rifare l'interrail?

– Dimmi un motivo per non farlo.
– Ho il cancro.
– Questo è un motivo per farlo. Dimmene un altro.
– Devo allenare la squadra per i play-off.
– Salti solo una partita.
– Non ho piú lo zaino, – sto finendo le motivazioni sensate.
– Te lo ricompri. Partiamo domenica sera?
– Perché di sera?
– Viaggiare di notte costa meno, dormi in treno e risparmi l'hotel.
– Amico, ho un po' di soldi da parte, non tantissimi ma ce li ho.
– L'interrail si fa senza soldi.

Comincio a sospettare che il trappolone serale stia davvero per scattare. Corrado rientra dal suo cespuglio-alcova. Ha già liquidato la shampista.

– Allora si parte? – chiede con l'aria di chi la sa lunga.

Non era un'idea improvvisata il viaggio, ma un piano organizzato da questi due balordi che continuo a frequentare.

– Ha detto sí, – risponde Umberto.
– Non ho detto sí. Stavamo valutando i pro e i contro.
– I pro sono tanti, i contro non ci sono. Quindi domenica si parte, – conclude Corrado.
– No, ragazzi, io non vengo.

Tentano ancora di convincermi per dieci minuti. Ma non ci riescono. Quest'idea del viaggio da un lato mi attira, dall'altro mi spaventa. Non sto bene, ogni tanto i dolori si fanno piú intensi. Non credo che il mio odioso oncologo ne sarebbe entusiasta. E nemmeno mia moglie.

Torno a casa da solo.

Novanta all'ora.

Abbaglianti.
Autoradio.
Tom Waits.
Pensieri sparsi.
Centoventi all'ora.
La striscia bianca intermittente sull'asfalto.
Le palpebre che scivolano giú.
Piú giú.
Una lieve sbandata.
Le palpebre si riaprono di colpo.

Telefono a Massimiliano per chiacchierare un po' ed evitare di schiantarmi sul guardrail per un colpo di sonno che tutti crederebbero un suicidio disperato.

Mi risponde dopo uno squillo, allegro come al solito.

– Ciao Lucio! Come stai?

– Sei con un cliente?

– No.

– Tra mezz'ora sono da te.

Non obietta.

Lo raggiungo al negozio di Chiacchiere che è quasi mezzanotte. Roma comincia a vuotarsi. Nonostante la crisi, l'italiano medio non rinuncia a fuggire dall'asfalto incollato delle città, magari spostandosi soltanto nella casa in campagna dei suoceri.

Racconto a Massimiliano la proposta del viaggio.

– Non mi sembra una cattiva idea, – è il suo commento.

– Me l'hanno proposto per pietà.

– Non credo. Te l'hanno proposto perché hanno voglia di farlo. E farà bene anche a loro. Sono i tuoi amici e, anche se non te lo fanno pesare, la tua malattia fa star male anche loro.

Non ci avevo mai pensato in questi giorni ai riflessi della mia patologia sulle persone che amo. Forse gran parte del malumore di Paola è dovuto anche alla fatica di metabolizzare l'imminente vedovanza.

Paola sarà vedova. Che brutta frase.

Ne ho una peggiore.

Lorenzo ed Eva saranno orfani.

Nella letteratura la parola «orfano» evoca immediata tristezza. È l'incubo peggiore di ogni lettore bambino diventare orfano, seguito al secondo posto dall'essere messo in collegio.

In tutti questi mesi, ho sempre visto solo un lato di questa triste medaglia, quello in cui è effigiata la mia morte ingloriosa, ma non l'altro, quello in cui sono raffigurate le lacrime di quelli che restano.

E tra quelli che piangeranno di piú ci sono naturalmente i miei compagni di sempre, Athos e Aramis. «I due moschettieri» suona malissimo in effetti.

– E comunque, – riprende Massimiliano, – non te l'ho mai detto, a me questa cosa del conto alla rovescia, che magari può sembrare una stupidata, e questo è ciò che pensano anche quelli che non te lo dicono, credo invece che sia la cosa piú intelligente che hai fatto nella vita. Diceva Marcello Marchesi: «L'importante è che la morte ci trovi vivi».

Non mi ricordavo questa frase. Però è bellissima. Forse il piú bell'aforisma di sempre, che sarebbe invidiato anche da Oscar Wilde.

«L'importante è che la morte ci trovi vivi».

È proprio la filosofia che mi guida in questi mesi. Forse dovrebbe essere la filosofia guida di ogni nostra azione, a qualsiasi età.

Fisso Massimiliano che prepara una tisana alla melissa. La sua presenza ha un potere taumaturgico su di me, è un incrocio magico tra uno sciamano indiano e un vecchio saggio. Mi dispiace non averlo incontrato prima, chissà quanti errori sarebbe riuscito a impedirmi.

Uno sbadiglio di Massimiliano mi consiglia di levare le tende e lasciarlo riposare. Stavolta gli lascio trenta euro. Se li merita tutti.

Ho deciso.

Domenica si parte.

Devo solo spiegarlo a Paola.

Non sarà facile.

-35

Quando non so come dire qualcosa a Paola, il mio consulente naturale è colui che l'ha generata e che conosce a memoria il suo complicato libretto delle istruzioni: Oscar.

– Non ho capito che dovete fare in questo viaggio?

– Ma niente, non t'immaginare un tour di locali erotici e droghe leggere.

– Peccato, se no venivo pure io, – mi fa l'occhiolino mentre inforna una teglia di lingue di gatto. Fuori dalla pasticceria il silenzio della notte.

– È una gita tra amici, per ricordare i vecchi tempi. Una settimana di vacanza. L'ultima.

– Non ci vedo niente di male. A proposito, a quanto stai col conto alla rovescia?

– Trentacinque, – adoro la sua naturalezza nel trattare temi complicati.

– Ah trentacinque, perfetto. È previsto proprio nel codice civile: «Chi c'ha trentacinque giorni di vita può fare sempre come gli pare».

Capite perché Paola è una superdonna? Perché ha avuto un superpapà.

Il cingalese richiama Oscar al lavoro. Devono finire di preparare i dolci per la riapertura del lunedí mattina. Mi fermo ancora tre minuti, il tempo di mangiare una ciambella avanzata dalla colazione di ieri. Oramai non l'avrebbe comprata piú nessuno e si sarebbe avvizzita malinconicamente su un vassoio. Ho dato un senso alla sua esistenza.

Avverto Paola e passo io a prendere i bambini a scuola. Non ho mai capito se hanno percepito o no l'attrito unilaterale che c'è tra i loro genitori e se si sono accorti della mia malattia. Abbiamo cercato in ogni modo di essere allegri e sorridenti quando siamo con loro, ma i bambini hanno un sesto senso come gli animali. Chissà a che età si perde questa facoltà extrasensoriale. Fatto sta che, consapevoli o no, fanno finta di nulla, mi raccontano la giornata a scuola e si gettano a capofitto sui dolci «made in nonno» che gli ho portato. Due ore dopo, in soggiorno, affronto la spinosa questione con Paola. Quando pronuncio la parola «interrail» mi osserva come fossi un demente.

– Davvero volete rifare l'interrail?

– Sí. Una versione ridotta. Interrail mignon.

– È la cosa piú assurda che abbia mai sentito.

Buon inizio.

– Però mi sembra geniale, – mi sorride divertita. – Qualche giorno con i tuoi amici non può che farti bene.

Sono allibito. Paola mi ha stupito ancora una volta. Pensavo di dover litigare e invece ho la sua benedizione.

– Di chi è stata l'idea?

– Di Umberto.

Annuisce come a dire «ovvio».

– Sta' attento però a non stancarti troppo, ti prego. E torna in tempo per l'ultimo giorno di scuola dei ragazzi. Dobbiamo andare alla festicciola di inizio vacanze. Ci vanno tutti i genitori. E Lorenzo fa anche il protagonista della recita.

– Non mancherò.

La fisso negli occhi e non trattengo un: – Ti amo.

– Lo so, – mi risponde. E va via.

Mi lascio sprofondare sul divano.

Dunque si parte. Sono anni che Corrado, Umberto e io vogliamo tornare a fare un viaggio insieme.

Ora o mai piú.

-34

Ho ancora la vecchia lista che usavo ai tempi degli scout per fare lo zaino e non dimenticare nulla.

L'indispensabile armamentario per una vacanza.

2 magliette
1 pantalone di ricambio
1 k-way
Lenti a contatto
2 mutande
2 calzini
Scarpe da ginnastica
Sandali
Autan spray
1 quaderno + 1 penna
1 fornelletto
1 ricambio gas
1 pentola pasta
1 pacco di crackers
2 piatti + 1 tazza
1 cucchiaio + 1 forchetta + 1 coltello
1 dentifricio + 1 spazzolino
1 Polaroid + rullini
1 scatola di preservativi

Sorrido nel constatare alcune assenze eccellenti come, ad esempio, il deodorante o le camicie. Aggiungo qualcosa alla lista e passo due ore meravigliose selezionando le cose da portare, compresa la mia vecchia e ancora funzionante Polaroid. Tra le dieci cose piú belle da fare nella vita, infatti, una è fare la valigia. Ti senti il commissario tecnico della Nazionale delle magliette che deve decidere le convocazioni: tu sí, tu no, tu sí, tu no. Improvvisamente scopri quanta stoffa inutile affolla il tuo armadio e ritrovi t-shirt storiche dimenticate in fondo alla pila e non indossate da dieci anni. Forse fare la valigia è piú eccitante del viaggio stesso.

Sento una presenza alle mie spalle

È Paola che mi osserva selezionare i calzini.

– A che ora parti domani? – mi fa.

– Mi passa a prendere Corrado verso le diciotto.

– Bene. Spero che vi divertirete.

Non capisco se c'è una punta di acidità o se la benedizione che mi ha dato è reale.

– Lo spero anch'io, amore.

Non risponde. Mi sorride appena e s'infila in cucina. Non mi chiama amore da mesi. D'accordo, me lo merito, capisco che la lussuria sia un super peccato capitale che infrange sia il sesto comandamento che vieta di commettere «atti impuri» sia il nono che riguarda il «non desiderare la donna d'altri».

Non so se riuscirò a divertirmi in questo viaggio. Ma devo provarci. Sto diventando uno di quei vecchietti che parlano solo dei loro acciacchi, una brutta persona, noiosa da frequentare.

– 33

L'interrail non è il nome di un viaggio goliardico come pensano tutti quelli che non l'hanno fatto. È il nome di un biglietto. Un abbonamento illimitato ai treni europei che oggi si chiama Global Pass. Se hai meno di ventisei anni il biglietto è automaticamente di seconda classe, se ne hai di piú puoi accedere anche alla prima.

Umberto ha ancora lo zaino che aveva allora, modello militare, consunto e poco ergonomico, con due cinghie che gli demoliscono le spalle. Corrado e io invece abbiamo comprato due zaini da campeggio ultramoderni. Abbiamo deciso di fregarcene della fedeltà assoluta nella replica del nostro viaggio.

Anche vent'anni fa però partimmo da Termini, la gloriosa stazione centrale di Roma. Umberto, da perfetto boyscout, è arrivato in anticipo e ha portato anche una sacca con i viveri per la prima tratta del viaggio. Corrado, che odia i treni, ha tentato fino all'ultimo di convincerci a prendere un passaggio aereo gratuito con la sua compagnia, ma «Treno era e treno sarà» ha tagliato corto un quanto mai deciso Umberto. Prima tappa, ora come allora, Monaco di Baviera, meta obbligatoria di ogni interrail degno di questo nome. Cuccette di seconda classe per sentirci giovani e globe-trotter. Abbiamo uno scompartimento da quattro chiamato ironicamente credo «C4 comfort». Il comfort consiste in un bicchiere d'acqua sigillato, una salvietta detergente, un copriwater e, udite udite, le ciabattine. Prima che il treno parta, preghiamo che non arrivi il quarto passeggero. E invece eccolo. Il peggior esemplare di compagno di cuccetta al mondo: il logorroico. Un pendolare italiano che lavora in Germania e torna in Italia dalla moglie il fine settimana. Pensavo ingenuamente che non esistessero piú i pendolari. Per proteggerci dal fiume di parole che potrebbe affogarci utilizziamo, senza bisogno di segni convenzionali, la nostra vecchia e consumata tattica: fingere di essere tre turisti del Liechtenstein. Quasi nessuno sa come parlano in Liechtenstein e cosí ogni tentativo di conversazione è azzerato. Purtroppo per noi nell'affascinante principato parlano tedesco. Il nostro compagno di viaggio lo sa e vuole approfittare della nostra presenza per migliorare la lingua. Siamo costretti a svelare la verità e a subire un'ora di luoghi comuni prima di aprire una controffensiva e sommergerlo di parole e di ricordi. L'obiettivo principale del nostro primo, e credevamo unico, interrail era stato visitare alcuni stati minori d'Europa, quelli di cui conosciamo solo il nome e poco piú: il Lussemburgo, Andorra e, naturalmente, proprio il Liechtenstein. All'epoca questo ci faceva molto ridere.

Devo confidarvi che un morituro di cancro non dovrebbe viaggiare in cuccetta. Mi hanno detto che ho tossito tutta la notte e credo che i miei amici abbiano pensato piú volte di soffocarmi nel sonno. La cosa assurda è che ormai, quando tossisco, non mi sveglio nemmeno piú. E anche quella notte non ha fatto eccezione. Il treno notturno per me è una culla magica. Il suono ritmico e gli sballottamenti a destra e sinistra somigliano davvero alla ninna nanna di una tata amorevole. Ho dormito e mi sono svegliato che il treno frenava alla stazione di Monaco. Ed è lí che il nostro viaggio è entrato nel vivo.

Il primo impatto con la Germania è sempre ostico. Il tedesco è una lingua talmente diversa dalla nostra che, negli annunci della stazione, non capisco nemmeno la differenza tra le pubblicità e le comunicazioni di servizio.

La sorpresa mi aspettava in fondo al binario 4.

Un uomo ci viene incontro e ci sorride. Ha qualche chilo in piú, qualche capello in meno, ma lo riconosco subito. È un cadetto di Guascogna, il quarto moschettiere, quello piú giovane e piú abile con la spada.

D'Artagnan.

Il nostro D'Artagnan, all'anagrafe Andrea Fantastichini, ultimo banco in fondo a sinistra. Non credo ai miei occhi e quasi piango. Sono vent'anni che non lo vedo. Vent'anni dopo, come aveva predetto quel gran genio di Dumas, i tre moschettieri ridiventano quattro. Ci abbracciamo al binario, prima a turno, poi tutti insieme. Presi da incontrollabile euforia urliamo anche un «Uno per tutti, tutti per uno!» Quattro deficienti italiani che dànno spettacolo nel bel mezzo della stazione di Monaco.

Qualche minuto dopo scopro che è stato Corrado a convincere Andrea a unirsi al viaggio. Il nostro vecchio amico ha lasciato la Danimarca, dove vive da tanti anni, e ci ha raggiunto. Farà tutto l'interrail con noi.

D'Artagnan era il migliore di noi, ve l'ho detto. Un paio d'anni dopo gli esami di maturità partí con la sua chitarra per Londra in cerca di fortuna. Oggi posso dire con certezza che non la trovò. Le sue canzoni spensierate allietavano da sempre le nostre notti d'estate. Per molti aspetti mi ricordava mio padre, o almeno quello che nonno mi raccontava di mio padre. Un guascone sempre pronto a cacciarsi nei guai per una donna o per una risata. Dopo qualche anno di bagordi londinesi, s'innamorò di Birgitte, una modella danese che sembrava uscita dal paginone centrale di «Playboy», e la seguí a Copenaghen. Di lui non seppi piú nulla, solo Corrado mantenne contatti sporadici prima via posta poi via Facebook. Oggi dà lezioni private di chitarra e solfeggio nella capitale danese e sua moglie Birgitte, con la quale ha fatto due figli e che ora sembra Trudy la complice di Gambadilegno, lo ha lasciato da un paio d'anni. Vive in una casetta sul mare che, dalle foto, somiglia alla casa della strega di una fiaba di Andersen. Mi racconta che, tra costo della vita e alimenti all'ex moglie, fatica ad arrivare alla fine del mese. Ai tempi del liceo avrei scommesso che Andrea, anzi Andy come lo chiamavano tutti, sarebbe diventato una rockstar. Come in tante altre occasioni, anche stavolta mi ero sbagliato.

Lo ammetto: sono felice di vederlo e di aver accettato la proposta del viaggio. Ma dura solo un impercettibile attimo, poi osservo i miei amici che mi precedono di qualche passo e mi sembrano tre anziani. Tre vecchi moschettieri ingobbiti sotto il peso degli zaini e dell'età. A quarant'anni e spiccioli un uomo oggi non è vecchio. Ma se crede di averne diciotto e si veste di conseguenza, lo è.

Non ho ancora telefonato a casa. Lo faccio mentre ci incamminiamo verso il bed and breakfast prenotato da Umberto. Mi risponde Eva: – Casa Battistini!

Mi ha sempre fatto sorridere la sua formalità al telefono.

– Sono papà. Come stai? Come è andata a scuola?

– Ho preso dieci al tema.

– Brava!

Io non ho mai preso un dieci, a parte in educazione fisica. Ho sempre pensato che quelli che prendono dieci a scuola sono degli sfigati destinati a fallire nella vita. Mia figlia sarà un'eccezione.

– Passami mamma.

– È uscita a fare la spesa. Ti passo la signora Giovanna?

La signora Giovanna è la nostra vicina, grande produttrice di marmellate e figli. Appassionata di ufologia, vede misteri dappertutto ed è convinta che a casa nostra viva il fantasma di un vecchio condomino assassinato brutalmente. Nonostante questa sua passione ogni tanto le affidiamo i bambini. Come baby-sitter, a causa della sua lunga esperienza di mamma, è meglio di Mary Poppins.

– No, grazie. Di' a mamma che sono arrivato a Monaco e che le voglio bene.

– Riferirò. Miao, papà!

«Riferirò». La sua formalità non mi fa piú sorridere. Devo fare qualcosa per mia figlia. A sei anni e mezzo «riferirò», anche se seguito da un «miao» che lo attenua, dovrebbe essere proibito.

C'è anche un'altra cosa però che dovrebbe essere proibita e che aggiungerei al muro di Trastevere nella sezione ODIO: gli uomini che piangono. Non ho pianto quasi mai in pubblico, ho un innato pudore che impedisce alle mie lacrime di mostrarsi in tutto il loro splendore.

Non avevo mai visto nemmeno Andrea piangere, lui era il nostro condottiero, il mio punto di riferimento, il mio mito assoluto. L'uomo che non ha paura, non ha rivali e, soprattutto, non piange.

Quando ho visto la prima lacrima sul suo viso, per me era come assistere a un evento sovrannaturale e assurdo, come l'apparizione dell'arcangelo Gabriele durante una finale dei Mondiali di calcio.

Siamo rimasti da soli una mezz'ora nella minuscola hall del bed and breakfast, mentre attendevamo Corrado e Umberto, usciti a comprare dei souvenir.

– Non sono felice, amico mio, – è stata la sua frase d'esordio.

Quando qualcuno ti dice che non è felice, la risposta non è facile per nessuno a eccezione di un malato terminale.

– A chi lo dici.

Mal comune, mezzo gaudio.

– Cosa c'è che non va? – gli chiedo con dolcezza.

– C'è che non ho realizzato nessuno dei miei sogni da bambino. E la vita non ha senso se non realizzi i tuoi sogni da bambino.

Andy ha sempre avuto il dono della sintesi.

I sogni da bambino. L'unica cosa che conta davvero nella vita.

Quello che scrivi in seconda elementare nel tema «Cosa farò da grande». Lo so, l'ho sempre saputo, e tra l'altro ve l'ho già detto, ma solo adesso la verità di questo concetto mi esplode in faccia come un petardo di Capodanno. Se non realizzi i sogni da bambino sei un fallito. Il mio, come sapete, era fare il collaudatore di luna park. Dunque sono un fallito.

Quello di Andy invece era un tema molto piú originale. Dalle sue parole smozzicate, tra un lacrimone e l'altro, me l'immagino piú o meno cosí.

Nel 2000 avro ventisette anni. A ventisette anni sei un vecchio che deve lavorare per guadagnare soldi per i figli. Io guadagnarò tanto e sarò molto ricchissimo. Sarò pure molto bello e alto e intelligente e interesante. Un anno prima o sposato una ragazza bella tipo attrice e vivo al mare, ma proprio vicino alla spiaggia e al bar che vende i gelati con biscotto. Il mio lavoro è fare il cantante molto famoso. Canterò al Festival di Sanremo e lo vinco quattro volte anzi cinque però una in coppia. La mia canzone piú famosa si chiama *Tu che non ti amo piú* e sarà prima in clasifica per un anno. Sono anche molto allegro perché tutta l'italia mi vuole bene e mi soride per strada. Se ti soridono per strada sei felice. Se non ti soridono sei triste e ti butti da una finestra. Io a trentasette anni invece sarò felice. E per sicureza abito al piano terra.

Immagino anche il voto: cinque meno meno, un po' per il contenuto ripetitivo, un po' per gli errori di ortografia sparsi.

– Non ho combinato nulla di buono nella vita, – continua Andy, soffiandosi il naso. – Non ho i soldi per i miei figli che non vedo quasi mai perché la stronza non mi sopporta. Le mie canzoni non sono mai state in hit-parade. E per strada non mi sorride nessuno, – conclude con uno sguardo ironico che ben conosco.

– Le tue canzoni sono bellissime, – tento di rincuorarlo.

– Ma se non le conosci.

– Ne ricordo un paio invece... Come faceva quella che lui aspettava alla stazione un treno che non arrivava mai?

– *La stazione della vita*, era una lagna tristissima. Forse la piú brutta canzone che ho scritto.

– A me piaceva. Andy, hai quarant'anni, ricomincia da capo. Tanti artisti hanno avuto successo non da giovani.

– Tipo?

– Tipo... non so... Van Gogh!

– Ma era già morto!

– Vabbe' era solo un esempio... perché non torni in Italia? C'hai mai pensato?

– Perché non potrei stare lontano dai miei bambini. Se hanno bisogno di me, io devo esserci.

Resto in silenzio.

Andy ha rinunciato a tutto per amore dei suoi figli. L'ho sottovalutato nei miei giudizi. È sempre il mio eroe.

Ci stringiamo in un abbraccio forte. Non credo che Andy e io ci siamo mai abbracciati. Forse alla fine di qualche partita di calcio, ma uno di quegli abbracci virili e frettolosi da guerrieri. Questo invece è un abbraccio diverso. Capisco solo adesso che il nostro legame non si è mai spezzato in questi vent'anni. Anzi la lontananza l'ha rafforzato. Andy è ancora il mio mito assoluto. Anche se piange sulla mia spalla. Anzi, soprattutto per quello.

Porthos e D'Artagnan restano abbracciati per un paio di minuti, poi tornano i nostri amici e ricomincia la giostra. Ma le parole di Andy rimangono dentro di me.

«Non potrei stare lontano dai miei bambini».

Il concetto piú semplice del mondo.

Provo a immaginare cosa stanno facendo adesso Lorenzo ed Eva. Forse costruiscono la tour Eiffel coi Lego, forse si sfidano alla Wii a quel gioco del ballo che è divertentissimo, forse non so. Mi accorgo che, tutto preso dalla mia malattia, ho perso un po' il contatto con loro.

Della parte finale della nostra prima sera a Monaco vi posso raccontare solo un'immagine, l'unica che ricordo: noi quattro che entriamo in una birreria cantando canzoni romane con rime volgarissime. L'alcol ha cancellato tutto il resto. L'ultima volta che mi ero ubriacato avevo diciannove anni, ero con la squadra e avevamo vinto il campionato di serie A. Non ricordo nemmeno quando, come e in quali condizioni siamo rientrati al bed and breakfast.

–31

Mi fa male l'addome, respiro a fatica e ho un concerto rock nella mia testa. Mi sembra di avere Ringo Starr che picchia le bacchette dentro la mia scatola cranica con il suo stile inconfondibile. *Toc-To-Toc. Toc-To-Toc.* Il ritmo è quello trascinante di *Ticket to Ride*.

Mi sono svegliato prima di tutti. Nel letto gemello del mio, Umberto ronfa come un facocero con le adenoidi.

Nella minuscola sala colazione del bed and breakfast mi accoglie un vassoio con una piramide di krapfen e ciambelle. Ne assaggio una, non compete nemmeno lontanamente con quelle di Oscar. La abbandono sul piatto dopo il primo morso. Capisco solo adesso che la mia piccola abitudine mattutina è uno dei momenti memorabili della mia vita.

L'iperattivo Andrea ha rintracciato il maneggio fuori città, dove ci recammo nel nostro primo viaggio. Una sensazione di déjà-vu mi accompagna per tutta la mattina. E una parola mi rimbalza in testa, scalzando Ringo Starr.

Remake.

I remake non hanno senso.

Tra l'altro non si fanno di tutto.

I libri, ad esempio, non subiscono mai l'onta della riscrittura. Al massimo una traduzione diversa, ma la versione originale, bella o brutta che sia, è sempre integra e salva.

I film invece vengono girati e rigirati, anche a distanza ravvicinata.

E anche gli amori subiscono il fascino dei remake. Ci sono coppie che fanno del lasciarsi e riprendersi il loro stile di vita. E ogni volta ritrovano immancabilmente gli stessi problemi.

Nessuno però fa mai il remake di un viaggio. Magari puoi tornare nella stessa città, ma rifare le stesse cose è un evento raro e curioso. Forse folle.

La versione originale del viaggio.

Di noi moschettieri soltanto Andrea sapeva andare a cavallo. Suo padre lavorava, come allibratore abusivo, all'ippodromo delle Capannelle e il piccolo Andy passava pomeriggi interi abbandonato tra scommettitori accaniti, fantini aggressivi e cavalli condannati all'ergastolo ippico. C'era una cosa sola che il bambino potesse fare per ingannare il tempo: imparare a cavalcare. Noi tre invece avevamo trottato qualche volta in vacanza ma poco piú. Era come se Tex avesse portato a cavalcare con lui nelle praterie Pippo, Pluto e Paperino.

L'escursione inizia al trotto. Davanti a noi una guida tedesca, un certo Thomas, un neandertaliano molto simpatico. Guadiamo un fiume, facciamo cinque minuti al galoppo – che se non muori è piú facile del trotto – in un vialetto sterrato che divarica una foresta plumbea. Rischiamo piú volte di finire in un centro traumatologico e poi rifiatiamo in una radura, all'ombra di una quercia che ne ha viste di tutti i colori. Accendiamo anche un fuoco da campo e il buon Thomas estrae a sorpresa dei würstel giurassici che arrostisce abilmente. Ci sentiamo in Arizona. Mancano soltanto l'assalto degli indiani e l'arrivo finale della cavalleria.

Quella sera, con l'adrenalina che zampilla turgida nelle nostre vene, scegliamo il saloon che deve fare da teatro alle nostre gesta da latin lover in erba. Il nome del locale è tutto un programma: *Bier und Liebe*, cioè «birra e amore». Puntiamo quattro floride studentesse sui vent'anni, ci fingiamo ricchi figli di papà in vacanza ed esibiamo il nostro inglese creativo, imparato con le canzoni dei Queen. Risultato? Italia batte Germania 3-1, come nei Mondiali dell'82. Vanno a segno Corrado, Andrea e, modestamente, il sottoscritto, mentre la biondina lentigginosa puntata da Umberto dimostra presto piú interesse per la barista tatuata e tettona che per il mio amico. Mi impegno tutta la notte a difendere i colori italici anche per lui.

Il remake.

Il maneggio è come me lo ricordavo. Legno, metallo e quell'odore tipico che potete benissimo immaginare. A guidare il nostro eroico drappello è il figlio di Thomas, Thomas Jr, neandertaliano come il padre ma molto piú antipatico. Ci dà mille raccomandazioni su cosa fare e non fare quando saremo sui cavalli per salvaguardare la nostra sicurezza. In primis l'obbligo di stare in fila e procedere al piccolo trotto. Inutile dire che non intendiamo ubbidire e appena vediamo un sentiero rettilineo, ci lanciamo al galoppo con buona pace della mia spina dorsale affaticata dalla postura. Cado rovinosamente dopo una trentina di metri. Il mio cavallo, l'indomabile Attila, questo l'inquietante nome che scopro solo dopo l'incidente, decide di disarcionarmi con una frenata improvvisa degna di un sistema Abs. Mi capovolgo e volo via. Il volo dura poco piú di due secondi ma sono sufficienti per realizzare che morte cretina che sto per fare. Ad accogliermi a terra non è uno spuntone di roccia assassino o uno steccato pronto a infilzarmi, ma un cespuglio di ortica. Mi salva la vita e mi rovina il pomeriggio.

Risultato della nostra gita: eruzioni cutanee sparse per me, insolazione per Andrea, lombalgia per Umberto e una storta per Corrado che è rimasto impigliato con un piede nella staffa scendendo. Siamo quattro moschettieri un pochino arrugginiti. Ma confidiamo nella rivincita serale: il ruggito notturno dei vecchi leoni.

Tutti i maschi hanno una caratteristica comune: quando hanno vent'anni ammirano e corteggiano le ventenni, quando ne hanno quaranta anche. È una legge scientifica. Credo però ci sia un fattore nostalgico sotto questa passione. Continuiamo ad amare gli stessi film, gli stessi libri e gli stessi luoghi che amavamo quando eravamo ragazzi. E cosí accade per le ventenni. Sono stato convincente?

Scopriamo subito che il mai dimenticato *Bier und Liebe* è stato sostituito da un locale aggressivo, il *Tot oder lebendig* che significa letteralmente «vivo o morto». All'interno centinaia di ragazzotti tedeschi tra i diciotto e i venticinque che si destreggiano tra birre, sudore e pasticche non meglio identificate. Giuro che non mi sono mai sentito in vita mia cosí fuori luogo. La musica è troppo alta e impedisce ogni comunicazione sociale, l'illuminazione è troppo bassa e impedisce di leggere il menu ai presbiti, l'aria è priva di ossigeno e impedisce una soddisfacente lucidità mentale. Malgrado questo cerchiamo di divertirci. Io sono denominato subito «la palla al piede» perché non ho alcuna intenzione di ubriacarmi o tentare di rimorchiare una giovane teutonica di cui potrei essere il padre. Ho deciso di bere un paio di cocktail alla frutta e lasciarmi ipnotizzare dai video musicali che scorrono su una parete trasparente.

A movimentare la serata ci pensa Corrado che litiga col fidanzato della ragazza scelta come oggetto del desiderio. Il ragazzo in questione è un mingherlino senza muscoli, ma con tanti amici già alticci. Dobbiamo fuggire via dal locale prima della rissa generale. Ci troviamo a bighellonare per Monaco come vitelloni italiani. Chiacchieriamo fino alle quattro di mattina.

Mi sono dimenticato di chiamare a casa. Paola e i bambini mi mancano da morire.

È una notte insonne. Una notte senza sogni.

- 30

A colazione, Umberto ci illustra la tappa seguente: Vaduz, capitale del Liechtenstein. Vent'anni fa vincemmo un centinaio di dollari al casinò della pittoresca cittadina e ci sentimmo i maghi della roulette. Lo interrompo subito con una domanda che mi ha fatto compagnia per tutta la notte: – Che ci faccio qui?

Le quattro parole e il punto interrogativo colpiscono i miei amici come una sventagliata di mitra.

– In che senso? – chiede Corrado.

Non so con quali parole affrontare la mia piccola platea senza offenderla.

– Nel senso che voglio tornare a casa. Perdonatemi ma non è questo il viaggio che voglio fare. Anzi che devo fare.

D'Artagnan mi sorride: è l'unico che ha già capito.

– Tua moglie non accetterà mai, dopo quello che hai combinato, – afferma.

– Ci proverò.

– Non ho capito di che state parlando, – chiede Umberto.

– Voglio fare un viaggio coi miei figli. E con Paola. Voglio passare tutti i giorni che mi restano con loro. E non con voi.

Forse sono stato troppo diretto e smusso gli angoli.

– Non fraintendetemi, voi siete i miei amici del cuore, siamo i quattro moschettieri della regina, ma io conosco tutto di voi, pregi e difetti, e viceversa. Dei miei figli invece non so quasi nulla, e loro non sanno nulla di me. In questo momento ho bisogno di loro. E loro non lo sanno, ma hanno bisogno di me.

Silenzio.

– Non posso perdere nemmeno un minuto.

Li guardo negli occhi uno per uno.

– Scusatemi. Se volete, potete finire il giro.

È Corrado a parlare per primo. È sempre stato il piú svelto a prendere le decisioni.

– C'è un volo per Roma alle dieci e trenta. Il pilota è un mio amico, ci fa salire tutti e tre.

Umberto guarda l'ora: – Abbiamo dieci minuti per fare le valigie, ragazzi. Muoviamoci.

Il piú deluso di tutti è Andy che non ha davvero voglia di tornare in Danimarca alla sua vita fallimentare.

– Ma ci rivediamo? – mi domanda.

– Certo che ci rivediamo, – rispondo, ben sapendo che è una bugia.

Poi lo abbraccio forte, per l'ultima volta.

– 29

La cosa piú bella di un viaggio è il ritorno a casa. Apri la porta e senti quell'odore misto di mobili, libri e persone che ami, che è una fragranza unica. Il profumo di casa tua. Ecco, mi è venuto in mente un altro monoscrittore: Patrick Süskind, l'autore de *Il profumo*, uno dei romanzi piú belli di sempre. Mi piacerebbe che oggi fosse lui a suggerirmi le parole piú opportune per affrontare l'idea del viaggio familiare con mia moglie.

– Avete fatto l'interrail piú corto della storia dell'umanità, – è la frase con cui mi accoglie quando mi trova a casa tornando da scuola.

– Colpa mia. Non mi andava piú.

– Te l'avevo detto che nelle tue condizioni partire era una cosa stupida.

– No no anzi, da quel punto di vista mi ha fatto bene, per qualche giorno mi sono distratto.

– E allora?

– E allora voglio fare un viaggio.

– Un altro? Sei sicuro di stare bene?

– Un viaggio noi quattro. Io, te, Lorenzo ed Eva. Partiamo appena finite la scuola. Una vacanza, anzi un'avventura.

– Non ho voglia di fare una vacanza. Figuriamoci un'avventura, – taglia corto Paola.

– Non è una vacanza qualsiasi.

– Ho capito cosa vuoi dire, ma non ho voglia. Parti con i bambini se ti va. Andate una settimana al mare o dove ti pare.

– Pensavo un viaggio on the road.

– Infatti, è un classico che un malato di cancro faccia un on the road. Senti, curati e smettila di fare cose inutili e dannose.

– Non è inutile. Voglio passare gli ultimi giorni con i miei figli. E con te.

– Lo stai già facendo.

– Ma qui non vi vedo mai, lo sai benissimo. Ho bisogno di stare con loro.

– Te lo ripeto, non ho nulla in contrario se partite una settimana. Anche due. Io qui sto bene. Non ho l'umore giusto, vi rovinerei il viaggio.

Paola, Paola, Paola. Perché sei cosí irremovibile? Ha ragione Massimiliano, la mia malattia ha traumatizzato piú te che me.

Aspetto che Süskind mi suggerisca telepaticamente delle argomentazioni supplementari intelligenti, ma forse lo scrittore tedesco è in vacanza a godersi i profumati diritti d'autore del suo romanzo. Rinuncio. Tiro fuori la bici dal garage e vado a fare un giro. Nell'iPod stavolta solo canzoni malinconiche. Chissà perché ascoltiamo sempre musiche che riverberano i nostri sentimenti. Di sicuro non è una grande idea ascoltare James Blunt quando stai per morire.

Faccio un giro piú lungo del solito, mi spingo su per il litorale e percorro l'Aurelia. Pedalo, pedalo, pedalo. Ritmo da cicloturista. Mi godo per una volta il panorama. Respiro i pini, la salsedine e gli scappamenti delle auto che mi sorpassano come missili. Mi godo il tramonto su un promontorio da cui scorgo alcuni caparbi surfisti che cavalcano onde troppo pigre per sostenerli abbastanza. Un surfista che nasce a Roma è come un pizzaiolo che nasce a Bora Bora. Un disadattato.

Al km 58 finisco le energie e mi fermo in un ristorantino sul mare. Una palafitta di legno, costruita proprio sulla spiaggia che può ospitare al massimo una trentina di clienti. In cucina un paio di signore anziane, la zia e la nonna del giovane cameriere. La vista è mozzafiato. La luna risplende vanitosa sulla superficie del mare. Mi siedo a un tavolino all'angolo e ordino una grigliata mista e delle alici fritte. Spero di non incontrare la rigida dottoressa Zanella. Mi guardo attorno come se temessi di essere spiato. Agli altri tavoli, coppie d'innamorati e una famiglia romana parecchio rumorosa. Mi sento molto solo. Ora che ci penso è la prima volta nella vita che vado al ristorante senza compagnia. Ho sempre pensato che andare al ristorante da solo è la cosa piú triste del mondo. Confermo.

-28

– Insomma parti o non parti? – mi fa Giannandrea, il mio depresso preferito. È come la storia delle musiche, piú sei depresso piú frequenti depressi.

Siamo nel negozio di Chiacchiere e Massimiliano ci sta cucinando il pranzo, un couscous con verdure che ho già assaggiato ed è degno della guida Michelin.

– Non voglio partire senza Paola.

– Vedrai che cambia idea, – fa Massimiliano tagliuzzando zucchine.

– Non credo, purtroppo.

– E dove vorresti andare? – mi chiede Giannandrea.

Bella domanda.

– L'unica cosa sicura è che voglio fare una specie di giro d'Italia.

– In bicicletta? – Massimiliano è incuriosito.

– Ieri ho fatto un centinaio di chilometri in bici e sono quasi morto. E andavo a venticinque-trenta chilometri all'ora, una lumaca su ruote. Pensavo di partire in macchina, ci sono tanti posti che conosco e voglio far visitare a Lorenzo ed Eva. Alcuni che non ho mai visto e voglio andarci per la prima volta con loro. Altri che sono importanti per la mia storia con Paola. Altri ancora che ci suggerirà il destino strada facendo.

– Mi sembra un bel programma, – commenta il nostro chef mettendo le verdure sul fuoco a rosolare. – Tra dieci minuti è pronto il couscous. Resistete o volete una bruschettina?

Domanda retorica. Bruschettina.

– Ma soprattutto, – continuo, – ci sono tante cose che voglio raccontare ai miei figli e a mia moglie. Il mio piú grande desiderio è che si ricordino un papà imprevedibile, divertente, pieno di vita e di idee.

– Come fai ad avere tutta questa voglia di vivere? – Giannandrea mi osserva ammirato.

– Quando starai per morire verrà pure a te.

– Io ho tentato il suicidio tre volte.

Lo sapevo già, me l'aveva raccontato Massimiliano. Ma voglio ascoltare le parole del diretto interessato.

– Mi sembra in maniera poco efficiente, – ironizzo.

– La prima volta è stata solo sfortuna. Ho collegato un tubo allo scappamento della mia macchina, l'ho infilato nel finestrino e mi sono chiuso dentro. Mi sono addormentato quasi subito, ma un minuto dopo è finita la benzina. Avevo l'indicatore rotto e non lo sapevo.

– La seconda?

– La seconda sono finito in ospedale perché avevo preso una scatola di sonniferi.

– Lavanda gastrica?

– Nemmeno, erano molto blandi. Ho dormito due giorni e, quando mi sono svegliato, stavo meglio di prima.

– La terza?

– La terza non te la racconto perché mi sento troppo stupido.

Gli sorrido.

– Dài, ormai sono curioso.

– Vabbe', ho lanciato la macchina giú da una scogliera. Ma il guardrail ha resistito, si è aperto l'airbag e sono rimasto lí come uno scemo dentro la macchina. Mi sono rotto un braccio in compenso. È stato tre mesi fa.

– Ci sarà un quarto tentativo?

– Non credo.

– Non credo non è no.

– No, non ci sarà. Merito anche di Massimiliano.

Il gestore del nostro negozio preferito sorride.

– Merito soprattutto del mio couscous. Ancora cinque minuti ragazzi.

Massimiliano si siede di fronte a me.

– Posso suggerirti una tattica?

– Per cosa?

– Per il tuo progetto di viaggio.

– Vai.

– Organizzati per partire lo stesso con i bambini. Anzi racconta già a loro del viaggio. Vedrai che Paola ci ripenserà. Non vi fa partire da soli.

– Non la conosci.

– Ma è come se la conoscessi ormai. Scommettiamo che viene?

– Una cena?

– Andata!

Ci stringiamo la mano e Giannandrea spezza a suggellare la scommessa.

Quando, dopo aver fatto la festa allo spettacolare couscous, faccio per pagare le ore passate in negozio, Massimiliano si rifiuta di accettare i miei soldi e sorride.

– Non sei piú un cliente. Sei un amico.

Interviene Giannandrea: – Vale anche per me.

Ho due nuovi amici saliti in extremis sul pullman della mia vita. Rimetto i soldi nel portafoglio e gli sorrido.

- 27

Lorenzo ed Eva mi osservano a occhi sgranati.

– Un'avventura? – esordisce il mio primogenito.

– Esatto. Tre settimane in giro per l'Italia alla scoperta di luoghi misteriosi e sconosciuti. Vi va?

La risposta è un sí entusiasta di Lorenzo. Non avevo dubbi.

Eva invece ha delle richieste.

– Posso portare Lupo?

– No, Lupo lo affidiamo alla signora Giovanna che tanto deve venire qui ad annaffiare e dare da mangiare ai gatti e al criceto.

– Non posso portare neanche Alice?

– Soffrirebbe in macchina. I criceti non amano viaggiare.

– Uffa! E allora facciamo almeno una giornata «qui comando io».

La giornata «qui comando io» è un'invenzione di Paola di qualche anno fa, quando erano piccoli. È il premio per qualcosa d'importante, un bel voto a scuola o un periodo di buona condotta a casa. Si tratta, come già avrete intuito, di una giornata di dominio assoluto sui genitori, in cui la piccola regina o il piccolo re possono decidere il programma, il cibo e chiedere, entro limiti sensati economicamente, qualsiasi cosa.

– Affare fatto, – rispondo alla piccola ricattatrice. – Si parte sabato sera, appena finite la scuola.

– Sabato c'è la recita e la festa di fine anno, – mi ricorda Lorenzo.

– Ah già, allora partiamo domenica.

Un'ora dopo rientra l'ignara Paola che ha passato il pomeriggio a preparare gli scrutini finali con gli altri professori. I bambini la accolgono festanti e lei capisce subito di essere in trappola. La sua presenza è data per scontata. Mi prende da parte in cucina.

– Cos'è questa storia?

– Hai detto che potevo partire con i bambini, no? Lo faccio. Partiamo domenica. Tre settimane.

– Tre settimane? Ma sei matto?

– Non sei obbligata a venire.

– E infatti non vengo.

– Peccato perché pensavo di concludere il viaggio in Svizzera. Non ripasso da casa.

Mi viene in mente mentre lo dico. Non ripasso da casa. Mi sembra subito la scelta naturale. L'ultimo viaggio. Con le persone che amo.

La frase è troppo violenta per non fare danni. Paola urla sottovoce per non farsi sentire dai bambini. Tra le parole che usa di piú ci sono «irresponsabile», «matto» e «trappola».

Ha ragione, forse sono stato irresponsabile ma voglio rimediare, probabilmente sono matto ma non è un difetto e questo viaggio è di certo una trappola. Una trappola d'amore in cui spero che Paoletta cada. Nel quaderno di Zoff, campeggia ancora il mio obiettivo principale di questi cento giorni:

Farmi perdonare da Paola.

– Non ripasso da casa, – insisto. – Non lasciarmi solo in questo viaggio. Siamo una famiglia.

– Eravamo una famiglia. Poi tu l'hai distrutta.

– Tutti commettono degli errori.

– Lo so. Per esempio sposarti.

Non ci fate caso, sono cose che si dicono quando si litiga, so che non lo pensa.

Paola si dibatte ancora per dieci minuti come un tonno preso all'amo poi si arrende.

– Che devo mettere in valigia, mare o montagna?

– Tutto, amore mio. Tutto.

Ho perso una cena. Ma sono felice.

Accendo il computer e inizio a fare un po' di ricerche e di prenotazioni. Non googlare piú maniacalmente le parole «tumore», «morte» e «cura per il cancro» mi solleva davvero. Quando cerchi la parola «hotel» oppure «ristorante sul mare» invece è sempre un momento di incommensurabile gioia. Una specie di moderno sabato del villaggio. Ecco lo sapevo, ci sono ricascato, sto rivalutando anche Leopardi, no Leopardi non si può, cancellate queste ultime righe con un pennarellone, grazie.

–26

La cosa piú divertente quando si parte per una vacanza è fare la valigia, ve l'ho già detto. Ma quando il viaggio è l'ultimo, fare la valigia diventa straziante. Una maglietta lasciata a casa non avrà mai la possibilità di trovare il suo posto d'onore in un trolley. È eliminata dal gioco per sempre. Cosí come le scarpe, le mie coppe sportive o i costumi da bagno che si ammassano in armadi e comò. L'ultima valigia mi obbliga a fare i conti con l'inutilità della maggior parte degli oggetti che affollano la mia casa, stratificati negli anni come ère geologiche. Un archeologo rintraccerebbe facilmente in casa mia il periodo dei sandali, la fase sportiva, la passione transitoria per i thriller esoterici, l'annata subacquea. Masse di cianfrusaglie impolverate degne di una soffitta che sono il riassunto visivo di tutta la mia vita. E che sono costretto a selezionare. La maggior parte della mia roba non parte con me.

Mi aggiro per casa e scruto soprattutto le librerie. Sono colme di libri che non ho letto e di film che non ho visto. Mi viene da chiedere scusa a tutti, scrittori e registi, che si sono impegnati per regalarmi delle ore di svago e io, dopo averli illusi acquistando il loro prodotto, li ho lasciati impolverare su uno scaffale. Forse ci sarebbero rimasti per sempre. O forse avrebbero avuto il loro quarto d'ora di attenzione durante una vacanza. Fatto sta che oggi li saluto tutti. Porto soltanto un romanzo con me, l'ho già messo in valigia, dopo tanti ripensamenti. La finalissima è stata tra *Pinocchio* e *L'isola del tesoro*, e ha vinto quest'ultimo. Un giorno di questi vi spiego perché. Continuo a esplorare le librerie e accarezzo piano la mia collezione di Diabolik. Ci ho messo tanti anni a completarla vincendo aste salatissime su eBay e rovistando sulle bancarelle. E ora i volumetti dalla costoletta colorata mi fissano tristemente dalle mensole come a dire «Non ci abbandonare». Conosco a memoria ogni storia, ogni fuga spericolata del calzamagliato protagonista e posso affermare, senza tema di smentite, di ricordare dove ho letto ogni numero della raccolta. Forse ha ragione Paola. Sono pazzo. Un pazzo stranamente entusiasta di partire per il suo ultimo viaggio. Solo adesso mi viene in mente che la cosa piú complicata non sarà l'addio alla collezione di Diabolik ma a tutti i protagonisti della mia vita.

Non so se avrò la forza sufficiente.

– 25

Sono di fronte all'Armata Brancaleone. È il momento dell'addio. Li ho convocati tutti a bordo piscina, un'ora prima del solito orario di allenamento. Insieme a loro c'è il mio fedele vice. Ho provato a buttare giú due righe di canovaccio sull'ultimo discorso da fargli, ma dopo un minuto mi ritrovo a improvvisare. So che sono una figura importante per loro, forse piú dei genitori, e voglio lasciargli alcuni messaggi fondamentali. Inizio senza giri di parole.

– Ragazzi, ho un tumore al fegato. Molto grave, con metastasi ai polmoni. Mi resta poco da vivere. E questa purtroppo è l'ultima volta che ci vediamo.

Non se l'aspettavano. Si guardano l'un l'altro per capire se è uno scherzo. Ma il mio tono gli fa capire che non lo è affatto.

– Qualche mese fa ho deciso di affrontare il mio tumore col sorriso. Non sempre ci sono riuscito, ma sto cercando di essere felice ogni giorno che mi resta da vivere. Sono ancora in discreta forma e ho provato a lottare per sconfiggere la malattia. Ma si era nascosta dentro di me e, quando l'ho stanata, era troppo tardi per avere la possibilità di batterla. Sapete, alla vostra età avevo tanti sogni. Devo confidarvi che non ne ho realizzato nessuno, però non ho mai smesso di sperarci. Ricordate sempre che la nostra unica ricchezza sono i sogni che facciamo da bambini. Sono la benzina della vita, l'unica forza che ci spinge ad andare avanti quando le cose si mettono male. Coronare i sogni del bambino che è dentro di voi, deve essere il vostro unico scopo. Non dimenticate mai che diventerete adulti solo nell'aspetto, ma quel piccolo uomo vive ancora dentro di voi. Impegnatevi tanto nel vostro lavoro, che sia la pallanuoto o qualsiasi altra cosa. Dovete provare a essere i migliori in ogni campo, anche se venderete frutta in una bancarella. Tutti dovranno dire: «Che frutta buonissima che ha quello lí». La vita vi metterà davanti a tante prove, molto piú importanti dei play-off di un campionato, e voi non dovrete mai tirarvi indietro. Fate fate fate, anche a costo di sbagliare. E se sbagliate e causate del male a qualcuno, chiedete scusa. Chiedere scusa e ammettere un errore è la cosa piú difficile di tutte. Quando invece qualcuno vi fa del bene, ricordatevelo sempre. Mostrare la propria gratitudine è altrettanto complicato. Quando vi capiterà di vincere qualcosa, non prendete in giro gli avversari e non vantatevi.

Tutti si guardano divertiti: vincere è una parola che conoscono poco.

– Io, come sapete, ho due figli, e sapere di non poter seguire la loro crescita è il mio dolore piú grande. Fra un paio di giorni partirò per un viaggio con loro e mia moglie. Non tornerò. E non potrò assistere alle partite dei play-off. Ma sarò con voi col cuore e Giacomo mi racconterà le vostre imprese. Resterà qui e potete fare riferimento a lui per qualsiasi necessità. È pronto ad allenarvi l'anno prossimo, ha le qualità e il carattere per farlo.

Il mio timido vice non si aspettava l'investitura e si commuove.

– Vi chiedo solo una cosa importante: comunque vada la partita, lottate fino alla fine. E se ci riuscite, vincete queste tre partite per me. Sarebbe un regalo d'addio fantastico. Un giorno lontano, quando avrete dei figli, spero che vi ricorderete ancora del vostro vecchio mister e li porterete in piscina insegnandogli la passione per il nostro meraviglioso sport. Siete stati la squadra migliore che un allenatore possa desiderare. Anche quando perdevamo. Mi dispiace tanto.

Sono crollato. Mi ero ripromesso di non piangere ma non ce l'ho fatta. Li abbraccio tutti, uno a uno, Saponetta e Martino per ultimi.

– Mi raccomando, ragazzi, fatemi fare bella figura.

Poi arriva il momento di Giacomo.

– Buon viaggio, mister, – mi sussurra durante l'abbraccio, – ovunque lei vada. Non la dimenticherò.

Un minuto dopo esco dalla piscina, lasciando i miei ragazzi ad allenarsi. Sono distrutto. Comincio a pensare che quest'idea del viaggio mi costringerà a uno stress emotivo non calcolato. L'ho detto prima, è il momento degli addii. E gli addii non sono mai facili.

– 24

Oscar è da solo in pasticceria, avvolto da odori croccanti, quando lo raggiungo in piena notte.

– Ciao…

Si volta.

– Ciao Lucio…

– Che ci fai qui solitario, hai licenziato il cingalese?

– No, è la sua notte libera. Di solito viene Martina a darmi una mano, ma stasera sta dalla figlia. È una donna fantastica, sai?

Lo osservo imbottire dei bignè di crema con trentennale sapienza.

– Ti va di darmi una mano?

– Ma io non so…

– E impari! – taglia corto.

Le ore successive trascorrono tra farine e creme. Mi diverto.

All'alba friggiamo una ventina di ciambelle. Le tiriamo fuori e aspettiamo che si raffreddino un po' per immergerle nello zucchero.

Restiamo seduti in silenzio per un minuto. Poi Oscar fa una domanda che le racchiude tutte.

– Allora?

Quell'allora vale mille discorsi. Comprende il senso paterno che ha nei miei confronti e il suo dolore per quello che sta accadendo. Non rispondo. Non c'è bisogno. Due minuti dopo ci gustiamo due ciambelle. È la prima volta che la mangia insieme con me. Calda la ciambella è la cosa piú buona dell'universo. Quasi quasi le perdono di avermi assassinato.

-23

Ho organizzato una cena apposta per i tre moschettieri. Per l'ultima volta insieme prima dell'abbandono di Porthos. Mi sembra come quando un chitarrista abbandona un gruppo rock, il momento piú malinconico per tutti i fan. Per fortuna noi non abbiamo fan.

Umberto e Corrado. Due nomi che per me significano milioni di cose. Potrei scrivere un'enciclopedia su di loro, e viceversa. Per fortuna non ce l'hanno con me per aver fatto miseramente naufragare il nostro viaggio. Hanno capito che sono in un momento di estrema confusione.

Quando arrivano davanti al ristorante prescelto, pronti a una serata di chiacchiere tristi e commozione, i miei amici trovano una sorpresa. Li aspetto davanti all'ingresso, ma il locale è chiuso. È il giorno di riposo e io lo sapevo benissimo. Li accolgo con una sola parola inequivocabile: – Zingarata.

Non se l'aspettavano ma accolgono con entusiasmo l'invito. Li carico in macchina e volo verso le terme di Caracalla. Stasera mettono in scena un'ennesima versione dell'immortale *Tosca*. Ho comprato tre posti separati. Ci godiamo l'inizio buoni buoni poi, a metà del primo atto, mentre Cavaradossi gorgheggia all'interno di una spartana scenografia che simboleggia Sant'Andrea della Valle, Corrado si alza in piedi in terza fila e grida forte: – E questo vi sembra un tenore?

Intorno si scatena un putiferio.

– Zitto! Buh! Seduto!

Sabotare le rappresentazioni teatrali è uno dei cavalli di battaglia del nostro sciocco repertorio. Corrado insiste.

– È un insulto all'arte di Puccini questa messinscena! Perdonali, Giacomo!

Mentre sul palco il povero Cavaradossi tenta di non farsi distrarre e continua a gorgheggiare, entro in azione.

– Si vergogni e si segga, se no le faccio vedere io!

– Che cosa mi fa vedere? È una minaccia?

Mi avvicino saltando una fila di slancio. Quando facciamo i cretini non c'è malanno che tenga. Gli sono addosso con un'agilità felina che non mi appartiene piú.

– Sí, è una minaccia. La smetta subito.

– Perché se no?

A questo punto anche Cavaradossi si blocca e l'orchestra s'interrompe. Siamo diventati noi i protagonisti dello spettacolo. Missione compiuta.

È il momento giusto per far partire il primo schiaffo. Ci picchiamo con sapienza, senza farci male, strattonandoci qua e là, ma l'effetto è stupefacente. Tutti si affannano a dividerci mentre continuiamo a urlare. È il caos totale.

– Maleducato!

– Maleducato sarà lei! La denuncio, sa?

La parola «denuncio» è il segnale per l'entrata in scena di Umberto che si fa largo tra la folla che ci circonda. Mostra velocemente un tesserino del suo club di tennis.

– Polizia, per favore. Stiamo calmi!

– Benissimo, – faccio io, – vorrei denunciare il signore per aggressione.

– No, sono io che la denuncio, ho mille testimoni, – ribatte Corrado.

La seconda parte dello scherzo prevede un dibattito

generale su chi ha schiaffeggiato l'altro per primo. Poi Corrado perde la pazienza, spintona il poliziotto e viene arrestato. La nostra uscita di scena di solito avviene con Corrado ammanettato e io che li seguo per fare la denuncia. Solo che stavolta la nostra sapiente rappresentazione gode di un fuori programma spiacevole ma ampiamente prevedibile: in sala c'è anche un vero poliziotto. E non vede l'ora di intervenire. Ci smaschera in trenta secondi, ci ammanetta tutti e tre e la serata finisce in bellezza al commissariato. Prima o poi doveva capitare. Ci prendono le impronte e ci fanno mille domande. Non sanno che reato attribuirci, in realtà si divertono molto raccontandosi l'accaduto. L'unico che in teoria è davvero nei guai è Umberto che si è spacciato per un pubblico ufficiale. Dopo un paio d'ore, un anziano commissario che vorrebbe essere già in pensione decide di chiudere tutti e due gli occhi e lasciarci andare. Ironia della sorte: la nostra zingarata piú rocambolesca è stata anche l'ultima.

Non parliamo di nulla fino al momento dei saluti. L'abbraccio finale tutti e tre assieme, vale piú di mille parole.

Tutti per uno. Uno sono io.

– 22

Peter Pan si porta al centro della scena e urla: – Capitan Uncino! Dove sei?

Intorno a lui, in una radura dell'Isola che non c'è, sono raccolti tutti i Bambini Sperduti, Trilli e Wendy con i suoi fratellini.

All'improvviso appare il perfido Capitano, insieme all'inseparabile Spugna e un paio di pirati.

– Sono qui! – tuona. – È finita per voi! Vi darò tutti in pasto al coccodrillo.

– Non credo proprio! – ribatte l'impavido Peter.

Comincia un combattimento-balletto in cui tutti incrociano le spade a ritmo di musica. È la scena clou della recita scolastica di Lorenzo. Il piccolo attore è nascosto dietro i baffoni di Capitan Uncino e, non lo dico perché sono il padre, sta rubando da un'oretta la scena a Peter Pan, interpretato da un bambino troppo antipatico per indossare i panni dell'eroe dell'Isola che non c'è. Accanto a me Eva e Paola. Ridiamo e applaudiamo, mescolati a un centinaio di altri genitori e bambini. Amo gli spettacoli scolastici, ma non ho mai avuto la fortuna di viverne uno da primo attore. Come vi ho detto ero cicciottello e il mio ruolo naturale era l'amico simpatico del protagonista. Una volta ho subito l'umiliazione massima in una recita di Natale: mi hanno fatto fare il bue.

La recita finisce tra applausi scroscianti. Per la cronaca Capitan Uncino riceve il doppio degli applausi di Peter Pan. Prendo Eva per mano, Paola sottobraccio e aspettiamo il nostro piccolo Laurence Olivier all'uscita. Durante l'attesa mi accorgo che qualcuno ha rotto il finestrino della nostra macchina e rubato il TomTom lasciato incautamente in bella vista. Ormai sono schiavo della vocina computerizzata che mi dice «voltare a destra» e «fare inversione a U». Senza di lei sono perduto. Abbandonato dal mio Virgilio portatile, sono uno straniero nella mia città. Coccolato dal satellitare, ho disimparato itinerari e sensi unici. Non so nemmeno piú sfogliare il Tuttocittà. Eppure, vi giuro, c'è stato un tempo in cui giravo in macchina per Roma con sicurezza, non avevo il cellulare, non scaricavo le mail in ogni luogo del mondo, mi riempivo le tasche di audiocassette per ascoltare i miei cantanti preferiti e, udite udite, tornavo dalle vacanze con poche foto *sfocate*. Decido che non ricomprerò il TomTom per il viaggio, ma userò le cartine stradali. Forse sarò l'unico in Italia. Avventura ho detto e avventura sarà. Quando arriva Lorenzo è festeggiato da maestre e mamme come l'eroe del giorno. Mi tranquillizzo soltanto quando dice che non ha nessuna intenzione di fare l'attore.

Nel pomeriggio vado a far sostituire il finestrino della mia gloriosa station-wagon, la lavo e le faccio il pieno. La coccolo un po' in previsione del lungo viaggio che sta per fare. Il suo capiente bagagliaio, nemico giurato dei parcheggi cittadini, è ora un prezioso alleato. Abbiamo una ventina di colli, tra borse e valigie. Siamo pronti a qualsiasi evenienza.

Mentre appoggio le ultime sacche accanto alla porta, per

un attimo ho paura. La paura che viene quando sei arrivato al punto di non ritorno. La fine della salita sulle montagne russe. Google. Punto di non ritorno: stadio finale, non reversibile, di un processo o di un viaggio.

Mancano ventidue giorni e sono al punto di non ritorno.

-21

Alzi la mano chi sa chi è Edmond Haraucourt.

Se non lo conoscete, dovete sapere che è uno scrittore francese e che l'incipit della sua piú famosa poesia tutti crediamo sia un proverbio: «Partire è un po' morire».

Non è mai stato cosí vero come nel mio caso. Anche il resto della poesia è meraviglioso. In italiano suona piú o meno cosí:

> Partire è un po' morire
> rispetto a ciò che si ama
> perché lasciamo un po' di noi stessi
> in ogni luogo e in ogni istante.
> È un dolore sottile e definitivo
> come l'ultimo verso di un poema.
> Si parte come per gioco
> prima del viaggio estremo
> e, in ogni addio, seminiamo
> un po' della nostra anima.

Oggi si parte. Come previsto, abbiamo lasciato il nostro cane lupo Lupo alla signora Giovanna che ha un piccolo giardino e si è incaricata di dare da mangiare anche al criceto e ai gatti. Lupo mi osserva caricare i bagagli in macchina con aria mogia, come se avesse capito che non ritornerò. In fondo ero il suo schiavo preferito.

I bambini sono in fibrillazione, per loro sta per iniziare una meravigliosa e inaspettata vacanza.

– Ma possiamo sapere dove si va esattamente? – mi chiede Eva.

– Le tappe sono segrete, – rispondo, – come in una caccia al tesoro.

Si sistemano sui sedili di dietro, mentre Paola raccoglie le ultime carabattole e le infila nel bagagliaio della stationwagon, già stracolmo. Era ora di fare una vacanza, anche se io non riesco a pensare a queste tre settimane on the road che ci aspettano come a una vacanza. Preferisco usare la parola «viaggio». In fondo il sinonimo piú poetico e delicato di «morte» è proprio «ultimo viaggio».

Siamo pronti al via. Sono le cinque di pomeriggio, abbiamo aspettato che il sole scivolasse un po' sull'orizzonte per evitare di affrontare l'afa di giugno. Accendo la macchina che tossisce asmatica invece di ruggire. Poi, finalmente, partiamo. Il palazzo di casa mia che si allontana nello specchietto retrovisore è l'ultima immagine che ho della mia vita che fu. In un film di cui non ricordo il nome, il protagonista diceva che la vita è soltanto una collezione di ultime volte. Verissimo.

L'ultima volta che saluti il bidello della tua scuola.

L'ultima volta che chiacchieri con tuo padre.

L'ultima volta che vedi il Colosseo.

L'ultima volta che mangi un fico appena colto dall'albero.

L'ultima volta che ti punge una zanzara.

L'ultima volta che fai un bagno in mare.

L'ultima volta che baci la donna che ami.

L'elenco può essere infinito, ognuno di noi ha già vissuto migliaia di ultime volte senza saperlo. Nella maggior parte dei casi infatti non immagini nemmeno che quella che stai vivendo sia l'ultima volta. Anzi il bello del gioco è proprio questo. Non sapere. Se invece, come nel mio caso, sai benissimo quali sono le ultime volte, le regole cambiano di colpo. Tutto guadagna un peso e un'importanza diversi. Anche bere un chinotto acquista qualcosa di poetico e malinconico.

Uscendo da Roma mi lascio dietro una quantità esagerata di ultime volte. Talmente tante che smetto di catalogarle. Dopo molti giorni trascorsi a rimpiangere il passato e a immaginare un futuro che non ci sarà, è ora di pensare all'oggi.

Ho con me il quadernetto di Zoff che ho riempito di mille appunti per questo viaggio. Ho fatto un elenco di cose che vorrei insegnare a Lorenzo ed Eva. E ho una donna da riconquistare in venti giorni. Non posso piú perdere nemmeno un minuto.

Imbocco l'autostrada e punto deciso verso sud. C'è un programma di massima del viaggio, ma il margine d'improvvisazione è elevato. Sono eccitato come un bambino che parte per la prima vacanza senza i genitori.

Infilo un cd di sigle televisive e i miei passeggeri sotto i dieci anni si scatenano nel canto. Paola fissa il panorama, ancora non si è rilassata. Io spingo sull'acceleratore e ignoro una fitta all'addome piú forte del solito.

Sono sicuro che l'hotel sull'autostrada dove abbiamo dormito poco dopo Salerno, un tre stelle che ne merita forse mezza, è costruito vicino al raduno mondiale delle zanzare. Abbiamo trascorso la serata accerchiati dai malefici insetti, prima in trattoria e poi in camera. Abbiamo preso una matrimoniale con due lettini aggiunti e dopo dieci minuti era già un accampamento, un po' per i bagagli, un po' per la guerra alle zanzare che, come tutti sanno, comporta il lancio di vari oggetti contundenti.

La nostra destinazione è Craco, un luogo molto speciale che si trova in Lucania. Un paese fantasma.

C'è una cosa sola che accomuna Lorenzo ed Eva: la paura dei fantasmi. Possono affrontare a viso aperto zombie, orchi, streghe e vampiri, ma crollano davanti ai fantasmi. Ogni stanza buia, ogni tenda che svolazza, ogni porta che sbatte all'improvviso, per loro nasconde la presenza di uno spirito maligno tornato sulla Terra per farci del male.

È per superare questa paura che ho deciso di portarli qui, in questo borgo disabitato dagli anni Sessanta. Il minuscolo villaggio sembra sospeso nel tempo ed è stato utilizzato tante volte come set cinematografico. Entriamo nella strada principale deserta. Fa molto caldo e non c'è un briciolo di ombra possibile. Paola indossa un vestitino a fiori e vorrei abbracciarla, ma cammina due passi indietro. Mi sembra un atteggiamento molto simbolico. A volte penso che sia solo una spettatrice di questo viaggio e che stia rifiutando di giocare un ruolo attivo. Per ora mi basta questo. È già un grande risultato essere qui tutti insieme. Mentre camminiamo, inizio a narrare la leggenda del paesino.

– Lo fondarono dei coloni greci nell'VIII secolo a. C. e fu abitato fino alla metà del secolo scorso. Da quando sono andati via gli ultimi occupanti, è rimasto disabitato per alcuni anni. Solo zanzare, vento e qualche abbaiare lontano.

– Perché hai detto per alcuni anni? Poi sono tornati a occuparlo? – Lorenzo è stato attento.

– In un certo senso sí. Molti si sono accorti che il paesino era disabitato e che c'erano tante case vuote, e si sono trasferiti a vivere qui.

– Molti chi? – è il legittimo dubbio di Eva.

– Molti fantasmi.

I miei due eredi si paralizzano.

– Cioè questo paesino è pieno di fantasmi? – chiede esterrefatto Lorenzo.

– Tutti i fantasmi d'Italia per la precisione.

– Ma sei matto? – esclama Eva.

Alle mie spalle sento Paola sorridere in silenzio.

– Premesso che i fantasmi di giorno non si fanno mai vedere e sono le undici e mezza di mattina, volevo appunto spiegarvi che essendo venuti tutti ad abitare qui, possiamo stare tranquilli in tutto il resto d'Italia.

– Tutti tutti? – domanda la piccolina.

– Tutti tutti. Hanno approfittato del fatto che il paese era deserto, cosí possono stare un po' per conto loro.

– E che fanno qui se non hanno nessuno da spaventare? – s'interroga Lorenzo.

– Guarda che i fantasmi mica si divertono a spaventare la gente. Anzi, – interviene Paola dandomi man forte. – I fantasmi amano stare per i fatti loro e non fare nulla. Hanno già fatto tante cose e ora si riposano.

Entriamo nella piazza centrale del paesino. I due bambini si guardano attorno circospetti.

– Sei sicuro che di giorno non ci sono? – fa Lorenzo.

– Sicurissimo.

Per un'oretta ci aggiriamo per le stradine abbandonate del borgo. Dopo un po' parlano dei fantasmi allegramente, domandandosi quanti ce n'entrano in una casa normale e se hanno un riferimento fisso per apparire, tipo i vampiri col tramonto. Quando usciamo dal paese e imbocchiamo la discesa che porta al parcheggio dove abbiamo lasciato l'auto, salutano addirittura i fantasmi, ormai «normalizzati».

– Ciao, a presto!

– Miao!

Spero che tutte le loro paure restino dentro questi vicoli. Ci fermiamo a mangiare qualcosa in una bella trattoria proprio di fronte al paesino dei fantasmi. Quando sollevo lo sguardo dal piatto, dopo aver gustato antipasto-primo-secondo-contorno-dolce-caffè-ammazzacaffè, vedo centinaia di persone sbiadite che affollano l'uscita del borghetto e mi salutano da lontano come passeggeri di un transatlantico in partenza per l'ignoto. Sbatto le palpebre e non ci sono piú. Forse ho mangiato troppo.

– 19

Salento. Sole. Ombrellone e sdraio in affitto. Castelli di sabbia. Risate. Salsedine. Sauté di cozze e vongole.

Cosí avevo immaginato il nostro secondo giorno.

Invece, grazie alla mia indubbia capacità di leggere le cartine stradali, ci siamo persi nell'entroterra pugliese mentre cercavo un convento che vende formaggi alle erbe di cui ricordo ancora oggi il sapore dopo quindici anni che non ci vado. Risultato: non mangiamo latticini e non andiamo al mare. La nostra macchina arranca su una mulattiera, poi si ferma con un rumore sordo e definitivo.

– Si è rotta la trasmissione, – è il referto del meccanico che ci soccorre dopo l'autopsia della station-wagon.

– Può ripararla? – chiedo speranzoso.

– Certo.

– Ah, meno male.

– Devo ordinare il pezzo alla casa. In quindici giorni è come nuova.

– Quindici giorni? Ma noi siamo in viaggio. Non possiamo aspettare quindici giorni.

– Che le devo dire? Affitti una macchina vera. Questa, con tutto il rispetto, è uno scassone.

Mi fa male al cuore sentir dare dello scassone alla mia fedele automobile. Ma ha ragione: è uno scassone.

Mi faccio accompagnare a Taranto, affitto una station-wagon piú tecnologica e torno a recuperare i miei familiari in mezzo al nulla. Troviamo un grazioso hotel con vista, stavolta scelto dopo un attento esame per evitare sorprese. Mando i bambini a letto presto. Ho grandi programmi per la giornata di domani.

– Cioè? – mi chiede Paola.

– Vorrei affittare un gommone e andare a pesca.

– Io non posso passare la giornata in gommone. Mi viene il mal di mare dopo dieci minuti.

Non insisto. So che è vero e non è una scusa.

– Se vuoi non andiamo.

– No, tranquillo. È il tuo viaggio. Io vi aspetto qui. Mi leggo un libro in spiaggia. È una vita che non lo faccio.

«Il tuo viaggio» è una frase infelice. Quanto vorrei che si trasformasse presto nel «nostro viaggio». Mi addormento e sogno di essere sulla nave del capitano Achab e aiutarlo a catturare la balena bianca.

– 18

La passione di mio nonno Michele era la pesca. Ogni agosto chiudeva la portineria e andavamo al mare. Spesso la mattina mi svegliava prima dell'alba e mi portava al largo dell'esotica Ostia Lido sul suo gozzo a pescare i totani che sono romantici e scelgono il sole che sorge e che tramonta per avvicinarsi a riva. A volte prendevamo anche un tonnetto o una palamita che poi nonna Alfonsina ci cucinava a cena con la sua consueta abilità gastronomica. Nonno era un vero asso della pesca con la lenza e anch'io non me la cavavo male.

Ho affittato tutta l'attrezzatura da provetto pescatore, due canne complete di ogni tipo di lenza ed esche, un flacone di protezione solare cinquanta e un gommone con motore da dieci cavalli. Paola viene a salutarci sul pontile. Credo che le farà bene una giornata solitaria. Tra la scuola, i figli e un marito malato e traditore, è stato un periodo intenso anche per lei.

– Mamma, non mangiare troppo a pranzo che a cena ci facciamo una grigliata gigante, – afferma spavaldo Lorenzo.

Io rincaro la dose.

– Ne avremo talmente tanto che lo vendiamo al ristorante dell'albergo.

Sono sicuro di me, non sono mai tornato da una giornata di pesca a mani vuote.

Il mar Ionio è una tavola. Andiamo al largo di un miglio e cominciamo a pescare. I bambini sono entusiasti. Ascoltano le mie parole e mi tempestano di mille domande.

– Che facciamo se abbocca uno squalo?

– Con un'esca di queste dimensioni non abbocca sicuro. Troppo piccola. Gli squali sono quasi ciechi, non la vedono.

– E se abbocca un'orca?

– Sono molto rare nel Mediterraneo. Io starei tranquillo. Qui la zona è piena di tonni.

– Se abbocca un delfino, lo libero, – conclude Eva.

Due ore dopo ha abboccato soltanto una stordita triglia di passaggio. Non demordiamo, raddoppiamo le esche e cambiamo zona. Incrociamo la boa di un sub e ci teniamo a distanza di sicurezza. Quando lo vedo risalire, vicino alla sua barchetta d'appoggio, gli urlo una domanda.

– È pescosa la zona?

– Mamma mia se è pescosa. Ci sono dei branchi di tonni enormi qua sotto. Uno spettacolo.

Sono rassicurato. Non torneremo a mani vuote, è solo questione di pazienza, la principale virtú di un buon pescatore.

I miei piccoli assistenti raddoppiano l'impegno. Siamo una squadra molto affiatata. Le ore trascorrono veloci e il sole scivola verso l'orizzonte.

Risultato della battuta di pesca?

Ci siamo divertiti e abbiamo pescato la triglia già citata, tre moscardini tristi e una bottiglia di plastica. Abbiamo anche perso una canna scivolata dalle mani di Lorenzo. In due parole, Caporetto totale.

– E ora che figura ci facciamo con mamma? – domanda Lorenzo.

– Niente paura. Esiste un luogo incredibile dove riusciremo a procurarci del pesce sicuramente. Un posto magico.

– E dov'è? – chiede Eva. – Come si chiama?

– È in paese e si chiama pescheria.

– Ma questo è un imbroglio! – sbotta la mia giudiziosa figlia.

– Esatto, – le rispondo senza esitazione.

Lorenzo è entusiasta dell'inganno alla mamma, Eva invece è perplessa: il suo senso della giustizia è ancora molto sviluppato. Forse troppo.

Compriamo dei pesci misti e un paio di calamari giganti. Una cesta piena e ci ripresentiamo trionfanti da Paola, oramai a pomeriggio inoltrato. Le mostriamo fieri il risultato della giornata e ci guarda stupita.

– Ma è incredibile. Quanti pesci!

– Papà è bravissimo! – esclama Lorenzo.

– E il mare qui davanti pieno di pesci, – aggiunge Eva.

– Ma li ha presi tutti papà? – domanda Paola.

– No, il pesce piú grande l'ho preso io e quel calamaro invece Lorenzo –. Eva mente con una precisione e un'indifferenza eccezionali. Due bugiardi patentati. Sono fiero di loro. Soprattutto di mia figlia che oggi ha imparato a pescare e a dire le bugie. Un risultato niente male.

Portiamo il bottino nella cucina dell'hotel e i bambini, trionfanti, si attardano a giocare nella spiaggetta. Resto solo con Paola che m'impallina con una sola frase.

– Non sapevo che i lucci vivessero in mare.

– Quali lucci?

– Quello piú grande che avete preso è un luccio, si riconosce dal muso a papera.

– Ah, è un luccio?

– Sí. E i lucci vivono solo in acqua dolce.

– Si sarà perso... a volte i lucci perdono l'orientamento. Lo sanno tutti, – mi arrampico su uno specchio scivolosissimo.

– Eh certo...

Lo sguardo di Paola contiene un sorriso. O almeno l'ombra di un sorriso.

– Quanto li avete pagati?

Mi arrendo.

– Poco. Stavano chiudendo. È stata una mia idea. I bambini non c'entrano.

Ora mi sorride decisamente, come fossi un monello colto con le mani dentro la marmellata.

– Non era un luccio. Dove lo trovano un luccio da 'ste parti?

Mi ha fatto un trabocchetto e io ci sono cascato. Senza aspettare una mia replica, raggiunge i bambini in spiaggia, si sfila il pareo e li invita a fare l'ultimo bagno al tramonto.

Oggi non ce la faccio a seguirli. La giornata in barca mi ha davvero provato. Mi siedo su una sdraio e osservo la mia piccola e acquatica famiglia che si rincorre nell'acqua bassa e si schizza. Non vorrei essere da nessun'altra parte al mondo.

- 17

Notte. La stanza del nostro hotel è avvolta nel buio. Le finestre sono aperte. Paola dorme. Io no. Respiro lentamente. Il dolore allo stomaco non mi dà piú pace. Tossisco forte, non riesco a smettere, rantolo quasi. Mi alzo, vado in bagno. Non riesco a bloccare la maledetta tosse. Il mio corpo si contorce a ogni scossone. Mi viene da vomitare. E lo faccio, un po' per terra, un po' nel water, un po' sulla maglietta. Poi mi lascio cadere con la schiena contro il muro, sfinito, distrutto, arreso. Non posso andare avanti a lungo cosí.

Paola si affaccia in bagno. L'ho svegliata.

– Come va?

– Male, molto male.

Mia moglie tira lo sciacquone, prende della carta igienica, pulisce per terra e si avvicina a me.

– Attenta, credo che il mio alito possa ucciderti all'istante.

– Hai ancora voglia di scherzare, quindi va tutto bene, – mi fa un mezzo sorriso, forse un po' piú di mezzo.

Inizia a pulirmi la faccia e le labbra dal vomito. Poi mi sfila la maglietta piena di macchie. Apre l'acqua del bidet vicino, bagna una spugna e mi pulisce delicatamente il collo e il petto.

La lascio fare. Adoro quando si prende cura di me. Spero che sia per amore e non per quello strano istinto da crocerossina che è congenito in tante donne.

Si siede a terra e mi prende tra le sue braccia. Mi lascio andare.

– Sembriamo la Pietà di Michelangelo, – fa Paola cercando di sdrammatizzare.

Rido. E riprendo a tossire.

Qualche minuto dopo mi sistema a letto e mi rimbocca le coperte, come facevamo ai nostri bambini fino a poco tempo fa.

– Dobbiamo tornare a casa, – mi dice invece dell'atteso bacio della buonanotte.

– È solo un attacco passeggero. In realtà sto molto meglio da quando siamo al mare. Respiro piú facilmente.

– Ho visto, anzi ho sentito. Dài Lucio, per favore, finiamola con questa farsa del viaggio, è stata una pessima idea. Te lo dico senza giri di parole: tu hai bisogno di cure, soprattutto adesso che il tumore sta per entrare nella fase piú violenta.

– Amore, ti prego, sono i miei ultimi giorni. Voglio viverli fino in fondo. Abbiamo ancora tante tappe da fare.

– Io torno indietro con i bambini.

– Non puoi. Non potete lasciarmi adesso. Se tornate indietro io non vengo. Mancano solo pochi giorni. Dài.

Silenzio assenso. Si è arresa. Non se ne pentirà.

– 16

Ho preparato alcuni cd con le compilation delle mie canzoni preferite. Non voglio ascoltare canzoni scelte a caso da un network radiofonico durante questo viaggio. Adoro la parola «compilation», evoca all'istante i primi amori al liceo e le estati al mare. La mia generazione è stata l'ultima a poter fare una compilation in cassetta per poi vederla smagnetizzare la prima volta che la dimentichi in macchina, sul cruscotto.

Le mie sono compilation anarchiche, senza nessun altro criterio che il gusto personale. Oggi è il turno di:

Romeo and Juliet Dire Straits
Through the Barricades Spandau Ballet
Meraviglioso Domenico Modugno
Yesterday The Beatles
Rain and Tears Aphrodite's Child
Un giorno credi Edoardo Bennato
Can't Smile Without You Barry Manilow
In My Room Beach Boys
Father and Son Cat Stevens
Goodbye My Lover James Blunt

Realizzo a metà dell'ascolto che sono tutte hit piuttosto malinconiche. Espello il cd e sintonizzo una radio pugliese che fa scherzi al telefono. Siamo diretti in Molise che è un po' il Liechtenstein dell'Italia, una regione bellissima ma dimenticata dalle guide turistiche. Non ci sono monumenti famosi e non ha dato i natali a personaggi celebri a eccezione dei nonni di Robert De Niro. La prima volta ci venni per un campo scout coi lupetti nei monti del Matese. E me ne sono innamorato. Non ha nulla da invidiare alle piú popolari regioni confinanti. Un solo dato per farvi capire come si vive meglio da queste parti: qui ci sono 72 abitanti per chilometro quadrato di media, nel Lazio 330, in Lombardia 412 e in Campania 429. C'è spazio, un valore al quale non siamo piú abituati.

L'albergo che scegliamo è a conduzione familiare e ha cinque camere, di cui una soltanto affacciata sulla spiaggia. La cedo volentieri ai bambini. Io e Paola ci sistemiamo nella «suite Gardenia» con vista sulla poco frequentata litoranea. I proprietari sono una coppia di settantenni, Sabino e Alba, aiutati dai loro tre figli e da un paio di nipoti. Sabino ci racconta che ha ereditato il tutto dal padre ed è riuscito a convincere i suoi discendenti a lavorare e vivere insieme. Un privilegiato in quest'epoca che disperde nel vento parentele e sentimenti.

– Se volete stasera in paese c'è la gara di ballo, – mi fa Sabino con l'aria di chi ti sta proponendo un biglietto per la finale dei Mondiali di calcio.

– Che ballo? – m'informo.

– Tutti i balli. Gara di qualità. Ci sta pure il sindaco in giuria e uno che non mi ricordo il nome ma ha ballato con Carla Fracci.

– E come ci s'iscrive?

Paola m'interrompe: – Non credo che ballare sia...

Non la faccio finire e ripeto: – Come ci s'iscrive?

– Direttamente in piazza, ci sta mio cognato che prende i nomi e dà i numeretti. Tre euro compresa una birra. Se la signora non vuole ballare ci stanno pure le bancarelle, è la festa del patrono. Pure mia moglie non balla perché tre mesi fa è scivolata su uno scoglio e si è rotta un femore. Sta ancora facendo fisioterapia.

– Grazie, ma non credo che verremo, – taglia corto la mia consorte, oggi decisamente acida. – Il viaggio è stato lungo, mio marito ascolta musica bruttissima e i bambini sono stanchi.

– Comunque inizia alle 21.30, – fa Sabino con un sorriso che rivela una scarsa frequentazione con i dentisti.

Due ore dopo sono con Lorenzo ed Eva al banchetto a iscriverci tutti e quattro. Abbiamo vinto democraticamente 3 a 1 e Paola è stata costretta a seguirci. Tra l'altro la cucina dell'albergo è chiusa perché tutta l'allegra famigliola che lo gestisce è tra i concorrenti, a parte Alba che, ora che ci faccio caso, zoppica un po'. Sabino è molto contento che siamo venuti.

– Come sono le coppie? Ci si iscrive a coppie.

– Io credo che ballerò con mia moglie, e i miei figli insieme.

– No, io non ballo, – precisa Paola, – sono venuta ma non ballo. Tanto anche Lorenzo mi sembra poco interessato.

Il mio erede è già intorno a un biliardino dove si sfidano i ragazzini del paese.

Mi rivolgo a Eva: – Balliamo io e te?

– Ma io non so ballare, papà.

In effetti la giudiziosa piccola non ha nel novero delle sue molteplici abilità il ballo. Anche se le farebbe benissimo quella vena di follia e perdita di controllo che è insita nella danza.

– Ti insegno io, – azzardo come fossi Nureev e non l'orso Baloo.

Siamo l'unica coppia con sessanta centimetri di differenza

tra i ballerini. Non passiamo inosservati. Capisco che, qui in paese, la gara è presa molto sul serio. Alla fine di ogni ballo la giuria mette i voti, in un misterioso e breve conclave.

All'inizio Eva è sulle sue: improvvisiamo un timido twist. A due passi da noi Sabino si esibisce in coppia con la figlia e sembra piuttosto statico e impacciato. Non abbiamo comunque possibilità di vittoria, questo mi è subito evidente. Mi guardo attorno, ci sono alcune coppie che sembrano uscite da *Dirty Dancing*.

Quando è il turno della mazurka sono già sudato in maniera imbarazzante. Paola si aggira tra le bancarelle e ci lancia uno sguardo solo ogni tanto. Lorenzo ci ignora allegramente, ormai tutto preso da una sfida accanita a biliardino.

Dieci minuti dopo Eva e io abbandoniamo la piazza. In senso metaforico, sia chiaro. Avete presente quello strano stato di trance che s'impadronisce di voi, ad esempio, durante la lettura di un libro? State leggendo l'ultimo romanzo di Ken Follett in riva al mare e, all'improvviso, vi tuffate nelle pagine e siete nell'Inghilterra del medioevo, fino a quando qualcosa non vi riporta di colpo alla realtà. Ecco, intendo quel tipo di trance lí. Dieci minuti dopo la mia bambina e io balliamo da soli, siamo sulla vetta di una montagna, intorno a noi solo neve e silenzio. Danziamo scatenati, senza sentire la fatica e senza quasi respirare. Uno stato di euforia che io non provavo da tempo e che mia figlia credo non conoscesse proprio. Non l'ho mai vista cosí felice come durante il rock'n'roll quando la faccio scivolare tra le mie braccia, ricordando le mosse da vecchie feste del liceo. È leggera e questo è un vantaggio. Continuiamo a ballare, senza piú badare al mondo che ci circonda. Siamo solo noi due. Io e la mia piccola e scatenata principessa.

Prima del collasso cardiocircolatorio, una voce al megafono mi salva.

– Stop ai balli! Fra cinque minuti premiazione!

Mi accascio su una panchina accanto alla mia compagna.

– Siamo stati bravi, papà?

– Bravissimi.

– Secondo te vinciamo?

– Non credo, non fanno vincere uno straniero, – metto sapientemente le mani avanti, presagendo un piazzamento non eccelso.

Ci raggiungono Paola e Lorenzo. Scopro che hanno fatto il tifo per noi durante gli ultimi balli. Mia moglie ci porge due fette di cocomero fresco. La amo anche per questo.

Con la faccia immersa nella polpa rosso fuoco ascoltiamo la giuria proclamare la coppia vincitrice. A parlare è proprio il sindaco, accolto da una salva di fischi e applausi.

– Con 128 punti vince la coppia formata da Sabino e Gabriella Antinori.

Ha vinto Sabino con la figlia. Visto che il marito della donna è uno degli organizzatori, il sospetto di inciucio all'italiana è legittimo. I due festeggiano come se avessero vinto l'Oscar.

– Qui ci sta il tabellone con la classifica generale, – conclude il presidente di giuria.

Eva corre subito a guardare. Non ho la forza di seguirla. Torna dopo trenta secondi con le orecchie basse.

– Siamo arrivati ultimi, – mi comunica.

– Hanno imbrogliato sicuro, – commento. – La prossima volta ci alleniamo e andrà meglio. Vuoi un'altra fetta di cocomero?

Mi risponde un entusiasta sí, dimenticando all'istante il pessimo risultato della gara. La prendo per mano e corriamo alla bancarella, sotto gli occhi preoccupati di Paola.

– Ora riposati però.

Non la ascolto e ordino altre due supermegafette di cocomero. Sono un papà molto soddisfatto. Oggi Eva ha imparato a lasciarsi andare e a perdere. Due cose che le serviranno molto nella sua vita futura. Provo a decifrare nei suoi lineamenti la donna che sarà. Una donna bellissima che farà girare le testa a tutti i maschi che avranno la fortuna di incontrarla. Che peccato non vederla vestita da sposa. E non accompagnarla all'altare. Era compito mio.

Una lacrima mi scivola sulla guancia.

– Piangi, papà?

– No, – la rassicuro, – è solo sudore.

Poi le porgo la sua supermegafetta. E le sorrido.

-15

Avevo letto alcune informazioni su Internet prima di partire da Roma. Un testo molto accattivante per descrivere un luogo dal nome misterioso: *Villaggio Neosapiens*. Si tratta di un parco divertimenti *sui generis*, strutturato come un vero villaggio preistorico, dove è possibile sperimentare le tecniche di sopravvivenza dell'epoca e mettersi alla prova in molte attività tra cui il tiro con l'arco, la costruzione di ripari, i percorsi di sopravvivenza e il lancio del giavellotto.

Mi è subito sembrato perfetto per una tappa del nostro viaggio. Assaggiare per un giorno la vita del tempo che fu, quando non c'erano l'elettricità, gli accendini o i supermercati, è un'esperienza formativa. Non sono mai riuscito a convincere l'apprensiva Paola a mandare Lorenzo ed Eva agli scout e questa è l'occasione per un corso full immersion di vita all'aria aperta. In realtà anche i miei figli non sono mai stati entusiasti all'idea di passare i fine settimana nei boschi e questo mi ha sempre amareggiato. Considero gli anni passati negli scout i piú divertenti della mia vita e, allo stesso tempo, i piú educativi, due cose che non vanno quasi mai insieme.

Al nostro arrivo ci accoglie un cordiale animatore che ci spiega le regole: per l'intera giornata è proibito l'uso dei telefonini, fumare e utilizzare apparecchiature elettroniche di ogni tipo. Ci chiede di sforzarci di pensare e comportarci come uomini primitivi.

– Ci sono anche i dinosauri? – chiede speranzoso Lorenzo.

– No, non ci sono, – risponde l'animatore. – Aggiungerei per fortuna. Anche con le armi di oggi, non avremmo nessuna possibilità di sopravvivere all'attacco di un Velociraptor o un Tirannosauro.

– Per primitivi, a che stadio evolutivo si riferisce di preciso? – La domanda ovviamente è di Eva.

– In che senso? – ribatte lo sbalordito animatore.

– Nel senso, abbiamo già un linguaggio comune? Sappiamo scrivere? Abbiamo già inventato la ruota?

Il ragazzo mi guarda perplesso. Leggo nei suoi occhi che sta pensando che mia figlia sia un professore di antropologia nano travestito da bambina con le trecce. Poi organizza una risposta sensata.

– Dunque... avete un linguaggio comune, non sapete scrivere, utilizzate il fuoco ma non conoscete la ruota.

– Grazie, – risponde educatamente Eva.

Avete mai provato ad accendere un fuoco con due pezzi di pietra e qualche rametto? Fatelo, vi prego. È un antistress meraviglioso. Dopo un'ora di «pietra contro pietra», rinunciamo. Intorno a noi le altre famiglie che partecipano alla giornata primitiva ci sono riuscite quasi tutte. Lorenzo tira fuori dei fiammiferi e propone di barare. Non accetto e continuo a picchiettare i sassi nella speranza di provocare l'agognata scintilla. Paola mi osserva con la stessa tenerezza mista a compassione con la quale fissiamo un criceto che corre nella ruota. Dopo un quarto d'ora accendo un rametto, ma non riesco a far propagare la fiamma all'intera fascina. Propongo la rivincita nell'attività successiva: tiro con l'arco. Anche in questo caso v'invito a farlo almeno una volta nella vita. Scoccare una freccia è un'azione violenta e istintiva, insita nel nostro Dna. Un gesto che ci viene naturale come se l'avessimo fatto ogni giorno. La piú brava di tutte è Paola che sembra Robin Hood. Fa una serie di centri con la sicurezza di una campionessa olimpica plurimedagliata. Io la fisso come se la vedessi per la prima volta. Sembra una guerriera sioux e forse, in un'altra vita, lo è stata. Lorenzo ed Eva s'impegnano con i loro archi in miniatura e si divertono come poche volte li ho visti.

Nel lancio del giavellotto invece non brilliamo. La specialità ha una componente tecnica e di forza che non può essere sostituita dalla fortuna. Le nostre lance si piantano inoffensive a pochi metri dai nostri piedi. Nelle ore seguenti vediamo uno spettacolo con i falchi, insegno ai bambini a leggere una mappa, costruiamo due vasi di terracotta e progettiamo un rifugio per la notte che non facciamo in tempo a realizzare perché si avvicina l'orario di chiusura del parco. Usciamo con i vasi in una borsa e alcuni souvenir tra cui due pietre focaie. Oggi, per la prima volta da quando siamo partiti, ho visto Paola un po' partecipe. Forse incomincia il disgelo.

- 14

Come sapete, *Pinocchio* è il mio secondo libro preferito. L'autore è il piú grande monoscrittore di tutti i tempi, Carlo Lorenzini, detto Collodi. Il burattino ha spazzato via tutto il resto della sua abbondante produzione.

Ad accendere la mia pinocchiesca passione ha contribuito di certo lo sceneggiato televisivo di Luigi Comencini. Credo che la maggior parte dei miei coetanei, se devono raccontare la storia di Pinocchio, utilizzino quella del telefilm che è un po' diversa. Basti pensare che, nella prima puntata, Pinocchio diventa bambino, mentre nel libro lo diventa soltanto all'ultima pagina. Ancora oggi se penso a Geppetto vedo Nino Manfredi, se penso al Gatto e alla Volpe vedo Franco e Ciccio, la Fata turchina è ovviamente Gina Lollobrigida e Pinocchio avrà per sempre il viso toscano e impertinente di Andrea Balestri.

Ecco perché una tappa fondamentale del nostro viaggio è il Parco di Pinocchio in Toscana. Non è un parco a tema supertecnologico con montagne russe e filmati in 3D ed è proprio questo il suo fascino. È un luogo ottocentesco in cui sembra davvero di respirare l'aria della fiaba piú famosa del mondo. Il ristorante si chiama *Osteria del Gambero Rosso* e ci sono tante sculture e opere d'arte che riproducono momenti o personaggi della storia.

Mi sento a casa: so tutto di Pinocchio.

– Sapete bambini che in realtà Pinocchio non è un burattino ma una marionetta? I burattini sono quelli in cui s'infila la mano dentro, mentre le marionette sono quelle con i fili manovrate dall'alto, tipo appunto Pinocchio. L'errore è già nel testo di Collodi che per tutto il racconto lo chiama burattino.

– Quindi Collodi era un somaro? – è la domanda impertinente di Eva.

– No, però fa tanta confusione. Per esempio chiama il mostro che inghiotte Pinocchio pescecane, ma poi lo descrive piú come una balena. Infatti nel *Pinocchio* di Walt Disney è disegnato come una balena.

– A me non piace Pinocchio. A me piace Peter Pan, – fa Lorenzo, memore dell'emozione della recita scolastica.

– Non sono molto diversi, – argomento, – sono entrambi due bambini che non vogliono crescere. Erano anche amici.

– Ma se sono personaggi inventati come fanno a essere amici? – domanda la mia piccola.

– Nessuno lo sa ma si sono incontrati nel Paese dei Balocchi.

– Non esiste il Paese dei Balocchi! – esclama Lorenzo.

– Esiste eccome! Io ci sono stato. È lí che ho conosciuto Romeo.

– E chi è Romeo? – anche Paola comincia a interessarsi al mio confuso racconto. È la costante di questo viaggio che resti un po' in disparte.

– Romeo è l'amico di Pinocchio che tutti conosciamo come Lucignolo, il suo soprannome.

– Tu hai conosciuto Lucignolo? – si stupisce Eva.

– Di piú, eravamo amici.

– Pinocchio è un romanzo della fine dell'Ottocento, quanti anni hai papà? – Lorenzo tenta di distruggere ogni poesia con una domanda.

– L'ho conosciuto negli anni Settanta, io ero un bambino e lui aveva quasi cento anni.

– Eri amico con un vecchio? – Eva è allibita.

– Certo! Per l'amicizia l'età non conta.

– Eri amico con un somaro di cento anni? – insiste Lorenzo.

Ah, già, mi ero scordato che nella fiaba Lucignolo diventa un asino.

– Era un asino infatti, poi dopo qualche anno l'hanno perdonato ed è tornato bambino. Io l'ho conosciuto tanti anni dopo. Ero arrivato al Paese dei Balocchi perdendomi durante un giro in bici.

– E dov'è il Paese dei Balocchi? – Lorenzo comincia a cedere.

– Nessuno lo sa. Ci si arriva soltanto per caso. Ho riconosciuto subito l'ingresso illuminato, tipo quello di un luna park. Dentro c'erano migliaia di bambini e un solo signore anziano, Lucignolo.

– E perché stava ancora lí? – Eva è ormai incuriosita.

– Perché fuori non aveva amici, Pinocchio si era trasferito chissà dove e lui aveva trovato lavoro come custode del Paese dei Balocchi.

– E come siete diventati amici? – domanda la mia piccola.

– È una storia lunga.

– Ve la racconto io, – interviene a sorpresa Paola.

– La sai? – fanno in coro i nostri bambini.

– Certo che la so. C'ero anche io. Ma all'epoca non conoscevo papà. Ero anche io di passaggio nel Paese dei Balocchi.

Sono senza parole. La favola a staffetta è la specialità della casa. Io e Paola ne abbiamo raccontate decine ai nostri figli per farli addormentare, ma oggi era completamente inaspettata. Quasi un miracolo.

Paola prosegue.

– Ero in vacanza con i miei genitori in campagna. Avevo una decina di anni e giocavo con un aquilone. Per inseguirlo mi ritrovo persa nel bosco. E il sole sta tramontando.

Afferro la staffetta e vado avanti.

– Nello stesso momento io ero già arrivato al Paese dei Balocchi e Lucignolo mi aveva bloccato perché il mio nome non risultava nell'elenco degli ospiti. Ero un imbucato. Gli spiego che mi sono perso durante un giro in bici ma non mi crede.

– In quel momento arrivo io e faccio finta che papà sia mio fratello. E che sono molto preoccupata per lui perché è un po' matto.

– All'inizio Lucignolo era un po' scettico, ma poi si convince, ci prende in simpatia e ci invita a cena. Una cena buonissima a base di cioccolata, zucchero filato e caramelle, tutte leccornie prodotte da un pasticciere bravissimo che lavorava lí.

– Dopo cena ci fa fare un giro nel Paese dei Balocchi sulla sua carrozza trainata da topi, comprata di seconda mano dalla Fata turchina. Ovunque c'erano giostre, cinema, teatri, divertimenti di ogni tipo. E migliaia di bambini come noi. Un paradiso.

– Giochiamo fino alla mattina dopo, mentre Lucignolo si addormenta sul cassero della carrozza. Il giorno dopo ci rivela che, per la nostra salute, sarebbe meglio andare via adesso. Il secondo giorno nel Paese dei Balocchi è fatale.

– Perché si diventa asini? – chiede Lorenzo.

– Certo, – risponde Paola, – non è una favola come pensavamo. E per convincerci ci fa vedere la stalla dove tengono tutti i bambini trasformati in ciuchini.

– Quel giorno andiamo via insieme e torniamo a casa. Erano tutti molto preoccupati. Nei mesi successivi sono tornato spesso a trovare Lucignolo e abbiamo passato insieme tante serate a ridere e scherzare.

– Io purtroppo non sono tornata piú perché nonno non voleva. Secondo me era invidioso del pasticciere del paese che era piú bravo di lui.

– Qualche anno dopo Lucignolo ha compiuto cent'anni ed è andato in pensione. Io sono cresciuto e non sono piú riuscito a trovare la strada per il Paese dei Balocchi.

– Peccato, – commenta Eva.

– Già, – faccio io. – Per fortuna però dopo tanti anni ho ritrovato mamma.

Cerco gli occhi di Paola e li intercetto solo per un breve attimo. La favola a staffetta ha divertito anche lei. Ma non i miei figli, un po' delusi da una storia che non ha tra i protagonisti almeno un drago, un orco o un cavaliere misterioso.

È Lorenzo a siglare l'impietoso giudizio.

– Se è una storia vera è tristissima. Se l'avete inventata adesso, non è il massimo, potete fare di meglio.

Paola e io finalmente ci guardiamo. Ci scappa da ridere. Mi lancio in un abbraccio, ma lei lo evita e depista l'attenzione.

– Tutti a mangiare all'*Osteria del Gambero Rosso*. Non avete fame?

Il piccolo coro di sí non ammette fraintendimenti. Andiamo tutti a mangiare. Osservo Paola capitanare la truppa di affamati. Mi sento un attaccante che ha segnato un goal. Ma la partita dei sentimenti è ancora lunga.

– 13

Argentario. Una parola luccicante che per me e Paola ha un significato magico: è qui che dieci anni fa abbiamo concepito Lorenzo. Ho prenotato lo stesso alberghetto di allora che nel frattempo ha cambiato gestione ma è sempre molto romantico. Si trova sul promontorio tra Porto Ercole e Porto Santo Stefano, nella zona meno accessibile ai turisti. Me lo ricordo come un piccolo paradiso e chissà perché non ci siamo piú tornati.

– Sai, Lorenzo, che mamma e papà ti hanno concepito qui?

– Non sono di Roma?

– Sei nato a Roma, ma sei stato concepito qui.

Interviene Eva: – Che significa concepito?

Ecco, ci siamo, il dialogo piú pericoloso per i genitori di ogni latitudine.

– Significa che qui papà e mamma si sono dati tanti baci e hanno deciso di avere un bambino. Lorenzo, appunto.

– Non bastano i baci per fare un bambino, – precisa Lorenzo, – bisogna fare l'amore.

Perfetto. Siamo già un passo avanti.

– Sí infatti, abbiamo fatto l'amore e nove mesi dopo è nato Lorenzo. Eravamo proprio in questo albergo.

– Papà era già ciccione? – domanda Eva.

Paola, fino a quel momento stranita, non trattiene un sorriso.

– Sí, era già, diciamo, robusto.

– Siamo arrivati, – taglio corto, entrando nel cancello dell'albergo.

Mentre scarichiamo le valigie, avverto i bambini di una mia iniziativa.

– Questa sera papà e mamma cenano da soli. Ho trovato una persona che vi farà compagnia.

Paola interviene subito a parare il colpo.

– Non ho nessuna intenzione di lasciare i miei figli a una ragazza sconosciuta.

Mi godo questo momento, previsto da giorni.

– Veramente, – comincio, – non è proprio una ragazza, ma soprattutto non è una sconosciuta.

Indico qualcuno alle sue spalle. Paola si volta e vede, sulla soglia dell'hotel, Martina che le fa un cenno di saluto. Alle spalle di Miss Marple, c'è Oscar che indossa degli occhiali da sole e sorride. Sembrano ringiovaniti di dieci anni.

– Ti vanno bene come baby-sitter? – chiedo con un sorriso.

I bambini corrono incontro ai nonni, urlando di felicità.

– Oggi è il giorno di riposo in pasticceria, – le spiego, – e allora ho chiesto a tuo padre di fare una gita all'Argentario con Martina. Devo dire che non si è fatto pregare.

Paola si arrende. Ho messo a segno un goal all'incrocio dei pali.

Al tramonto affidiamo Lorenzo ed Eva ai due attempati baby-sitter e porto Paola a cena nel ristorantino dell'hotel, un paradiso di romanticismo a picco sul mare. Ordiniamo un antipasto di pesce crudo.

– Perché mi hai portato qui? – mi chiede mentre aspettiamo.

– Perché volevo mostrare a Lorenzo il posto dove è stato concepito.

– Ripeto la domanda. Perché mi hai portato qui?

Vado dritto per dritto.

– Perché è un posto importante per noi e non sai quanto vorrei fare pace con te. Scusa scusa scusa scusa mille volte scusa.

– Sai una cosa, Lucio?

Quando mi chiama Lucio e non amore è sempre brutto segno.

– Se avessi sposato uno come Corrado, avrei messo in conto un tradimento, anzi mille tradimenti. Diciamo che la caduta sarebbe stata meno violenta. Ma su di te, su di noi, avrei messo la mano sul fuoco.

– Ho sbagliato, cosa devo fare?

– Non assillarmi, dammi tempo.

– Non ho piú tempo.

Capisce che ha detto, senza pensarci, una frase molto infelice. Si azzittisce qualche istante, poi riprende.

– Io vorrei cancellare tutto. Non sai quanto. Vorrei abbracciarti e dirti che ti amo. Ma non ci riesco. So che non lo puoi capire, ma è cosí. Oggi è cosí.

Arriva un grande piatto di crostacei a spezzare la tensione. Mentre assaggiamo gamberi e scampi, Paola continua: – Ti ricordi un anno fa, quando sono andata da un ortopedico nuovo, perché avevo quel dolore alla schiena persistente?

– Sí, – mi insospettisco per questo imprevisto deragliamento del discorso.

– Non era un anziano luminare come ti avevo detto. Aveva quarantacinque anni, un viso e un corpo stupendi e un atteggiamento da canaglia come pochi. Mi piaceva da morire.

Sono inchiodato alla sedia.

– Un giorno, alla fine di una visita, mi ha baciata.

– E tu?

– Io sono rimasta sorpresa, poi ho ricambiato e...

– E?

– E sono scappata. Ho cambiato ortopedico senza dirtelo.

– C'è stato solo un bacio?

– Solo un bacio. Io ho resistito. Io.

Il pronome ripetuto due volte fa calare il sipario sulla nostra conversazione. Mangiamo il resto della cena in silenzio come due anziani e annoiati coniugi.

Quando rientriamo nella hall, troviamo i baby-sitter impegnati in un nascondino che coinvolge, oltre ai nostri, anche i figli dei proprietari dell'albergo.

– Tutto bene? – mi fa Oscar, leggendomi sul viso la sconfitta.

– Tutto bene, – mento senza riuscire a essere credibile.

Poco dopo salutiamo lui e Martina, ringraziandoli della visita lampo. Alloggiano nel nostro stesso albergo, ma il giorno seguente ripartiranno all'alba, prima del nostro risveglio.

– Non v'abituate a 'sto servizio a domicilio, – bofonchia Oscar.

– Buon proseguimento di viaggio, ragazzi, – ci augura Martina.

Lorenzo nota un abbraccio con il nonno piú lungo del solito.

– Papà, guarda che lo rivediamo tra due settimane a Roma!

Mi stacco, come colto in flagrante sentimento. Quando i due anziani si avviano sottobraccio su per le scale, un pezzetto di me va via con loro.

– 12

Ecco il momento che aspettavo da tutta la vacanza: la giornata solo uomini. Lorenzo e io.

Lasciamo in albergo Paola ed Eva, prenotatissime al centro benessere la prima e a un torneo di minivolley la seconda, e ci incamminiamo, zainetti in spalla, lungo il promontorio dell'Argentario. Indossiamo magliette e bermuda, abbiamo frutta e acqua con noi, oltre a creme abbronzanti e asciugamani. Siamo due escursionisti perfetti.

– A un'ora di cammino da qui, – spiego a Lorenzo, – c'è una discesa a mare, scavata nella roccia, che nessuno conosce.

– E tu come lo sai?

– Mi ci ha portato il tuo bisnonno quando avevo la tua età.

– E lui come lo sapeva?

– Quando faceva il militare in marina, era sbarcato un giorno da queste parti e aveva esplorato la costa.

Gli mostro la caletta dove siamo diretti su Google Maps nell'iPhone. Sembra convinto.

– L'acqua è bassa? – mi chiede.

L'acqua alta è il suo nemico numero uno.

Lo tranquillizzo.

– Sí, c'è una piccola spiaggetta con delle rocce, ma si tocca.

Sembra rassicurato. Camminiamo di buona lena sotto un sole fiammeggiante. Imbocchiamo un sentiero che costeggia lo strapiombo. Un percorso da stambecchi.

– Mi raccomando, guarda dove metti i piedi, e tieni la mano a monte appoggiata sulla roccia.

Il sentiero comincia a scendere a piccoli tornanti. Il terriccio acciottolato è pericoloso. Si scivola. Procediamo piano per non rischiare. Ogni tanto tossisco ma cerco di dissimulare la fatica. Mi sento stanco, quasi svuotato.

La mia memoria fotografica si accende e, all'improvviso, ricordo tutto. Siamo a parti invertite, io sono Lorenzo, e nonno è me. Ricordo anche che stavo per scivolare di sotto un paio di volte. Lorenzo è piú abile, o forse le sue scarpe sono meglio delle Mecap che avevo trent'anni fa.

– Posso farti una domanda, papà?

– Sí, certo.

– Chi è quest'amico Fritz di cui ogni tanto parlate con mamma? È un tuo amico che non conosco?

– Sí, non lo conosci. Non è una bella persona e spero che tu non lo incontrerai mai.

– E allora perché lo chiami amico?

– È un modo di dire ironico. Come quando Eva ti dice che sei il primo della classe.

– Cioè è una presa in giro?

– Non esattamente. L'ironia è piú sottile. Per intendere una cosa, ne dici una di significato opposto. Per esempio, quando la settimana scorsa hai rotto quel quadro con una pallonata, io cosa ti ho detto?

– Mi hai detto: «Bravo, complimenti!»

– Ecco appunto, ero ironico.

Lorenzo sorride. Ha capito.

Gli sorrido anch'io. Peccato non aver fatto piú spesso una giornata solo uomini. Peccato davvero.

Il mare è ormai vicino. Ci siamo. Ricordo che c'è un ultimo passaggio tra gli alberi e infine apparirà la meravigliosa caletta.

Un piccolo segnale ci preavvisa che qualcosa non va: si sentono rimbombare le voci sovrapposte del Trio Medusa che, dalle frequenze di Radio Deejay, invitano gli italiani a una partenza intelligente e a evitare il traffico del primo venerdí nero di questa calda estate. Poi lanciano un evergreen senza tempo: la sigla di *Atlas Ufo Robot*.

Sull'indimenticabile prima strofa della hit per bambini, «Si trasforma in un razzo missile con circuiti di mille valvole», ci affacciamo nella paradisiaca caletta. Ex paradisiaca. Ora è invasa da un'orda di villeggianti, scaricati da due barconi che attendono in rada a una trentina di metri dalla riva. Ombrelloni, chiasso, odore di olii abbronzanti, racchettoni, bikini, gavettoni, panini con pomodoro e mozzarella. Cinquanta metri di spiaggetta rocciosa affollati come un grande magazzino il giorno dei saldi.

Lorenzo mi fissa ed esclama: – È bellissima questa spiaggia incontaminata, bravo papà.

Il concetto d'ironia ormai gli è chiarissimo. Mi scappa da ridere.

Troviamo un angoletto scoglioso in cui lasciare asciugamani e zainetti.

– Non è che ce li rubano? – domanda Lorenzo.

– Li teniamo d'occhio... Dài, andiamo a fare il bagno.

Mi sfilo la maglietta e lo invito a seguirmi. Esita. Poi viene.

Io corro in acqua e mi tuffo. Lorenzo fa pochi passi e resta a mollo, con l'acqua alla vita. Il rassicurante contatto con la sabbia sottostante è una coperta di Linus per lui.

Lo raggiungo.

– Vuoi fare un po' il morto a galla? Ti reggo io.

Accetta e si lascia sollevare. Una mano sotto la testa, l'altra sotto i fianchi.

– Respira profondo. Il corpo umano è come un pezzo di legno. Galleggia. Non può andare giú.

– Nemmeno se bevo venti litri d'acqua?

– Che c'entra? Se bevi certo che affondi. Ma tu quando vai sotto, tieni la bocca chiusa e cosí non bevi.

Lorenzo si rilassa. Chiude gli occhi e si lascia cullare dalla risacca. Lo sorreggo con poco sforzo grazie al principio di Archimede. Piano piano allento la pressione. Poi lo lascio libero. Non se ne accorge. Gli sto vicino per proteggerlo. La sua linea di galleggiamento è perfetta fino a quando non apre gli occhi e capisce che non lo sostengo. Annaspa e cerca il fondo, ma la corrente ci ha portato qualche metro piú in là e non si tocca piú.

– Papà, affogo!

– Stai tranquillo... non affoghi, – sono a due metri e questo lo tranquillizza. – Prova a muovere le gambe come quando vai in bicicletta.

Esegue. Ma le braccia scomposte gli impediscono un equilibrio decente.

– Basta, papà. Aiutami!

– Piú sei rilassato piú riesci a stare a galla. Dài, le gambe a bicicletta e con le braccia sposta la superficie, come se cercassi di aprire un varco nell'acqua.

Bicicletta, braccia... Già va meglio.

– Ora andiamo a riva. Non ce la faccio!

– Ce la fai! Dài... sotto bicicletta, sopra muovi le braccia insieme, come una rana.

Finalmente prende un ritmo giusto. Si rilassa. Galleggia.

– Lo vedi che ce la fai?

Sorride stupito di riuscirci.

Gambe, braccia, gambe, braccia.

Lorenzo ha imparato a nuotare. Per gli stili ci sarà tempo.

Lo raggiungo e lo stringo forte. Si abbandona stanco nelle mie braccia. Lo porto qualche metro in là dove può appoggiare i piedi sul fondale.

– Sei stato bravissimo! – esclamo.

– Sei ironico? – mi chiede riprendendo fiato.

– No, dico sul serio.

Ci stendiamo al sole ad asciugare. Poi mangiamo i panini che ci siamo fatti preparare in albergo. Restiamo lí fino a quando i barconi non sono ripartiti e il sole si è quasi appoggiato all'orizzonte. La spiaggetta è piena di rifiuti, mortificata dall'invasione di bagnanti. Ci mettiamo a ripulirla. Facciamo due enormi cumuli di spazzatura, sperando che uno dei due tipi dei barconi domani si senta in colpa e li porti via.

Torniamo dalle nostre donne che il sole è già a dormire. Siamo stanchi morti e non abbiamo nemmeno la forza di cenare.

– Com'è andata? – mi chiede Paola appena restiamo da soli.

– Avrei dovuto passare piú tempo con lui.

– Lo so, – è la dolorosa risposta di mia moglie. – Lo so.

– 11

Percorriamo l'Aurelia a velocità moderata, con i finestrini aperti. Mi sento Bruno Cortona, alias Vittorio Gassman, nel capolavoro di Dino Risi, *Il sorpasso*, l'archetipo di tutti i film on the road successivi. Guido ignorando il dolore al costato che mi mozza il fiato. Paola è al mio fianco e si è assopita mentre la nostra auto si lascia alle spalle la Toscana ed entra trionfalmente in Liguria. Anche Eva dorme appoggiata su Lorenzo che invece è attento alla strada e ai cartelli stradali.

– Vai piano, papà, che qui c'è il Tutor.

– Grazie.

In quel momento passa un'automobile in senso contrario e ci sfanala.

– Che voleva quello?

– Avvertirci che c'è una pattuglia della polizia stradale appostata. Un classico. Tu rallenti perché vedi l'autovelox e poi subito dopo riacceleri. E cosí la stradale ti ferma e ti multa.

– E come mai quello ti avverte? Lo conosci?

– È una tradizione italiana. Tutti uniti contro polizia e carabinieri.

– E perché?

– Bella domanda. Perché siamo italiani. E abbiamo tutti qualcosa da nascondere. Infrangere la legge è l'unica cosa che davvero ci accomuna.

– Anche tu la infrangi, papà?

Come al solito mi sono andato a infilare in un territorio minato. Anche se forse non è cosí educativo, decido di dire la verità, mentre in effetti incrociamo un posto di blocco che ci ignora.

– Ogni tanto. Ma cerco di non farlo.

– E che reati fai?

– Reati è una parola grossa. Diciamo trasgressioni. Ci sono tanti modi di trasgredire, anche stamattina quando in albergo il proprietario ci ha chiesto se volevo la fattura da scaricare e ho detto no. E lui ci ha fatto lo sconto.

– Lo sconto è una cosa buona però.

– Sí, ma l'albergatore in questo modo ha evitato di pagare le tasse e io sono stato suo complice.

– Non mi sembra un reato grave.

– Questo è il problema dell'Italia, Lorenzo. I reati che non sembrano gravi. Nessuno ucciderebbe il vicino perché tiene troppo alto il volume del televisore, ma magari il vicino di quel televisore non ha pagato il canone o magari ci vede un film scaricato. Tu quanti film scarichi?

– Tanti. Solo cartoni però. Perché, è un reato?

– Gravissimo. Si chiama furto. È come se tu rubassi al supermercato.

– Al supermercato, se rubo, suona tutto all'uscita. A casa invece non mi vede nessuno.

– Risposta esatta. Ecco perché tutti scaricano e in pochi rubano al supermercato. Perché nessuno ti vede. Sai da cosa si riconosce un uomo onesto rispetto a un delinquente? Si riconosce da come si comporta quando nessuno lo vede. Non dimenticarlo mai.

Sono fiero della mia estemporanea lezione di educazione civica. Mi accorgo solo adesso che Paola si è svegliata e ha ascoltato tutto. Non vedeva l'ora di intervenire.

– Per esempio papà, quando nessuno lo vede, va al frigorifero e mangia del parmigiano.

– Sarà successo una volta, – mi difendo.

– E quando eravate piccoli rubava anche i vostri omogeneizzati.

– Erano buoni…

– E i vostri biscotti per il biberon.

– Buonissimi. Anche se tecnicamente non è un furto, perché li avevo comprati io.

– Però erano per me, – precisa Lorenzo.

– Li assaggiavo per capire se erano buoni, sono un papà protettivo.

– Li assaggiavi perché sei goloso e ingordo, – fa mia moglie.

– Ma che ingordo? Al massimo ne prendevo uno o due.

– Uno o due? Avevi una scatola segreta nascosta tra i calzini puliti.

– Te n'eri accorta?

– E chi credevi ti lavasse i calzini? Lo Spirito Santo?

Vorrei che questo dialogo continuasse all'infinito. Una delle cose piú belle della vita sono i battibecchi familiari. Quelli che trasudano intimità e affetto. L'Aurelia continua a scivolare sotto di noi come un nastro trasportatore e io sono un autista felice.

– 10

Osservo Paola e i bambini passeggiare, dieci passi avanti a me, per i caruggi di Genova. Tra loro c'è un legame speciale e inarrivabile. Mi è chiaro da anni che io sono fuori dal gioco, accettato, anche amato magari, ma escluso da quel magico cordone ombelicale che non si spezza mai tra mamma e figli. Ormai tutti i testi di psicologia infantile, riportati anche dalle riviste estive, ci spiegano che, durante la gravidanza, la madre nutre il feto non solo in senso gastronomico ma anche spirituale, creando un'eterna e affettuosa affinità elettiva. Le loro anime condividono nove mesi di vita con i cuori sincronizzati su gioie e dolori. Due esseri che vivono insieme e si trasmettono emozioni, ricordi e sogni.

Sapete chi aveva intuito questa relazione prenatale per primo?

Non è difficile.

Leonardo da Vinci.

Il sommo artista si divertiva a impicciarsi anche di psicologia e maternità, e nei suoi *Quaderni* scrive:

> ... e una medesima anima governa questi due corpi e lli desideri e lle paure e i dolori son comuni sí a essa creatura come a tutti li al[tri] membri animati; e di qui nasscie che lle cose desiderate dalla madre spesso son trovate scolpite in quelle membra del figliolo, le quali ten a sse medesima la madre nel tempo di tal desiderio, e una subita paura amacca la madre e il figliolo; adunque conclude che una medesima anima governa li [cor]pi, e un medesimo natrissce due [corpi].

Come può un papà arrivato nove mesi dopo questo continuo imprinting riuscire a competere? In inglese si chiama *bonding* questa relazione prenatale e i medici consigliano di nutrire il piccolo nascituro di aria pulita, cibo sano, musica classica, arte e buoni sentimenti.

Continuo a osservare il terzetto da lontano come fossi un guardone autorizzato. Paola si è fermata a un banchetto che vende la focaccia di Recco, forse la focaccia al formaggio piú buona del mondo e allo stesso tempo piú letale secondo la mia naturopata. Mi fa cenno da lontano se ne voglio un po'. Annuisco. Lorenzo sta dicendo qualcosa a Eva che ride. Improvvisamente capisco che quello che sto guardando non è altro che il futuro. I miei occhi sono una perfetta macchina del tempo che mi permette per qualche minuto di avere una visione della mia famiglia senza di me.

Senza di me.

Sembra il titolo di una brutta canzone.

Mi avvicino al banchetto facendo uno zoom naturale sul viso di mia moglie che mi offre un pezzo di focaccia calda. La addento e la assaporo. Il formaggio fuso mi cola sul viso e sulla maglietta. Lo spuntino mi regala del tempo per pensare e fare il punto della situazione.

C'è qualcosa che vorrei fare nei dieci giorni di viaggio che restano?

Non so. I bambini si stanno divertendo ma sento che non ho avuto ancora l'idea giusta per riconquistare Paola. E visto che le idee, quando ci pensi troppo, non vengono mai, provo a non pensarci.

Paola mi dice qualcosa ma non la sento. Ripete.

– Tutto bene?

Rispondo con prontezza: – Certo, amore mio. Andiamo all'acquario?

Le urla di giubilo di Eva mi fanno capire che la proposta è accettata.

-9

– Oggi completiamo la fase «esploratori dei mari» del viaggio e andiamo al santuario dei cetacei.

– Cos'è? Una chiesa dedicata alle balene?

Eva mi fissa dal basso all'insú mentre camminiamo mano nella mano. È ancora entusiasta per la visita all'acquario di ieri. Ha ragione, in effetti il nome è equivoco.

– No, è una zona del mar Ligure dove vivono delfini, balene, capodogli, e tartarughe.

– Io voglio una tartaruga a casa! Come quella che abbiamo visto ieri.

– Non possiamo portarla via dal mare. È una tartaruga marina.

– L'hanno già portata via. Sta in un acquario!

Il suo ragionamento non fa una piega, come sempre. Io e la mia giovanissima accompagnatrice siamo in missione per comprare dei cornetti per tutti. Non sono come quelli che prepara mio suocero ma ci accontenteremo. La colazione di ieri in albergo era cosí deprimente da spingerci ad andare a caccia di bontà nel territorio circostante.

Due ore piú tardi saliamo a bordo di una piccola imbarcazione che fa servizio di *whale watching*. Siamo in tutto una trentina.

Lorenzo è piú appassionato al funzionamento della barca che all'imminente incontro con i cetacei piú grandi del

Mediterraneo. Paola è insolitamente rilassata. In questi giorni mi sento un tour operator che cerca di divertire quotidianamente i suoi clienti con iniziative originali. Oggi, è chiaro a tutti, la gita è dedicata alla passione di Eva per la natura e per gli animali.

I primi a venirci a trovare sono i delfini. Piroettano e inseguono la nostra barca come atleti del Cirque du Soleil che eseguono il loro numero studiato per anni. Tutto cosí bello da sembrare quasi finto.

Il sole e la salsedine mi stanno cuocendo, ma oggi non sento la fatica. Mi sforzo di respirare con un ritmo lento e rilassato, mentre mia figlia schiamazza di gioia correndo lungo il parapetto della nave. Inspiro e butto fuori, inspiro e butto fuori. Ascolto il raschiare del fiato che gonfia i miei polmoni feriti. Sembra un grande soffio. Non sembra, è un soffio.

Mi giro e lo spettacolo che ho davanti è incredibile: una gigantesca balena nuota fianco a fianco alla nave e sbuffa acqua come un geyser. Ci sono solo io da questo lato, tutti gli altri sono corsi a guardare i piú pittoreschi delfini dalla parte opposta. Vorrei tirare fuori dallo zainetto la mia Polaroid ma sono come ipnotizzato. L'enorme mammifero mi osserva. Il suo mastodontico occhio mi fissa con insistenza. Le sorrido. Non capisce. Sembra volermi dire qualcosa. Ci studiamo a vicenda con il sottofondo degli schiamazzi provocati dai delfini acrobati. Galleggia accanto allo scafo senza sforzo apparente. Posso sentire distintamente il suo respiro. È un istante di pace infinita.

Per qualche attimo accarezzo l'idea di gettarmi in acqua con lei e sparire nel blu per sempre. Sarebbe una fine piú elegante forse. Sto per appoggiare un piede e scavalcare il parapetto quando arriva di corsa Eva che ha indi-

viduato per prima la nostra compagna di viaggio e urla:
– La balena! Di qua!

Tutti si riversano dall'altro lato dell'imbarcazione, facendola beccheggiare in modo pericoloso. Addio pace infinita.

Il timido cetaceo s'immerge prontamente e pone la parola fine allo show. Non incontriamo altri abitanti del mare per tutta la mattina. Rientriamo in porto che l'ora di pranzo è già passata da un pezzo. Eva è felice: ha contato dodici delfini, quattro gabbiani e una balena. Io mi sento piú calmo, come se il cetaceo mi avesse trasmesso un po' della sua serenità zen.

-8

Colazione in riva al mare. Paola fa la «Settimana Enigmistica», io leggo le notizie di calciomercato di un campionato che non vedrò, Eva e Lorenzo si sono avventurati nella costruzione di un castello di sabbia esagerato che difficilmente saluterà l'alba di domani. Sembriamo una delle tante famiglie in vacanza. Ci mancano soltanto un canotto o un materassino a forma di coccodrillo. Oggi è il mio compleanno. Abbiamo deciso di festeggiarlo a pranzo nel miglior ristorante della zona. Me li immaginavo un po' diversi i miei quarant'anni. Mi sollevo dalla sedia a sdraio e abbandono il giornale.

– Lorenzo! Eva! Facciamo un gioco insieme?

Non se lo fanno ripetere due volte.

Una corsa con le palline.

Prima costruiamo la pista. Eva si siede a terra e Lorenzo e io la trasciniamo dalle gambe per tracciare il solco. Non sarà una pista qualsiasi, ma il piú incredibile circuito per palline della storia dell'umanità: curve paraboliche, tunnel, fossati e trabocchetti.

– Vi spiego il regolamento. Tre giri di qualificazione in cui si conta il numero di tocchi per un giro. Chi ne fa di meno, si aggiudica il diritto di partire in pole position e tirare per primo. Poi facciamo cinque giri di gara, un tocco per uno.

Tiro fuori da un sacchetto le palline. Le ho conservate

gelosamente, sono le stesse di sempre, graffiate e consumate, con le foto ingiallite dei ciclisti: Baronchelli, Moser e Saronni. Solo i mitici nomi mi evocano ricordi di salite infuocate al giro d'Italia, di maglie gialle o rosa sudate e borracce gettate a bordo strada e raccolte dal pubblico festante. La sfida tra noi ciclisti della battigia inizia a mezzogiorno, sotto un sole da crema cinquanta. Sono un campione, come in tutti i giochi con la schicchera, ma gioco piano per permettere ai bambini di gareggiare. Alla fine vince Lorenzo, seconda Eva, terzo io. Quando andiamo a pranzo in riva al mare, siamo sudati ed entusiasti. Chiedo e ottengo che mi venga concessa presto una rivincita.

A fine pasto arriva la torta con due candeline sopra: quattro e zero. Le spengo in fretta e fingo di essere felice mentre il resto della famiglia applaude e intona *Tanti auguri a te*.

Tornati in camera, mentre Paola si fa la doccia, frugo nella sua valigia alla ricerca di un caricatore del telefonino, visto che il mio sembra smaterializzato.

Sotto una pila di camicette e un paio di scarpe imbustato, non trovo il caricatore. Trovo una lettera. Una pagina ingiallita con qualche macchia di umido, strappata da un quaderno a righe. L'ho scritta io a Paola. Dodici anni fa. Forse l'ultima lettera che ho scritto, prima di essere travolto dall'arida e oscena dittatura delle e-mail.

Esco sul terrazzino e la rileggo. Non ricordo quasi nulla.

Caro amore mio,

ci siamo quasi. Domani ci sposiamo. Non fare tardi, mi fanno sempre pena quei futuri mariti che aspettano davanti alla chiesa e devono sopportare l'immancabile battuta dell'amico buontempone: «Secondo me c'ha ripensato!» Domani sarò emozionato, forse stanco, e non riuscirò a dirti tutto quello che vorrei, quindi te lo scrivo. Conoscerti e (spero) sposarti è il piú grande regalo che mi ha fatto la vita. L'altro giorno mi ha telefonato un tizio simpatico dall'ufficio del Destino e mi ha raccontato alcuni frammenti della nostra vita futura: faremo quattro figli (gli ho detto anch'io che sono tanti ma il Destino fa come gli pare); ogni anno andremo con tuo padre e tua madre quindici giorni a Fregene (ho patteggiato una settimana massimo); un giorno la nostra figlia piú grande ci comunicherà che è incinta dell'uomo che ama e noi piangeremo tanto di gioia; quando avremo sessant'anni e i nostri figli saranno andati via di casa, venderemo tutto e andremo a vivere su una barca a vela, per fare finalmente quel giro del mondo che ti ho sempre promesso e mai mantenuto; infine ci ritireremo a vivere in una casa sulla spiaggia, tutti lo dicono ma noi lo faremo, e invecchieremo uno a fianco dell'altra, contemplando il tramonto sul mare e sulla nostra vita (questa non è mia, l'ho copiata, però non ricordo da chi), poi un giorno ci addormenteremo abbracciati e non ci sveglieremo piú. Ti ho amato, ti amo e ti amerò. Tuo,

Lucio

Chiudo la lettera. Piango.

Curioso... ho sbagliato tutte le previsioni. Non si avvererà niente di quello che avevo sperato.

Mi accorgo solo adesso che Paola è alle mie spalle. Piange anche lei.

– Te la ricordavi? – mi chiede con un mezzo sorriso.

– Sí, certo... – non è vero, come tutti gli uomini dimentico cose fondamentali.

Paola si avvicina. Mi abbraccia.

Le annuso il collo. Odora di casa.

Un abbraccio infinito.

Se non è un perdono, poco ci manca.

Due ore dopo, chiamo al telefono Umberto. Mentre annusavo Paola, ho avuto un'idea che mi sembra difficile da realizzare ma meravigliosa.

– Ciao amico. Buon compleanno! Ti avevo scritto un sms.

– L'ho letto, grazie.

– Come va?

– Tutto bene, siamo al mare…

– E che tempo fa? C'è il sole?

– Ma che ti frega. Sta' zitto un attimo, mi devi fare un grande favore… Giuro che è l'ultimo.

Gli affido una missione quasi impossibile e meno di una settimana di tempo per realizzarla. Lo conosco bene il mio Athos, so che ce la farà.

-7

Il mar Ligure all'alba ha sempre una gran voglia di chiacchierare. Lo osservo dalla finestrella del nostro alberghetto doppia stella di Arma di Taggia e ascolto i suoi racconti mentre Paola e i ragazzi, alle mie spalle, sono ancora immersi in piena fase Rem.

Il vento scompiglia i miei ingrigiti spaghetti e mi sussurra all'orecchio le incredibili avventure di un corsaro ottomano realmente esistito, tal Turghud Alí, da queste parti conosciuto come Dragut. Me la ricordo bene la sua storia, me la raccontò mio nonno quando avevo l'età di Lorenzo. Ricordo anche com'era vestito nonno quella sera, dove era seduto, che cosa stava cucinando nonna. Ricordo tutto, all'improvviso. Curioso come la memoria riaffiori senza preavviso, come un vecchio vhs dimenticato in un angolo impolverato della libreria, ma con ancora registrate tutte le informazioni fondamentali di ogni momento vissuto. Forse accade solo per i momenti belli, quelli brutti si smagnetizzano presto e volano via come polvere spazzata da una corrente d'aria. Tra i momenti belli della mia vita, nei primi posti dell'apposita classifica, ci sono i racconti che mi faceva nonno e anche il giorno in cui cominciò la mia passione per i romanzi di avventura. Era domenica. I miei portinai preferiti mi avevano regalato, senza nessun motivo o ricorrenza, una copia lussuosa de *L'isola del tesoro*. Ricordo ancora la copertina verde smeraldo, con un disegno che raffigura Jim nascosto dietro una botte nella sua locanda per non farsi vedere dal crudele Silver. Un libro cartonato, con le pagine pesanti, pieno di illustrazioni colorate, che ho divorato quel pomeriggio stesso. È l'unico romanzo che ho portato con me in questo viaggio. Anche se so già che non lo leggerò. Da quella domenica di tanti anni fa, i racconti di pirati, corsari e bucanieri divennero la mia lettura preferita.

Amo tutti i filibustieri, quelli inventati dalla penna di uno scrittore e quelli reali, dal comunista Sandokan, all'aristocratico Corsaro Nero, al pacchiano Capitan Uncino, al già citato e malevolo Long John Silver, fino ai piú sconosciuti e dimenticati. I romanzi di pirati odorano di salsedine, trasgressione e vacanze estive, un cocktail inebriante per i ragazzi di ogni età. Ecco, se al termine di questa mia vita interrotta, dovessi reincarnarmi, per favore vorrei nascere cinquecento anni fa e dedicarmi anima e corpo alla pirateria. Fate attenzione, sarò spietato, bugiardo e vendicativo proprio come il prode Dragut, che era sepolto da piú di trent'anni nella mia mente. Tra tanti pirati esotici che infestavano la Malesia o i Caraibi, il perfido ottomano aveva scelto invece come suo territorio di caccia proprio le coste italiane. Per un istante ai miei occhi il mare appena increspato di Arma di Taggia si riempie di galeoni, brigantini e golette. Se chiudo gli occhi sento anche gli echi di lontane cannonate e i tocchi sordi dei rampini di abbordaggio quando si agganciano alla nave da assaltare.

Mi volto. Paola è ancora nel letto. I bambini sono accampati in un lettino aggiunto e sul divano e non hanno sentito le cannonate.

Sembra una vacanza. E forse lo è.

Mi accovaccio accanto a mia moglie. La abbraccio e la annuso. Devo fare il pieno.

La giornata inizia, un paio d'ore dopo, con una visita alle torri di avvistamento di Civezza, costruite dai paesani mezzo millennio fa, proprio per contrastare il pirata Dragut, e allora ne approfitto per iniziare il mio racconto. Lorenzo ed Eva, il primo stranamente mansueto, la seconda stranamente interessata a un racconto di guerra, si siedono tra un merlo e l'altro della fortificazione e mi ascoltano senza fiatare. Paola è qualche passo in là, scatta foto e forse mi ascolta in sottofondo.

– Il corsaro Dragut era il piú terribile filibustiere che avesse mai infestato i mari italiani.

– Che nome è Dragut? – mi interrompe subito Lorenzo.

– Un nome ottomano. Cioè turco. Era venuto in Italia in cerca di città e navi da depredare.

– E le ha trovate? – chiede una precisa Eva.

– Sí. Le città e le isole da lui messe a ferro e fuoco esistono ancora oggi: Olbia, Portoferraio, Rapallo, Vieste e anche l'isola d'Elba. Dragut apprezzava molto i mari italiani, il cibo italiano e anche le donne italiane. Infatti ebbe una decina di mogli.

– E come le manteneva? – Eva è sempre molto pratica.

– Faceva il pirata quindi era molto ricco.

Faccio la voce impostata per cercare di catturare l'attenzione e non essere piú interrotto. Decido di inserire delle varianti di fantasia nella vera storia del pirata ottomano.

– Dovete sapere che il bisnonno del bisnonno del mio bisnonno del mio bisnonno eccetera, tale Igor «Occhiosolo» Battistini, un ciccione abilissimo nel tirare di scherma, era proprio il luogotenente di Dragut.

– Non ci credo, – fa immediatamente Eva.

– Ma è vero.

– Figurati se abbiamo un tris-tris-trisnonno pirata, – rincara Lorenzo.

– Non era un pirata, all'inizio gestiva un'osteria, poi un corvo gigante gli strappò via un occhio e volò verso il mare. Igor allora si imbarcò sulla prima nave che partiva per inseguire il corvo. La prima nave era quella di Dragut. A poco a poco divenne il braccio destro del perfido ottomano. Ma non ritrovò mai il corvo, né l'occhio.

– Te lo stai inventando, – taglia corto Eva.

– Vai avanti, – mi concede Lorenzo.

Non ci hanno creduto, ma la storia li ha presi e vogliono sapere come va a finire. La mia autostima come narratore cresce.

Paola sorride da lontano. E io continuo con entusiasmo.

– Il suo piú acerrimo nemico (ogni pirata ha un nemico ufficiale) fu Andrea Doria che tutti pensiamo sia soltanto un transatlantico affondato e invece fu un valente ammiraglio, nato a pochi chilometri da qui, a Oneglia. I due rivali si combatterono fieramente per anni.

– Andrea Doria quindi era cattivo come lord Brooke, il nemico di Sandokan? – chiede Lorenzo.

– No, tecnicamente l'ammiraglio Doria era il buono e Dragut il cattivo.

– Io tifo per Dragut, – sentenzia Lorenzo.

– Anche io, – preciso. – A volte si tifa per i cattivi. Un mattino di fine autunno, dopo essersi rincorsi per mille mari, Dragut viene catturato proprio da Doria e imprigionato dopo una battaglia navale durata dieci giorni.

– Tanto poi scappa, – ipotizza il mio primogenito.

– Dragut viene messo come schiavo al remo di una galea della flotta dell'ammiraglio. Ma un pirata come lui non può certo finire cosí la sua brillante carriera.

– E quindi scappa, – insiste Lorenzo.

– No. Pochi anni dopo il Barbarossa...

– Federico Barbarossa? – a intervenire è Paola che si è finalmente interessata.

– Non Federico, ma un collega corsaro che si chiamava cosí per via del colore della barba, insomma questo pirata Barbarossa paga al Doria un grande riscatto e ottiene la liberazione di Dragut.

Mormorio di delusione. Il mio minuscolo pubblico preferiva una fuga rocambolesca e ingegnosa.

– Per nulla pentito, l'inossidabile Dragut tornò alla sua vecchia attività marinaresca. Assalí diverse città e navi italiane fino ad arrivare, nel 1564, proprio qua, dietro Arma di Taggia, in un borgo montano chiamato tuttora Civezza. Proprio dove siamo noi ora. Il prode corsaro amava infatti sconfinare e non limitare le sue razzie a galeoni o porti. Era un creativo dell'arte piratesca. Ma, in questo caso, non aveva fatto i conti con l'eroica resistenza dei civezzini.

– Lo ammazzano? – domanda un preoccupato Lorenzo.

– No. Malgrado i ripetuti saccheggi, gli abitanti del paesino si difendono, costruiscono questa fortezza e costringono il corsaro a subire numerose perdite. Alla fine di questa scorribanda, l'ottomano decide che l'Italia è diventata un posto pericoloso per i malfattori e si trasferisce a Malta che gli sembra piú innocua. Nel 1565, insieme alla flotta turca, partecipa all'assedio del forte di Sant'Elmo.

– Che nome è Elmo? Hanno tutti brutti nomi in questa storia.

– È un nome antico. Comunque si chiamava Elmo 'sto santo che ha dato il nome al forte. A metà giugno, proprio quando Dragut stava per godersi una meritata vacanza estiva, viene ferito alla testa da una scheggia di pietra, provocata da una grossa palla di ferro sparata da un cecchino nemico.

– E muore? – stavolta la domanda dei miei figli è all'unisono.

– Aspettate. Il nostro corsaro preferito non indietreggia, continua a guidare con coraggio l'assalto dei suoi, ma perde sangue dalle orecchie e dalla bocca. Viene cosí soccorso e messo a letto in una tenda, dove muore due giorni dopo.

– E poi risorge come Gesú? – Lorenzo è speranzoso.

– Non risorge. Il suo corpo è trasportato a Tripoli, dove viene sepolto con tutti gli onori in una moschea. La leggenda dice che il suo arcinemico Andrea Doria avesse cosí tanto rispetto per lui da chiamare il suo gatto proprio Dragut, dopo aver appreso la notizia della morte del corsaro ottomano.

– E Occhiosolo? – si interroga Eva.

Forse un po' ci ha creduto. Insisto e condisco il finale con una serie di particolari completamente inventati. Riprendo con l'entusiasmo di un bambino che scopre l'esistenza della Nutella.

– Occhiosolo si trasferí in Malesia dove conobbe Sandokan e Yanez e si alleò con loro. Cambiò anche nome di battaglia: nei romanzi di Salgari lo chiamano infatti Tremal-Naik.

– Tremal-Naik aveva tutti e due gli occhi ed era indiano, – mi inchioda Lorenzo.

Mi sono incartato. Tento di uscire dal dedalo narrativo spiegando che in realtà i Tremal-Naik erano due omonimi, ma mi avvolgo sempre piú nelle spire della mia scadente creatività. Mi salva un solerte custode della fortezza che ci annuncia l'imminente chiusura per la pausa pranzo.

Su una cosa non c'è alcun dubbio: mio nonno era piú bravo di me a raccontare le storie.

Nel pomeriggio, dopo un pantagruelico spuntino a base di trofie col pesto, siamo colpiti e affondati dal piú classico degli acquazzoni estivi. Ci coglie che siamo a cinquecento metri dalla macchina, il tempo necessario per docciarci. Quando entriamo nell'auto ci viene un attacco di ridarella devastante. Non riusciamo a smettere per dieci minuti. Paola mi guarda e, per la prima volta in questo viaggio, mi sorride davvero.

E cosí la sgangherata pensione *Gina*, in cui ci rifugiamo quella sera, mi sembra un *Four Seasons*.

-6

Ho scelto di non fare l'autostrada per tenere i finestrini aperti e goderci il paesaggio. È una mattinata on the road, scandita da una delle mie compilation pop preferite: cantautori italiani anni Settanta. Raggiungiamo la meta prima di pranzo, mentre De Gregori intona fuori contesto *Buonanotte fiorellino*.

– Eccoci arrivati.

– Dov'è l'hotel? – chiede Paola.

– Non c'è nessun hotel qui. Campeggio!

Le urla esultanti dei bambini sommergono il «Nooo!» di Paola che chiude gli occhi rassegnata. Come credo di avervi raccontato, gli altri moschettieri e io, oltre che a scuola, andavamo agli scout insieme. Ho fatto le vacanze in tenda per anni, poi ho smesso quando ho conosciuto Paola che, se c'è una cosa che non ama, è proprio il campeggio. Quando ci siamo fidanzati mi aveva promesso che un giorno sarebbe venuta in vacanza in tenda con me. Era un jolly che potevo giocare in qualsiasi momento. E ho deciso di giocarlo oggi.

La nostra station-wagon entra trionfalmente in campeggio.

Ho prenotato una piazzola proprio sulla riva del lago. Posteggiamo la macchina e iniziamo a montare la supertenda che ho acquistato a via Sannio. Sono un mago del montaggio tende, un talento naturale. C'è chi sa giocare a tennis, suonare il pianoforte, dipingere, cucinare, io so montare tende di qualsiasi tipo, vecchie canadesi o moderni igloo che siano. La nostra è un superigloo gigante che in realtà si monta quasi da solo lanciandolo in aria. Spiego ai miei piccoli assistenti come scavare una buca intorno per evitare allagamenti in caso di piogge impreviste, come fissare i picchetti senza farsi male con la mazzetta e come gonfiare i materassini. Ho comprato tutto il necessario. Nemmeno il manuale del perfetto campeggiatore prevede tutte queste cianfrusaglie, lampade a gas, fornelletti, pentolame a matrioska, un tegame dentro l'altro.

Paola si lascia coinvolgere e allestisce una cucina da campo molto efficiente. Ho comprato di nascosto tutto il necessario per cucinare una cena da veri trapper.

– Riproviamo ad accenderlo con le pietre? – chiede Lorenzo con l'ironia che ormai padroneggia fin troppo bene.

– No. Ho comprato la diavolina. Avete fame, no?

Raccogliamo in giro rami e rametti e, cinque minuti dopo, abbiamo il nostro fuoco da campo, protetto da un cerchio di pietre. Cuciniamo patate al cartoccio, würstel e un pasticcio di fagioli e uova. Anche Tex e i suoi amici avrebbero trovato pesante la nostra cena. Noi invece la mangiamo di gusto, insieme a del pane. A pochi giorni dalla fine tutti i ragionamenti alimentari della mia naturopata sono ormai dimenticati. Applico un unico e inoppugnabile criterio: mangio tutto quello che mi va. Abbiamo quasi finito quando il cielo comincia a gocciolare. È da qualche anno che in Italia il clima sta diventando tropicale, ma nessuno ha il coraggio di ufficializzarlo: d'estate piove.

Un minuto dopo, l'acquazzone infuria, accompagnato da tuoni e lampi di rito. Abbiamo fatto appena in tempo a rifugiarci nell'igloo e mettere al riparo la nostra cucina arrangiata.

Stare chiusi dentro una tenda quando piove, è sempre una magia. La forza degli elementi arriva fino a un centimetro da te, protetto da una bolla che sembra davvero opera di un mago di passaggio.

Il rumore è assordante ma restiamo tutti e quattro sdraiati ad ascoltarlo come se fosse un concerto di musica sinfonica. Quando il temporale finisce usciamo a constatare i danni: la tenda ha retto, proprio grazie ai canali di scolo che avevo scavato coi bambini, e anche la cucina da campo, ben coperta da un telo impermeabile, è uscita illesa.

– Che avventura! – esclama Eva.

Mi volto e le sorrido. Chiedo a tutti e tre di mettersi in posa davanti alla tenda e sistemo la mia Polaroid per un autoscatto. Poi corro accanto a loro e mi sforzo di sorridere.

Clic!

In quel momento non lo sapevo, ma era la nostra ultima foto tutti insieme.

-5

La mia attrazione preferita a Gardaland si chiama Space Vertigo. Una torre di quaranta metri da cui si può precipitare a velocità supersonica, fermandosi poco prima dell'impatto al suolo. Ogni lato ospita quattro persone massimo. Noi.

Facciamo la fila in compagnia di un gruppone di ragazzi austriaci, in vacanza sul lago. Litigo con l'addetto all'ingresso perché Eva non è alta abbastanza e, per motivi di sicurezza, non può salire sulla giostra. La affidiamo a Prezzemolo, il drago mascotte del parco, con all'interno un ragazzo dallo spiccato accento calabrese.

Lorenzo, Paola e io capitiamo a bordo insieme a una liceale bergamasca terrorizzata, salita per misteriosi motivi sulla montagna russa verticale. Per tutto il tempo della salita, piange, urla, si lamenta. Noi ridiamo euforici. Su, su, su, su... Invece di guardare in giú, guardo in su. Il cielo mi sembra piú vicino. Chissà perché l'aldilà paradisiaco è stato identificato con il cielo. Io preferirei il mare come residenza post mortem.

All'improvviso la giostra precipita in basso, il cuore mi entra in gola e sento una scossa elettrica lungo la spina dorsale. Quattro secondi che sembrano un mese. Arriviamo a terra e ridiamo come pazzi presi da isteria da luna park. Facciamo un cenno a Prezzemolo che gioca con Eva e ci mettiamo subito in fila per risalire di nuovo. Urge il bis. Mentre saliamo, stavolta in compagnia di un giapponese taciturno, tossisco tutto il tempo. Forse nel cartello all'entrata dovrebbero scrivere: vietato ai bambini sotto il metro e venti, ai malati di cuore e ai morituri. Mi fa male lo stomaco, sento un peso sul petto come se, facendo esercizi con un bilanciere, la sbarra mi si fosse schiantata addosso. Un senso di nausea e il cuore che batte come un metronomo impazzito. La discesa è una liberazione. Scendo, mi allontano da Paola e i bambini dicendo che mi è andato qualcosa di traverso. Faccio un cenno a mia moglie per farle capire di non preoccuparsi. Mi sdraio sul prato a pancia in su, dentro una aiuola. E respiro piano, cerco di regolarizzare i miei battiti come si fa nello yoga.

Solo un cretino viene a Gardaland a quattro giorni dalla fine. Ma io amo i parchi giochi. Ecco, se dovessi scegliere il mio paradiso personale, non vorrei il cielo, e in realtà nemmeno il mare, vorrei Gardaland, vorrei il Paese dei Balocchi.

Torno da Paola dopo un quarto d'ora. Si sono seduti in un fast food a mangiare cheeseburger e patatine fritte.

– Come va? – mi chiede mia moglie, preoccupata.

– Meglio. Quasi bene, – sorrido ai bambini.

Non devo dimenticare mai di sorridere.

Eva mi offre un pezzo di panino smozzicato. Rifiuto. Non ho fame. Ho tanta sete però e mi scolo una bottiglietta d'acqua. So bene che è un brutto segno quando la fame sparisce dagli appuntamenti fissi della tua giornata tipo.

Un bruttissimo segno.

Mi alzo dal tavolo e convinco tutti ad andare sul galeone dei pirati. Intono anche la canzoncina dell'*Isola del tesoro*: «Quindici uomini, quindici uomini sulla cassa del morto!»

La parola «morto» in questi ultimi mesi ritorna nella mia vita spessissimo, un po' come la parola «amore» nelle canzonette. Non lo faccio apposta però, credetemi.

Non siamo nemmeno arrivati al galeone che mi accorgo di fare fatica a respirare, mi gira la testa, sto per cadere a terra. Mi siedo su una panchina e dico a Paola di andare lei con i bambini.

– Io l'ho già visto mille volte il galeone...

Resto lí, tra mille voci infantili, odore di zucchero filato, canzoncine allegre e urla lontane di gioiosa paura. Socchiudo gli occhi. Nessuno bada a me. Un vecchio di quarant'anni abbandonato su una panchina del Paese dei Balocchi, senza nemmeno un piccione che gli tenga compagnia.

– 4

L'ultima volta che sono venuto da queste parti facevo la seconda media, durante una classica gita scolastica. La destinazione principale era Milano, ma il nostro professore di educazione tecnica ci costrinse a fare una deviazione verso Bergamo. A quei tempi ero perdutamente innamorato di una certa Letizia Calamai, una sviluppatissima rossa con la zeppola, protagonista di uno dei momenti piú tristi della mia vita. Dopo averla corteggiata con tenacia e accanimento per i tre anni delle medie, peraltro senza ottenere neanche un casto bacetto sulla guancia, me la ritrovai, a causa di un sorteggio benevolo, nella stessa classe al liceo. Il primo giorno di scuola, dopo aver scoperto la fortunata coincidenza, corro da lei che attende in cortile la campanella per entrare.

«Ciao! – esclamo trionfante. – Lo sai che siamo nella stessa classe?»

E lei mi risponde: «Ah, bene. Io mi chiamo Letizia. E tu?»

E tu?

Resto immobile come se mi avessero fucilato.

Non mi aveva riconosciuto! Per lei ero un qualsiasi nuovo compagno di corso. Tre anni di corteggiamento, forse troppo timido a questo punto, per scoprire che non aveva mai notato la mia presenza. Ero l'uomo invisibile.

Non accennai mai piú agli anni trascorsi insieme alle

medie e smisi anche di corteggiarla. Non mi meritava. Mi fidanzai per un mese con una certa Antonella nonmiricordonemmenoilcognome e passai un autunno scolastico molto pomicione.

Anni dopo, una ventina circa, incontrai di nuovo per caso Letizia, la rossa. Trascinava una carrozzina con un neonato, aveva un altro bambino in braccio, una busta della spesa, ma soprattutto era lievitata di trenta chili, cosa che ci accomunava.

I nostri sguardi s'incrociarono per un attimo alle casse di un supermercato. Credo non mi abbia riconosciuto neanche quella volta.

Arriviamo a Imbersago, sulla riva dell'Adda, che il sole è altissimo in cielo. Siamo quattro caldarroste dentro una casseruola a forma di automobile. Anche l'aria condizionata riesce a fare poco.

Scendiamo e ci incamminiamo sul molo.

Paghiamo il biglietto e saliamo sul traghetto che collega Imbersago a Villa d'Adda. È l'unico traghetto a mano funzionante al mondo. Le rive sono collegate da un filo d'acciaio al quale è agganciata l'imbarcazione. Basta un solo uomo per spingerla da una riva all'altra. Geniale.

In questo caso non c'è nemmeno il dubbio sul nome dell'inventore: il curioso mezzo di trasporto si chiama «traghetto di Leonardo». Nonostante sia stato piú volte rimodernato, mantiene ancora intatta un'aria antica che piace tanto ai bambini. Gli racconto la storia di questa invenzione.

– Leonardo era innamorato di una principessa che si chiamava Isabella. Lei abitava in un castello poco lontano dal palazzo in cui abitava il giovane inventore. I due si erano incontrati una sola volta ed era stato amore a prima vista. Ma il padre di Isabella l'aveva già promessa sposa al figlio di un suo amico re e quindi il povero Leonardo non aveva piú avuto nemmeno la possibilità di incontrarla. Aveva però escogitato un metodo per restare in contatto con lei. Tese di nascosto dal tetto del suo caseggiato fino alla finestrella della stanza della principessa un filo di colore scuro. Nessuno dal basso poteva vederlo, era perfettamente invisibile. Grazie a quel filo riusciva a passare, a notte fonda, alla principessa lettere d'amore e disegni per cercare di conquistarla. Ma, un brutto giorno, il padre di lei scoprí il filo e andò a minacciare di morte il coraggioso corteggiatore. Leonardo dovette arrendersi e la sua storia d'amore non ebbe il lieto fine. Ma, qualche anno piú tardi, si ricordò dell'idea del filo e l'applicò a un traghetto.

– E perché non costruirono un ponte? – domanda la puntigliosa Eva.

– Forse costava di piú, o forse le due rive non avrebbero retto le fondamenta.

– Non lo sai, – conclude la mia piccola.

– Ma non è tutto qui, molti anni dopo, Leonardo, in onore dalla sua amata Isabella, dipinse il suo quadro piú famoso: Monna Isa.

Stavolta è Lorenzo a intervenire: – Non si chiama Monna Isa, si chiama Monna Lisa.

– Per via di un errore di stampa del primo studioso che ne parlò in un libro di storia dell'arte.

Sono poco convinti della spiegazione ma fingono di crederci. Li incalzo per non dargli il tempo di riflettere.

– Lo sapete chi ha inventato la stampa?

– Gutenberg! – risponde Lorenzo con la rapidità di un concorrente di telequiz.

– Esatto, ma chi fu il primo a inventare un torchio tipografico dotato di un alimentatore automatico per la carta come quello delle attuali stampanti? Leonardo da Vinci.

– A me questo Leonardo non sta tanto simpatico, – sentenzia Eva, – fa troppe cose.

Andiamo a mangiare in una piccola osteria che si chiama proprio *Da Leonardo*. Menu di pesce che include un paradisiaco e assassino fritto di paranza. Vorrei che questo viaggio durasse all'infinito. Lentamente si è trasformato davvero in una vacanza. Ma si sa, tutte le vacanze hanno la brutta abitudine di terminare presto.

–3

È sera. La riva del lago di Garda è illuminata da una sequenza regolare di fiaccole. C'è grande fermento nel pratone del campeggio che degrada fino all'acqua. Decine di persone, giovani, famiglie con bambini, prendono posto tirando fuori dagli zaini dei piccoli oggetti bianchi. Ogni anno, a inizio luglio, c'è la festa del patrono locale che culmina in una cerimonia speciale. Anche nel nostro campeggio si sono organizzati per partecipare.

Eva e Lorenzo sono al mio fianco e osservano incuriositi la scena. Paola è qualche passo piú in là e ci scatta delle fotografie. Ha ripreso la sua vecchia passione per le foto proprio in questo viaggio.

– Cosa sono? – esordisce Eva.

– Lanterne cinesi. Quando viene acceso il fuoco, la lanterna vola in alto e sparisce nel cielo.

– Come una mongolfiera! – Lorenzo ha capito al volo.

– Esatto, è lo stesso principio, il calore la spinge a salire.

– Ne voglio una, – fa il mio primogenito, subito imitato dalla sorellina.

Apro il mio zainetto e ne estraggo quattro.

– Siamo qui per questo.

Le distribuisco. Si avvicina anche Paola e afferra la sua. Tiro fuori dalla tasca un accendino.

Intanto l'organizzazione della serata procede e uno speaker invita tutti i presenti a prepararsi per il «lancio».

Parte una musica molto evocativa, mi sembra Enya o qualcosa del genere.

Eva ha una curiosità legittima: – Ma a cosa servono, papà?

– A esaudire i desideri... appena le lanterne iniziano il loro viaggio verso il cielo, ognuno deve esprimere il suo desiderio piú profondo... deve chiedere quello cui tiene di piú e le lanterne poi portano il messaggio alle stelle.

Mi giro verso Paola.

– Sei pronta, amore mio?

Mi accorgo che Paola è commossa.

– Pronta.

La musica si alza. Lo speaker dà il via.

Accendo una dopo l'altra le lanterne.

Decolla quella di Lorenzo...

– Pensa il desiderio, mi raccomando!

Poi quella di Eva...

– Non lo dire se no non si avvera!

Quella di Paola...

– Brava mamma!

Mentre lascia andare la sua lanterna dei desideri, Paola mi fissa intensamente. Non so se ce la farò a esaudire il tuo desiderio, amore mio, se è quello che penso.

Per ultimo tocca a me.

Il mio è semplice. Desidero la felicità per Eva, Lorenzo e Paola. Una vita lunga e serena. Non chiedo altro alle stelle.

La mia lanterna si unisce alle altre tre, e insieme raggiungono le cento fiammelle lanciate dai presenti. Una fiaccolata che sale in cielo. Una via lattea che si muove come uno stormo di lucciole.

Restiamo col naso all'insú a guardarle rimpicciolirsi. Ci abbracciamo tutti e quattro. Forse Paola e io non siamo tornati a essere una coppia, ma siamo una famiglia. La mia famiglia.

– 2

Il lago di Garda sfila alla destra della nostra auto. È quasi mezzogiorno. Ci siamo svegliati tardi. Guido cercando di dissimulare le fitte all'addome e i colpi di tosse sempre piú insistenti.

– Mi deve aver fatto male l'aria condizionata, – spiego ai bambini con fare convincente.

Paola mi lancia uno sguardo complice, mentre Eva fa una dissertazione sul perché non dovremmo usare l'aria condizionata che danneggia l'ambiente.

Sorrido alla mia petulante erede.

– Sai chi ha inventato l'aria condizionata? – le chiedo.

Scuote la testa.

– Un ingegnere di New York, un certo Willis Haviland Carrier, nel 1902. A differenza di tanti altri inventori sfortunati, il furbo Willis fondò un'azienda, ancora attiva, e diventò miliardario. Ma chi ha disegnato in realtà il primo progetto di un condizionatore d'aria?

– Leonardo, – risponde Lorenzo.

Non era difficile.

L'inesauribile toscano ideò una macchina per comprimere l'aria e, dopo averla raffreddata, farla uscire forzatamente da una conduttura per areare gli ambienti. Insomma, l'aria condizionata.

A questo punto vi svelo una mia teoria su Leonardo. Analizzando le sue opere è chiaro che sapeva fare solo una cosa da fuoriclasse: disegnare. Il resto sono ipotesi, invenzioni, progetti di macchine e costruzioni, soltanto le opere piú facili realizzate, la maggior parte invece solo disegnate e sognate perché difficili da portare a compimento coi mezzi dell'epoca. Ma chi era veramente Leonardo? Un geniale inventore o qualcos'altro?

Ecco la risposta: Leonardo è un disegnatore sopraffino dei nostri giorni che è tornato indietro nel tempo per chissà quale misterioso motivo e in chissà quale maniera. Conosce tutto della nostra epoca: elicotteri, aerei, apparecchi meccanici ed elettronici di ogni genere, ma è soltanto in grado di disegnarli, non certo di riprodurli. Come ognuno di noi del resto. Chi sarebbe in grado di costruire dal nulla un oggetto semplice come una bicicletta con i mezzi del XV secolo? Io no. La maggior parte di voi nemmeno. Ma saprei disegnarla con una certa precisione. Insomma il buon Leonardo è il piú grande cazzaro di tutti i tempi. Soluzione dell'arcano semplice e logica. E, come insegna il tenente Colombo, la soluzione piú semplice e logica è sempre quella giusta.

Non riesco a concentrarmi sulla guida.

Perché non abbiamo fatto questo viaggio l'anno scorso?

Due anni fa?

Ogni anno della nostra storia?

Perché non abbiamo passato piú tempo insieme?

Perché ho perso alcuni giorni della crescita di Lorenzo ed Eva?

Domande di una crudele banalità.

Domande alle quali non so dare risposta.

– Siamo quasi arrivati... – comunico a tutti.

– Dove? – fa Paola.

Poi si guarda attorno, le sue assopite sinapsi riconoscono il paesaggio all'improvviso. Alla fine ha capito dove la sto portando. Anzi riportando.

– San Rocco?

– Flagellato e martire, – preciso.

La chiesetta gotica dove ci siamo sposati piú di dieci anni fa. Non ci siamo piú tornati da allora. È la tappa fondamentale del nostro viaggio.

Paola non parla. Non capisco se è felice di questa visita a sorpresa.

Arriviamo che è quasi mezzogiorno. Percorriamo alcuni tornanti collinari per arrivare, poi San Rocco ci appare in tutta la sua minuscola maestosità. Sembra una piccola Notre-Dame di Parigi. Una versione bonsai della piú famosa collega francese, celebrata da romanzi e musical di successo. San Rocco non la conosce nessuno. È una chiesetta fuori paese, immersa nel verde, la piú classica delle cattedrali nel deserto.

Parcheggio la macchina nel piazzale sterrato davanti all'entrata. Intorno un silenzio irreale, interrotto soltanto da qualche cicala instancabile. Scendiamo. Ricordo tutto di quel giorno. Dov'ero mentre aspettavo nervosamente l'arrivo di Paola, che macchine erano posteggiate qua intorno, la faccia appuntita come una matita di don Walter, il prete calabrese che celebrò le nozze.

– Questa, bambini, è la chiesa dove papà e mamma si sono sposati, – i miei due giovani successori non sembrano molto interessati alla visita.

– È piccola, – è il commento laconico di Lorenzo.

– È copiata da quella di Parigi, – è l'acuta osservazione di Eva.

Hanno ragione entrambi.
– Vi va di visitarla? – chiedo.
Non raccolgo grande entusiasmo.
– Magari c'è ancora don Walter... – aggiungo.
Ci avviamo verso l'ingresso.
Stiamo per entrare quando Eva chiama la mamma.
– Mi si è slacciata una scarpa, mi aiuti?
Grande Eva, sta seguendo il mio piano alla perfezione.
Paola si attarda qualche istante ad allacciare la scarpa alla bambina. Io non la aspetto ed entro, seguito da Lorenzo. Scosto la pesante tenda rossa e avanzo all'interno.
La chiesetta è esattamente come me la ricordavo, spoglia ma affascinante. Ho solo pochi secondi di tempo per prendere posizione. Corro mentre Lorenzo si sistema su una panca a sinistra.
Pochi secondi dopo entrano Paola ed Eva. Mia moglie si paralizza sulla porta, mentre l'organo della chiesa intona, a sorpresa, la marcia nuziale. Non riesce a credere ai propri occhi.
La chiesa è gremita di gente, i nostri amici. Applaudono e sorridono alla sposa, vestiti a festa. Umberto ha fatto davvero un ottimo lavoro. Non avevo dubbi. Ci sono proprio tutti: Corrado accanto a Umberto stesso al banco dei testimoni (lo erano stati anche dodici anni fa naturalmente), le colleghe di Paola, compresa la professoressa che fa troppe domande, alcune coppie storiche di amici, il noiosissimo Gigi, Massimiliano del negozio di Chiacchiere e il non piú depresso Giannandrea, Roberto il mio mitico libraio, Martina, la nuova compagna di Oscar, e alcuni nostri vicini di casa. A sorpresa c'è anche D'Artagnan che mi sorride. Unico assente giustificato il mio vice allenatore Giacomo perché oggi pomeriggio l'Armata Brancaleone è impegnata nella semifinale dei play-off.

Accanto all'ingresso Oscar sorride alla figlia, strizzato nel suo completo blu che odora ancora di naftalina.

Eva è stata fantastica a sciogliersi la scarpa apposta. Non le avevo spiegato il perché, avevo solo detto che facevamo uno scherzo alla mamma. Lorenzo invece era avvertito, per evitare che si stupisse appena entrato e rovinasse in qualche modo la sorpresa. Tutto è stato perfetto. Io sono all'altare, davanti al segaligno don Walter, identico a come me lo ricordo.

Tutto è pronto per il mio secondo matrimonio. Manca solo il consenso della sposa.

Oscar le porge il braccio, pronto ad accompagnarla ancora una volta all'altare.

– Andiamo, tesoro?

Paola esita, è abbagliata dall'emozione. Non aveva sospettato nulla, il silenzio dall'esterno era completo e l'illusione della solitudine del luogo perfetta. Umberto ha portato tutti lí con due pullman dal paese. Un'organizzazione degna di una campagna militare.

Io sorrido a Paola dall'altare.

«Non mi lasciare qui da solo come un cretino», penso. Per un attimo ho il terrore che faccia dietrofront. Tutti però tifano per me. Gli amici continuano ad applaudire. La musica prosegue la sua marcia trionfale a tutto volume. Ho duecento battiti al secondo, tanto il mio cuore ha energia da vendere, lo restituirò ancora carico.

Paola resta immobile.

I secondi sono infiniti e l'emozione che pervade la chiesa non riesco a descriverla come vorrei.

Lo so, ho giocato sporco, ma avevo bisogno dell'aiuto di tutte le persone che amo per riconquistarla. In fondo era l'unica cosa davvero importante che dovevo fare in questi cento giorni.

Quando Paola allunga il braccio e accetta di essere condotta dal padre all'altare, l'applauso si trasforma in ovazione. E il mio cuore è un fuoco d'artificio.

Si chiama «cerimonia di riconferma del matrimonio» ed è la piú bella cerimonia che esista. Il matrimonio è una scatola regalo piena di speranze, la riconferma vuol dire che quella scatola l'hai aperta e il contenuto ti è piaciuto. Lo so che vi state chiedendo perché mi sono sposato in chiesa e sono pure recidivo. Perché Paola ci teneva, il luogo era suggestivo e io sono un senza palle. Vi basta come risposta?

– Vuoi tu, Paola De Nardis, prendere nuovamente come tuo sposo il qui presente Lucio Battistini?

Mi sorride. Non ha smesso di piangere un momento durante la cerimonia.

– Sí, certo che lo voglio.

– E vuoi tu, Lucio Battistini, prendere nuovamente come tua sposa la qui presente Paola De Nardis?

Paola è bellissima. Anche senza abito da sposa per me è ancora quella ragazza emozionata di dodici anni fa.

– Lo voglio.

Don Walter sorride.

– E allora vi dichiaro, ancora una volta, marito e moglie!

Scatta un applauso che non ho mai sentito. Bacio Paola come non l'ho mai baciata. Vorrei che non finisse piú.

Usciamo dalla chiesa tra riso, risate e applausi. Abbiamo i bambini in braccio. Ingaggiamo una battaglia a manciate di Basmati con Aramis che ha già rimorchiato la collega piú carina di Paola. È tutto perfetto. Appoggiamo Lorenzo ed Eva a terra e cominciamo la parte piú impegnativa: salutare e baciare tutti.

L'abbraccio piú lungo è con Umberto. In quell'abbraccio c'è tutto. È stato un amico straordinario.

Gli infilo in tasca una busta da lettera.

– Leggila dopo…

– Dopo cosa? – non è mai stato un fulmine di guerra.

– Dopo.

Mi fa un mezzo sorriso.

– Capito…

Quando l'aprirà troverà poche parole. Spero le capisca. «Vai tranquillo, amico mio. Non mi offendo».

So da sempre che è innamorato di Paola ma ha trattenuto il sentimento per dovere di amicizia. Mi accorgo di come la guarda, di come le sorride. Un sentimento non ha bisogno di parole. Lo so e basta. E so anche che le starà al fianco in ogni difficoltà e non la abbandonerà mai. Spero che trovi anche il modo di farla innamorare e di diventare il padre sostituto dei miei figli. Se c'è un uomo giusto è lui. In fondo è soltanto una promozione da zio a papà. Non desidero altro.

Non faccio in tempo a salutarlo che vengo travolto da Oscar e dal suo affetto. Stavolta è lui che ha qualcosa per me.

– Tieni. È per domani.

Mi porge un sacchetto di carta. Non c'è bisogno di aprirlo per capire il contenuto. C'è una macchiolina di unto nella parte di sotto.

Il pomeriggio trascorre in allegria. Umberto ha organizzato il ricevimento in un agriturismo lí vicino dove c'è anche una piscina. Nuoto con Lorenzo che, ora che ha preso confidenza con l'elemento, non smette di tuffarsi e rituffarsi a bomba. Sembriamo un'allegra comitiva in vacanza.

Balliamo vecchie hit anni Sessanta su una pista improvvisata a bordo vasca: Oscar e Martina sono scatenati, sembrano la versione obesa di John Travolta e Uma Thurman in *Pulp Fiction*. Quando arriva finalmente il primo lento, afferro la mia dama e la stringo forte a me. Chissà perché i lenti sono passati di moda? Chi non ha mai ballato un lento non sa cosa si perde. La mia dama di sei anni e mezzo spero che non dimenticherà mai questi quattro minuti passati tra le braccia di papà, a mezzo metro da terra, sotto gli occhi sorridenti della mamma che balla con Lorenzo a due passi da noi.

Alle diciotto, poco prima dell'arrivo trionfale degli aperitivi, mi squilla il cellulare: è Giacomo, il mio vice.

– Lucio... abbiamo vinto la semifinale! 9 a 8! Una papera del loro portiere all'ultimo minuto.

Esulto come un ragazzino. Ora sí che la giornata è perfetta.

Quasi perfetta.

La perfezione si compie qualche ora dopo. Sono andati tutti via dall'agriturismo, Umberto ha prenotato le camere per il resto degli ospiti in un hotel in paese. Per noi invece due splendide suite in pietra comunicanti con vista sulle montagne. Un posto da vacanza.

Quando i bambini dormono, osservo Paola che si spoglia per mettersi a letto. È stata una giornata meravigliosa e piena di emozioni, ma molto stancante. L'adrenalina però non mi abbandona ancora. Se mi fanno l'antidoping vengo squalificato a vita. Una squalifica breve.

Mi avvicino a Paola e le sfioro una spalla nuda. Lei mi lascia fare.

Non facciamo l'amore da quasi cinque mesi.

Il seguito lo lascio alla vostra immaginazione. Vi dico solo per aiutarvi che l'abbiamo fatto tre volte (non capitava da otto anni), che abbiamo riso come matti, che le ho provocato una contusione su un fianco con un pomello del letto, che ho sbattuto un ginocchio in uno spigolo del comodino e che, per fortuna, i bambini non si sono svegliati.

Ci siamo addormentati abbracciati alle quattro e mezza di mattina.

Ora la giornata è davvero perfetta.

– 1

Ieri sera non abbiamo chiuso bene le imposte e il sole entra prepotente nella nostra stanza. Socchiudo gli occhi appiccicati. Paola dorme ancora, e anche i bambini, nella stanza comunicante, sono insolitamente silenziosi. Mi sollevo un po' a fatica, un dolore intermittente mi tortura il fianco. L'intermittenza è dovuta al mio respiro. Se non respiro sto quasi bene. A parte un formicolio che m'invade il corpo. Un fastidioso prurito interno che non posso grattare, come se avessi inghiottito un alveare e ora le api cercassero di uscire tutte insieme.

Mi trascino in bagno, infilo le lenti a contatto con difficoltà e faccio una doccia piú lunga del solito. Calda, fredda, le provo tutte per fermare l'insopportabile pizzicore. Ma l'acqua non può aiutarmi. Prendo tre confetti di ibuprofene che mi regaleranno qualche ora di pace illusoria.

Quando torno di là, in accappatoio, Paola ha già svegliato i bambini. Scendiamo a fare colazione nell'accogliente hall dell'agriturismo. *Continental breakfast* superclassico con aggiunta di marmellate fatte in casa e pane fresco. Gioco con Lorenzo ed Eva a Mister Muffin, facendo litigare un grasso plum-cake al cioccolato con uno piú smilzo ai mirtilli che fingiamo essere la moglie. Non sanno se andare in vacanza al mare o in montagna. Prima che abbiano deciso la meta delle loro vacanze li divoriamo allegramente.

Paola è l'unica che oggi non riesce nemmeno a sorridere. Io invece me la sono cavata bene in queste settimane. Per tutto il viaggio, con i bambini ho minimizzato i miei dolori e le mie ansie: voglio che si ricordino un papà sorridente, spiritoso e in gran forma, non la sua fotocopia sbiadita per colpa dell'amico Fritz.

Dopo colazione ci mettiamo in marcia. Guido io. Accendo l'aria condizionata perché oggi ci sono quasi quaranta gradi. Dai bocchettoni spira subito un refolo di delizioso venticello gelato che ci salva la vita.

Imbocco l'autostrada. Direzione nord.

Accendo l'autoradio, di cui ignoro l'inventore, e infilo il cd preferito dai miei cuccioli. Lo cantiamo tutto a squarciagola, stonando e ridendo.

«Ci son due coccodrilli e un orangotango, due piccoli serpenti, un'aquila reale, il gatto, il topo, l'elefante, non manca piú nessuno. Solo non si vedono i due liocorni!»

Siamo quasi al confine con la Svizzera quando i bambini canterini, seduti sui sedili di dietro, si addormentano. Ne approfitto e cambio musica.

Elvis.

Always On My Mind.

La nostra canzone.

Paola la riconosce dopo il primo accordo.

La voce vellutata di Elvis inizia dopo sette inconfondibili secondi.

Paola mi stringe la mano forte, senza riuscire a guardarmi. La macchina sembra capire il momento, mette il pilota automatico e prosegue da sola in autostrada. Noi fissiamo il panorama che scorre e ascoltiamo le parole nostalgiche del grande Presley. All'epoca il cantante si era appena lasciato con Priscilla e gli autori avevano interpretato a meraviglia il suo rimpianto.

A scrivere un brano cosí semplice ma cosí efficace sono stati Wayne Carson, Mark James e Johnny Christopher. Geni assoluti, per me valgono quanto la piú blasonata coppia Lennon/McCartney. Thanks guys!

Quando la canzone finisce, come nei film, appare per magia il cartello: «Frontiera Svizzera, 1 km». Siamo arrivati.

È quasi ora di pranzo, ci fermiamo a mangiare qualcosa in un ristorantino a gestione familiare. Tormento un piatto di pasta svogliatamente perché la fame è andata via da tempo. Osservo i miei bimbi, come a voler registrare ogni istante di quel pranzo. Parliamo poco come fosse un pranzo qualsiasi di un sabato qualsiasi.

Il saluto avviene alla fermata di una corriera che mi porterà a Lugano. Carico la mia valigia leggera nel sottopancia del pullman, bacio i bambini e abbraccio Paola. Un abbraccio che non finisce mai. Ai bambini abbiamo detto che papà parte per lavoro. Un lavoro molto lungo. Vado a lavorare in una palestra in Svizzera dove, per colpa del cioccolato, hanno tutti bisogno di dimagrire. So che un giorno Paola troverà il coraggio di dire la verità. Ma quel giorno non è oggi.

È il momento di dare a Paola un regalo speciale.

– Questo è per te.

Le porgo un pacchetto. Mi osserva stupita.

– Non è il suo compleanno! – obietta Eva.

– Lo so, ma all'ultimo compleanno avevo sbagliato regalo. Ne ho preso un altro.

Paola strappa la carta da regalo. Dentro c'è un grosso quadernone, di quelli da scuole medie. Sembra usato. Non capisce.

Spalanca la prima pagina e il suo respiro si blocca.

All'interno ho ricopiato a mano tutto *Il piccolo principe*, senza saltare nemmeno una parola e cercando di avere una grafia leggibile. Ci ho lavorato di nascosto per quasi un mese.

– Questo non ce l'hai. È una copia unica.

Paola scoppia a piangere e mi abbraccia di slancio. Stavolta l'ho stupita.

In realtà non è stata un'idea mia, ma di Roberto, che ci era rimasto male quando gli ho riportato *Le petit prince*, versione originale.

L'abbraccio con Paola sembra infinito. Quando si stacca, ha il viso segnato dal pianto. Sono lacrime di gioia. Non la facevo piangere di gioia da chissà quanto tempo.

È ora di andare ma non riesco a salire a bordo. Un bacio, un altro, un altro ancora. Difficile decidere quale deve essere l'ultimo. Perdo tempo. Dico cose stupide per far ridere i piccoli. Sono bravissimo a dire cose stupide. Accarezzo Lorenzo, poi Eva. Ma non posso esagerare. Non devono pensare che non sia un arrivederci.

– Vuoi che ti accompagniamo in macchina? – insiste Paola.

– No, davvero, grazie.

L'ultimo viaggio gli elefanti lo fanno da soli. Lei ha diverse ore di macchina da affrontare. Darei non so cosa per tornare indietro con loro e giocare tutto il viaggio a targhe pari e targhe dispari. Ma non ho niente da offrire in cambio.

Bacio ancora dolcemente Paola, quando un clacson ci interrompe. L'autista del pullman ha perso la pazienza. Mi stacco e mi avvicino all'entrata. Solo adesso arriva la frase che aspettavo da quasi cento giorni.

– Ciao, amore mio.

Il cuore s'incendia di gioia. Sorrido a Paola ed entro.

Nel minuto che segue ci sono soltanto lacrime e una corriera che si avvia piano.

Resto incollato al finestrino a fissare il mio terzetto del cuore che si allontana. Invio un «Ti amo» telepatico a Paola. Lei mi saluta da lontano. L'ha ricevuto.

Poi resta lí, sull'asfalto rovente, con i bambini per mano, fino a che il pullman diventa un puntino nel sole.

La immagino ricomporsi, sorridere ai bambini e risalire in macchina. È sempre stata una grande attrice.

La clinica che ho scelto da fuori sembra un hotel di Rimini.

Mi accoglie un dottore, tale Patrick Zurbriggen, con il quale ho già scambiato delle mail. Parla italiano con un comicissimo accento tedesco e ha una stretta di mano vigorosa. Qui a Lugano si parla la nostra lingua per fortuna. È la piú grande città «italiana» fuori dalla penisola.

Mi illustra come sarà organizzato il mio brevissimo soggiorno da loro. Non nomina mai la parola «suicidio assistito». Ma di quello stiamo parlando. Non sarà un medico a togliermi la vita, lo farò io. Le leggi svizzere lo permettono, ma richiedono che la persona che vuole accedere al «servizio» (adoro il fatto che lo chiamino servizio) debba essere informata delle alternative ed essere capace di intendere e di volere.

La mia nuova casa.

Stanza singola.

Ho prenotato una notte sola. Come nei motel.

E in effetti la mia stanza somiglia al *Bates Motel.*

Un *Bates Motel* svizzero.

Venti metri quadri. Lo spazio almeno c'è.

Le pareti verdolino angoscia.

Un comò di legno annoiato con un paio di copie di una rivista sportiva locale e una di «Sorrisi e canzoni» di febbraio con la foto di gruppo dei cantanti del Festival di Sanremo.

Un letto di metallo con lenzuola bianche. Di quelli con la manovella per tirare su i piedi o il busto.

Un armadio Ikea modello Stolmen montato storto da un operaio pigro.

Dentro tre grucce scompagnate e troppo vivaci.

Una sedia di legno che sembra quella che avevo al liceo. Qualcuno ci ha scritto sopra qualcosa in francese. Grafia incomprensibile di un ospite precedente. C'è anche una firma in fondo. Sembra Alain qualcosa. Chissà chi era.

Un quadro con una riproduzione acquarellata del lago di Lugano. O comunque un lago.

Delle tende bianche leggere e svolazzanti da film horror.

Una portafinestra che conduce al terrazzino due metri per uno.

Intorno si vede il parco circostante. Niente orizzonte. Solo verde e azzurro cielo. Una prigione naturale.

Oltre a questo, un bagno grande e immacolato, di quelli in cui si può entrare anche in carrozzella.

Un motel pulito che costa quanto un cinque stelle. Anzi quanto una settimana in un cinque stelle.

Tanto nessun ospite si lamenterà dopo.

Qui la parola «dopo» non esiste.

Si affaccia in camera un infermiere sosia di Ralph Malph di *Happy Days* e mi chiede in italiano incerto se va tutto bene.

Mento e gli rispondo di sí.

Mi comunica che tornerà verso le sette per la cena. Gli

chiedo notizie del menu. Domanda retorica. Mi aspetto un ospedaliero petto di pollo alla piastra, purè in busta e macedonia del discount.

Invece la risposta mi sorprende: maccheroni al sugo, petto di pollo con patate arrosto e una fetta di torta sacher con panna. Forse vogliono uccidermi per collasso glicemico.

Ralph Malph se ne va dopo avermi sorriso.

Il mio personale boia è gentile. Già è qualcosa.

Sposto la sedia sul terrazzino. Mi siedo. Respiro.

Mi sfilo le lenti a contatto usa e getta e il mondo diventa fuori fuoco e confuso. Gli alberi e il cielo non sono piú separati.

Sono le ultime lenti a contatto. Domattina non ho il ricambio. Non importa.

Afferro il sacchetto di carta che mi ha dato Oscar. È molto unto e il contenuto mi è familiare. Una ciambella.

Oscar è speciale. Non è un suocero.

Osservo la mia zuccherosa amica.

Profumata. Invitante. Quasi sexy.

Non sono vere tutte quelle cose brutte che dicono di lei. O comunque non mi importa.

Il primo morso è un orgasmo.

Mastico a lungo. Piano piano, assaporando ogni istante.

Sento i granelli di zucchero che si sciolgono sul palato.

Ha quasi due giorni, naturalmente, e si è indurita un po'. Ma sembra lo stesso il nettare degli dei.

Un altro morso.

Non penso a niente.

La testa è vuota. Un contenitore senza contenuto.

Siamo solo io e la mia ciambella.

Chiudo gli occhi.

Mi godo il nulla che rimbomba nella mia scatola cranica.

Sento anche il mare, come quando ascolti le conchiglie.

Un fruscio mi distrae.

Mi volto.

Riapro gli occhi.

Sulla ringhiera alla mia destra si è appoggiato un uccellino.

Almeno credo che sia un uccellino. Non ho le lenti a contatto.

Mi avvicino con il viso per guardarlo meglio.

È un passerotto.

Mi fissa incuriosito e impertinente.

Lo osservo con attenzione stringendo gli occhi per aiutare la messa a fuoco. Stai a vedere che... no. Non è il mio solito compagno di colazione. È un altro, simile ma decisamente piú tonico e luccicante. Un gagliardo passerotto indigeno. Peccato. Quando racconterete questa storia a qualcuno, però, dite che era lo stesso uccellino che mi veniva a trovare ogni mattina in pasticceria. Cosí il finale sembrerà piú magico.

Sbriciolo un po' di ciambella. Allungo il palmo della mano e il passerotto vola sul pollice. Smangiucchia i frammenti di fritto con appetito.

Poi resta un attimo impettito, come a dirmi: «Tutto qua, amico?»

Io non mi faccio impietosire.

Il resto della ciambella è mio, caro passerotto elvetico.

Il nuovo commensale capisce all'istante che sono un duro e vola via senza nemmeno ringraziare. Lo osservo planare al di sopra degli alberi-recinto e sparire. Vorrei seguirlo e decollare da questa lillipuziana rampa di lancio in cui mi trovo.

Mi alzo e guardo di sotto.

Da un terrazzino del primo piano non è nemmeno tentato suicidio. È idiozia pura.

Finisco la mia ciambella in piedi, appoggiato alla ringhiera.

Poi mi lecco le labbra inzuccherate. E sono in paradiso per un breve e dolcissimo istante.

Rientro. Appallottolo la busta oleosa e cerco un cestino che non c'è. Forse è in bagno. Lo trovo sotto il lavandino, dove è logico che sia. Tiro la carta e rimbalza sul bordo prima di fare canestro.

Torno in camera e mi stendo sul letto. Tiro fuori dalla tasca l'ultima Polaroid che ho scattato. Noi quattro felici.

La riappoggio, prendo il telefono e seleziono «Casa».

Saranno arrivati?

Non chiamo.

Telefono a Umberto.

– Ciao Lucione! – mi risponde con una giovialità fintissima. – Li ho sentiti proprio ora. Sono a casa, tutto bene. Tu come stai?

La domanda che speravo non facesse.

Gli chiedo di cambiarla. Questa la passo.

– Che tempo fa a Lugano? – mi domanda.

Niente. Esigo una terza domanda.

E finalmente arriva un po' di originalità.

– Ho aperto la lettera. Non ho resistito. Mi perdoni?

Lo sapevo.

Gli rispondo un sí emozionato, poi stiamo in silenzio per qualche minuto. Non ero mai stato in silenzio al telefono. Non cosí a lungo. Nessuno sta in silenzio al telefono. Un silenzio assordante che contiene tutte le parole che non ci eravamo mai detti. Un gioco del silenzio versione adulta. Perde lui.

– Non ti preoccupare di nulla... Ci penso io a loro, amico.

Anche questo lo sapevo.

Riesco solo a mormorare un «Grazie».

Poi, prima che la telefonata diventi complicata, gli chiedo un'ultima cosa: – Salutami Aramis...

E attacco. Resto lí col cellulare in mano.

So che Umberto sta facendo lo stesso.

Alle diciannove rifiuto la cena che sembrava lussuosa: la pasta al sugo è scotta, il petto di pollo avvizzito e le patate di gomma. Ma accetto ben volentieri una gustosa iniezione di antidolorifico. Chiedo una dose doppia di morfina. Voglio passare una notte serena, sognare e svegliarmi in gran forma.

Domani è il 14 luglio. Un giorno importante.

0

Ho portato con me un abito elegante. I morti sono sempre eleganti, anche se in vita sono stati degli sbrindellati in canottiera e ciabatte.

Quando lo tiro fuori dalla valigia mi sembra subito una pessima idea. Non posso morire in giacca e cravatta.

Lo sostituisco con la tuta della squadra di pallanuoto. Mi somiglia di piú.

La indosso ed evito lo specchio. La tosse stamattina non mi dà tregua e le guance sono piú scavate del solito. Da quando ho salutato Paola è come se il mio corpo avesse smesso di lottare, mi sento un maratoneta che si accascia un metro dopo la linea del traguardo e cade a terra in ginocchio. Respiro male e il dolore all'addome è come una freccia sioux avvelenata.

Apro la finestra. Fuori il parco è silenzioso. C'è anche un timido sole che è venuto a salutarmi.

Alle mie spalle sbuca Ralph Malph con il vassoio della colazione. Due fette biscottate demoralizzate, una marmellatina in scatola, un caffè infreddolito, una bustina di zucchero e una spremuta d'arancia da discount in un bicchiere di plastica. In fondo perché sprecare cibo buono per uno che è già accasciato dopo il traguardo.

– Grazie, preferisco stare digiuno.

– Va bene. L'appuntamento è per mezzogiorno, – mi avverte il solerte infermiere.

– Sarò puntuale.

– Vuole che torni io a chiamarla o ci vediamo direttamente al terzo piano?

– Vengo da solo, grazie. Posso andare a fare una passeggiata nel parco?

– Certo. Se ha bisogno mi chiami.

Esce e resto solo con i miei pensieri. A quest'ora Paola sarà in cucina a preparare la colazione ai piccoli. Una colazione ben diversa.

Il parco non è male. Forse l'unica cosa decente di questo lager elvetico.

La mia intenzione di passeggiare si scontra subito con dei doloretti. Riesco appena a fare un giro, arrivo al prato vicino al lago e mi sdraio supino sull'erba. Il cielo sembra dipinto al computer, un azzurro compatto da fumetto.

Una formica si fa un giretto su di me.

Mi sento Gulliver quando arriva a Lilliput.

Chiudo gli occhi. Sono arrivato. Fine. Titoli di coda.

La sensazione è quella che tutti proviamo in vacanza: l'apertura delle valigie per sistemare i vestiti in albergo e l'azione inversa sono sempre vicinissime, piú di quello che sembrava all'inizio.

Si dice che prima di morire uno riveda la propria vita come un film. Spero non mi capiti. Non vedo mai i film due volte, a eccezione di quelli di Kubrick, Hitchcock e Spielberg. E nessuno dei tre avrebbe girato un film su un pallanuotista fallito. E poi che tipo di film è la mia vita? Un polpettone drammatico? Una commedia romantica? Sí, è decisamente una commedia romantica. E questo finale, anche se tecnicamente non lo è, continua a sembrarmi un lieto fine.

Mi addormento. Sogno.

Sono in un ristorante sul mare di Ladispoli, con i miei nonni. Ho otto anni. I miei amati portinai scherzano col cameriere che evidentemente conoscono da anni. Io mangio una frittura di calamari e ne tiro qualche anello a un felino randagio di passaggio. Sembro felice. È un episodio vero o inventato dalla mia indebolita psiche? Non so distinguere. Non ricordo. Finisco i calamari e ordino una coppa gelato frutta mista con panna. Nonno chiede al cameriere di aggiungermi della granella e della cioccolata fusa. Gli sorrido. Mi correggo, non sembro felice, sono felice.

– Signor Battistini?

Qualcuno mi chiama. Mi chiamano sempre quando sogno.

– Signor Battistini? Sveglia.

Apro gli occhi e vedo il faccione di Ralph Malph su di me.

È mezzogiorno e venti. Ho dormito tanto e ho fatto brutta figura con gli svizzeri, confermando quello che pensano di noi italiani.

Mi tiro su, appoggiandomi al suo braccio.

– Sono pronto.

Conosco bene la procedura. L'ho studiata. In pratica si tratta di una doppia iniezione di cui spingi da solo gli stantuffi. La prima inietta un potente anestetico. La seconda un veleno. Logico, facile, indolore. Ti addormenti e non ti svegli piú. I preparativi però sono mille. Vengo collegato a un elettrocardiogramma, sistemato su un lettino. Mi spiegano che, dopo la prima iniezione, ho solo un minuto per eseguire la seconda prima che l'anestetico faccia effetto. Se ci voglio ripensare è quello il momento, mi spiega il professionale dottor Zurbriggen. È già capitato.

In questo caso mi risveglio nel letto, pago il conto e torno a casa. Poi cerca di sdrammatizzare con un umorismo svizzero che non capisco.

– Ha un ultimo desiderio?

Ma che domanda stupida è? Dovrei ridere?

– Sí, ce l'ho, – rispondo. – Non essere qui. Si può fare?

Cinque minuti dopo m'infilano i due aghi.

Non mi do il tempo di pensare e spingo il primo.

Come quando tiri i rigori, non devi pensare. Se pensi troppo, cambi idea sul tiro da eseguire e di solito lo sbagli.

La mia è una scelta giusta. Inevitabile.

L'anestetico scivola nella mia vena e sento una sensazione di freddo.

Ho un minuto.

Ralph Malph mi sorride e m'indica il secondo stantuffo.

– Hai fretta? – gli dico. – Sei a fine turno?

Vicino alla morte divento polemico. Vedi un po'.

Cinquanta secondi.

Per un attimo mi sfiora l'idea di non farlo.

Mi sfiora appena.

Quaranta secondi.

– Che peccato... – mormoro.

Ralph Malph non capisce.

– Come dice?

– No, dicevo che peccato... in generale... che peccato...

Trenta secondi.

Non ho mai amato tirare i rigori. Troppo stress. Sono un portiere in fondo. Un ruolo da fifone. Se sbagli un rigore da attaccante sei un perdente, se lo incassi da portiere è normale. Sono un portiere di carattere.

Venti secondi.

Accanto a me è sparito Ralph Malph. Ora c'è nonna che

mi sorride. Sapevo che sarebbe venuta. È venuta sempre quando ero in difficoltà. Nonna c'era sempre. Mi afferra la mano destra. La stringe.

– Che bello che sei qui... – le sussurro.

Ha gli occhi lucidi, ma continua a sorridere.

Il sorriso piú bello è quello di una nonna.

Dieci secondi.

– Sto arrivando, nonna...

Lei fa un cenno col capo. Lo sapeva già. Le nonne sanno tutto.

Mi lascia la mano per un attimo. È il momento.

Appoggio il pollice sullo stantuffo della seconda iniezione.

Non ho piú paura.

Premo fino in fondo. E la mia vena accogliente e ignara si lascia invadere da un liquido giallo oro.

Nello stesso istante Paola, a mille chilometri di distanza, sta cucinando il pranzo e sente un soffio di vento freddo sul collo. Si guarda attorno. Le finestre sono chiuse ed è estate. I bambini giocano in camera e vociano un po'. Resta un attimo perplessa. Poi capisce.

Esce in terrazza e alza gli occhi al cielo, senza riuscire a impedire che si riempiano di lacrime.

Non piangere, amore mio. Ti prego, non piangere.

Ho sonno. Molto sonno.

L'ultima cosa che sento è la ninna nanna che mi canta nonna. La canta piano piano per non svegliarmi. Continua anche dopo che mi sono addormentato. Mi culla lentamente, tenendomi una mano sulla pancia. Continua fino a quando non è sicura che il sonno è profondo. Che tristezza che nessuno muoia mai con una nonna a fianco. Dovrebbe essere obbligatorio.

– Ninna oh... Ninna oh...

La sua voce si allontana...

– Ninna oh... Ninna oh...

Io dormo.

Ho fatto tutto quello che dovevo fare. Tutto quello che ho potuto fare. Non sono stato il migliore, ma ce l'ho messa tutta.

Sono sereno.

So che al risveglio troverò i miei nonni e sarò di nuovo bambino.

Cento giorni sono volati in un soffio.

E oggi posso dirlo con certezza: sono stati i piú felici della mia vita.

Dopo

Dopo.

Una parola che nella vita pronunciamo migliaia di volte, di solito per posticipare un problema. «Ti richiamo dopo» è la frase piú usata che la contiene.

Ma «c'è un dopo?» è anche la domanda fondamentale che ci poniamo senza una possibile risposta o, come nel mio caso, non ci poniamo affatto.

C'è un dopo?

La risposta è sí.

C'è sempre un dopo.

Sul dopo ormai so tutto, è l'unica vera soddisfazione che si ha morendo prima dei propri amici. È come leggere di straforo le soluzioni nelle ultime pagine della «Settimana Enigmistica».

Il dopo non è male. Ma godetevi l'adesso che è meglio.

Vi posso rivelare poco perché è vietato dal regolamento interno. All'arrivo i sorveglianti (sí, avete capito bene) fanno scegliere al nuovo arrivato quanti anni desidera avere per il resto dell'eternità. Bella domanda, di solito si forma una fila lunghissima perché ci sono gli indecisi e quelli che ci ripensano e protestano.

Qual è stato l'anno piú bello della vostra vita?

Quello che vorreste rivivere per sempre.

Io rispondo senza alcuna esitazione.

«Voglio avere otto anni, grazie».

Per sempre otto anni, quando i sogni sono pensieri allegri e colorati coi pastelli a cera. Quando puoi volare via dalla finestra della tua cameretta, soltanto aprendo le pagine di un romanzo di Stevenson o di Barrie.

Quando il passato non esiste. E il futuro è lontano anni luce.

Ieri ho rivisto i miei nonni. Hanno chiesto anche loro di avere otto anni. Meravigliosa coincidenza. Li ho riconosciuti subito dalle foto che avevo trovato in casa. Ci siamo abbracciati a lungo e poi abbiamo giocato insieme per tutto il giorno che qui dura circa una settimana delle vostre. A rubabandiera nonno è fortissimo ma a nascondino io sono imbattibile. Tutto come sognavo che fosse: ho ritrovato i miei nonni e sono di nuovo bambino.

I miei premurosi e dispersi genitori invece non risultano ancora arrivati, ho verificato sul database ufficiale dell'aldilà. Fate attenzione, sono ancora sulla Terra a fare danni.

Nella lista delle persone che voglio incontrare, oltre ai miei cari, c'è naturalmente anche un eclettico toscano che ho sempre desiderato conoscere.

Leonardo da Vinci è un antipatico e saccente tredicenne che ha aperto un negozietto di riparazioni come Orazio, il cavallo amico di Topolino. Ho provato a chiacchierare con lui per avere conferma della mia bizzarra teoria ma, come tutti i tredicenni, non ha nessuna stima o considerazione di un bambino di otto. Mi ha cacciato via come una mosca fastidiosa. Per fortuna ho un'eternità di tempo per provare a fare amicizia.

Oggi l'Armata Brancaleone è impegnata nella partita piú importante della sua breve storia: la finalissima dei playoff per l'accesso alla serie provinciale. Io sono lí col cuore.

Gli spalti della nostra piscina sono gremiti, un centinaio di spettatori tra genitori e simpatizzanti. Dietro la panchina, da cui si sgola Giacomo, sono seduti Paola, Lorenzo, Eva, Umberto e, per la seconda volta in vita sua, Corrado. Dev'essere un effetto collaterale del mio funerale che si è svolto l'altro ieri.

I nostri avversari sono i temibili nuotatori del Santos Montesacro, guidati da un armadio quattro stagioni che si vanta di aver giocato tre partite in Nazionale negli anni Settanta. Non credo che sia vero, fatto sta che l'armadio allena la sua squadra come un battaglione di marines. Nella stagione regolare ci hanno battuto all'andata e al ritorno: 17 a 3 lo score complessivo. Siamo spacciati.

Hanno quattro o cinque quintali di muscoli piú di noi. Saponetta e Martino sembrano due hobbit rachitici al confronto degli avversari.

Il primo quarto resistiamo eroicamente: 2-2. Doppietta di Martino, un gigante. I Santos sono molto sfortunati, prendono un palo e due traverse, ma fa parte del gioco.

Il secondo quarto crolliamo di schianto: 7-5 è il punteggio complessivo. La partita è divertente, tanti goal, tante emozioni, ma ormai sembriamo appagati e stanchi.

Forza ragazzi, forza.

Il terzo quarto è la nostra riscossa. Lo vinciamo 2 a 1 e portiamo il totale a 8-7. Un goal ci divide dai nostri avversari.

Vedo Giacomo che parla ai miei indomiti guerrieri, riuniti sotto la panchina. Capisco, da come stanno appoggiati al bordo, che sono ormai cotti di fatica.

Non mollate ora, per favore.

L'ultimo quarto inizia bene. Una coraggiosa palombella di Martino si infila dolcemente sotto la traversa avversaria. 8 pari!

Ce la possiamo fare.

L'illusione dura soltanto pochi minuti. Una doppietta del loro centroboa, un mammut di settanta chili, ci rovina la festa. 10-8. Siamo di nuovo sotto di due goal.

Ormai nella piscina non si sente piú nulla, il pubblico urla e batte le mani. Il mio gruppetto è colpito da delirio da tifo, sono tra i piú scalmanati e scandiscono il nome del nostro migliore attaccante: Mar-ti-no Mar-ti-no!

A un minuto dalla fine, proprio Martino intercetta un pallone in difesa, parte in contropiede e segna un goal, umiliando il portiere avversario. Siamo in svantaggio di un solo goal a cinquanta secondi dalla fine. Possiamo ancora farcela ad arrivare ai tempi supplementari.

Cinquanta secondi di apnea agonistica.

I nostri avversari sono in attacco, intercettiamo una palla, rovesciamo il fronte, cerchiamo un tiro veloce, parato. Contropiede, il mammut fende l'acqua come uno speedboat e punta la porta presidiata da Saponetta. Il nostro portiere di fiducia gli va incontro, come una bicicletta contro un Tir. Il proboscidato estinto non se l'aspetta, esita, tira forte e schiacciato sull'acqua, ma Saponetta intercetta. Cerca la palla, la agguanta con sicurezza. Mancano appena quindici secondi. La squadra stava tornando in difesa e inverte la rotta. Saponetta urla come un condottiero: – Tutti in attacco!

È lui stesso a portare palla avanti. I compagni lo seguono con le ultime forze residue. È l'arrembaggio finale. Giriamo palla e cerchiamo un tiro buono. La responsabilità se la prende Martino. Spara una fucilata da cinque metri a pelo d'acqua. Imparabile. Dal portiere ma non dal palo. I nostri tifosi gridano un «No!» di delusione, gli altri applaudono e si abbracciano come se avessero vinto un mondiale.

L'arbitro fischia la fine.

Abbiamo lottato e abbiamo perso. Va bene cosí. Sono fiero di loro. I miei ragazzi ci hanno provato fino all'ultimo secondo, senza arrendersi.

Il pubblico si alza. Tutti si avviano verso l'uscita, compresa Paola che abbraccia i bambini. Prima di imboccare la porta, si ferma e si volta.

Si accorge solo adesso di un bambino di otto anni che la osserva, seduto sullo spalto piú defilato.

I nostri sguardi s'incrociano per un lungo attimo.

Mi ha riconosciuto, lo so.

Le sorrido.

«Ciao, amore mio. E grazie».

Lei ricambia il sorriso, turbata. Poi mi lancia un ultimo sguardo e raggiunge Umberto che la chiama. Lo vedo afferrarle la mano e condurla fuori dall'impianto.

Io resto lí, a fissare l'ombra di Paola che esce due passi dopo di lei.

Quando non c'è piú nessuno in piscina e le luci si spengono con un ronzio, una dopo l'altra, mi spoglio nudo e mi lascio scivolare in acqua.

Sono ancora un campione a delfino.

E nuoto nuoto nuoto nuoto nuoto.

Finalmente leggero.

Ringraziamenti.

Grazie a nonno Michele e nonna Concetta per esserci sempre, anche se non ci sono piú.

A mamma e papà perché, quando nei temi scrivevo «Voglio fare lo scrittore», non mi davano in adozione.

A mia sorella Sonia, infinita fonte d'ispirazione comica.

A Marco Martani, eterno compagno di scrittura.

Alla mia agente Kylee Doust che è ormai la mia insostituibile *life coach*.

Ad Anna Chiatto che ha letto per prima l'idea del romanzo e mi ha costretto a scriverlo. Se non vi è piaciuto prendetevela con lei.

A Paolo Repetti e allo staff di Einaudi che hanno creduto da subito in questa storia.

A Severino Cesari che mi ha incoraggiato quando il libro era in fasce.

A Francesco Colombo e Laura Ceccacci per i preziosissimi consigli.

A Flavio Insinna che è Lucio come me lo immagino io. Se avete immaginato Brad Pitt, ricominciate il libro e pensate a Flavio.

A Neri Parenti che mi ha insegnato l'arte di far sorridere.

A Giorgio Faletti, l'uomo piú talentuoso che conosco.

A Chiara Della Longa per l'idea del *Piccolo principe*.

A Elena Bucaccio che mi ha raccontato che fa il gatto quando vuole smettere di litigare.

A Mauro Uzzeo e Michele Astori per le loro fondamentali suggestioni.

A Robert Louis Stevenson e Carlo Collodi per la loro fantasia.

E a tutti quelli che mi hanno sopportato in questi mesi di scrittura. Scusate.

Indice

Questo volume è stato stampato
presso ELCOGRAF S.p.A. - Stabilimento di Cles (Tn)

Stampato in Italia - Printed in Italy